LA DERNIÈRE LIBERTÉ

DU MÊME AUTEUR

L'Espace, Terre des hommes, Tchou, 1969.
La lune est à vendre, Denoël, 1969.
En danger de progrès, Denoël, 1970 ; coll. « Médiations », 1975.
Le Bonheur en plus, Denoël, 1973 ; coll. « Médiations », 1975.
La France et ses mensonges, Denoël, 1969 ; coll. « Médiations », 1978.
Scénarios du futur
1. *Histoire de l'an 2000*, Denoël, 1978.
2. *Le Monde de l'an 2000*, Denoël, 1979.
Le Système E.P.M., Grasset, 1980.
Toujours plus !, Grasset, 1982 ; Le Livre de poche, 1984.
Tous ensemble : pour en finir avec la syndicratrie, Seuil, 1985, coll. « Points Actuels », 1987.
La Grande Manip, Seuil, 1990 ; coll. « Points Actuels », 1992.
Tant et plus : comment se gaspille votre argent, Grasset/Seuil, 1992 ; Le Livre de poche, 1993.
Le Bonheur d'apprendre : et comment on l'assassine, Seuil, 1996 ; coll. « Points », 1997.
Le Compte à rebours, Fayard, 1998 ; Le Livre de poche, 1999.
L'Imposture informatique, avec Bruno Lussato, Fayard, 2000.

François de Closets

La dernière liberté

Fayard

À Jean-Marie Lorand

in memoriam

Homme de vie et d'amour.

Frappé par la maladie de Charcot, alors qu'il était entièrement paralysé, il se vit refuser le droit de mourir. Au terme d'un long combat, le 8 juillet 2000, ainsi qu'il l'avait annoncé, il mettait fin à ses jours. Avec l'assistance d'un médecin compatissant. Jusqu'au bout, il a lutté pour que ce droit soit reconnu à tous.

« Et toujours cette hantise de mourir étouffé, cette hantise que l'on me vole mon droit, ma dernière liberté, à savoir celle de pouvoir quitter cette planète dans la dignité, au moment où je l'aurai décidé », écrivait-il un mois avant son décès dans son journal précisément intitulé *Ma dernière liberté*[1].

Sa dernière liberté, c'est la nôtre.

1. Jean-Marie Lorand, *Ma dernière liberté*, Éditions du Félin, 2000.

1

L'IMPOSSIBLE JUGEMENT

Pour Augustine J., c'est la fin du voyage. Elle a 92 ans et tous les malheurs du grand âge l'accablent. Diabétique, arthritique, cardiaque, insuffisante rénale, grabataire, hémiplégique, elle fait une thrombose. La gangrène s'installe dans la jambe malade. La ronge inexorablement. La vieille dame plonge dans les tourments d'un coma réactif. Que faire ?

La médecine est incapable de la guérir, incapable même de la soulager. Elle est condamnée à une agonie épouvantable. Faut-il laisser faire, laisser souffrir ? Faut-il tenter une amputation ? Précipiter la fin ? Augustine J. n'est plus en état de se prononcer.

Au centre de longs et moyens séjours Maurice-Fénaille à Sévérac-le-Château (Aveyron), c'est le docteur Jean-Paul Duffau, chef du service de gériatrie, qui suit la vieille dame dans son ultime épreuve. Le 28 janvier 1998, il décide d'abréger d'inutiles tourments. L'infirmière est occupée, il fait lui-même l'injection mortelle de chlorure de potassium. Augustine J. s'éteint. Un dernier geste pour interrompre cette descente aux enfers, pour épargner quelques jours, voire quelques heures, d'une souffrance sans espoir.

Le docteur Duffau ne se sent ni criminel, ni même coupable. Il estime avoir agi dans l'intérêt de sa patiente, sans doute en aurait-il fait de même pour un de ses proches. Il n'a aucune raison de se cacher. Imprudence ! Un bon collègue s'empresse de le dénoncer : « Le docteur Duffau a assassiné madame J. ! » L'affaire Duffau commence.

Le sénateur-maire Bernard Seillier préside le conseil d'administration de l'établissement. Lorsqu'il apprend qu'un cas d'euthanasie, d'euthanasie reconnue s'entend, s'est produit à Maurice-Fénaille, il saisit la justice. Le procureur de la République enquête, renonce à poursuivre et s'en remet aux instances professionnelles. Le dossier est confié au Conseil régional Midi-Pyrénées de l'Ordre des médecins.

L'affaire est désormais sur la place publique. Une histoire émouvante, pathétique, riche de détresse, de souffrance et de mort, médiatique pour tout dire. Les journalistes décrivent la vieille dame à la dernière extrémité, le docteur Duffau cédant à la compassion, l'injection fatale, les notables et les pouvoirs publics réprobateurs. Un récit toujours favorable au porteur de bonne mort, personnage sympathique dont chacun espère le secours en cas de malheur. Même le monde médical épouse la cause du docteur Duffau. Deux cents médecins de l'Aveyron signent une pétition en sa faveur, le personnel de Maurice-Fénaille manifeste sa solidarité, et, *last but not least,* le secrétaire d'État à la Santé, le docteur Bernard Kouchner, reconnaît que, dans la pratique médicale, on doit parfois...

Compréhension et sympathie, certes, mais l'article 38 du code de déontologie médicale est formel : « Le médecin n'a pas le droit de provoquer délibérément la mort. » Et l'exception d'euthanasie n'est prévue dans aucun texte. Si les juges-médecins s'en tiennent à la lettre, ils doivent condamner. Le président du Conseil national, le professeur Bernard Glorion tient à le rappeler dans *Le Figaro* la veille même du jour où l'affaire doit être jugée :

« Un médecin ne peut en aucun cas abréger la vie d'un malade en lui donnant délibérément la mort. »

Telle est la position de principe. Mais le docteur Georges Benayoun, qui préside le Conseil régional, est un pragmatique. « Il faut cesser d'être hypocrite devant un problème quotidien dans les centres de longs et moyens séjours ainsi que dans les services de soins palliatifs », dit-il. Il entend donc que le « cas Duffau » soit l'occasion d'un vrai débat public et, fait inhabituel, autorise la presse – et même les caméras – à assister à l'audience.

Le Conseil régional juge l'affaire le 19 septembre 1998. Jean-Paul Duffau assume l'entière responsabilité de sa « terrible décision ». Il déclare s'en être entretenu avec des soignants, mais reconnaît n'avoir pas prévenu la famille « afin de ne pas la mêler à cet acte de culpabilisation ». Le Conseil, après en avoir délibéré, ne prononce aucune condamnation, aucun blâme : il ordonne la relaxe pure et simple.

La presse semble comprendre cette décision et Bernard Kouchner, réagissant davantage au problème général qu'au cas particulier, n'hésite pas à se dire « heureux » de cette indulgence. « Je ne supporte pas l'idée qu'un chef de service qui a agi humainement soit poursuivi comme un malfaiteur. J'ai envie de le remercier d'avoir agi avec charité. » Commentant cette décision dans *Le Monde,* le professeur Bernard Glorion se livre à un savant exercice d'esquive. Il semble souhaiter le dialogue puisqu'il déclare qu'« il faut d'ores et déjà se saisir de cette affaire pour ouvrir, le plus largement possible, le débat sur ces questions très délicates ». Mais il s'empresse de le réduire à néant : « Je suis formellement opposé à toute modification des dispositions législatives. » Bref, on peut toujours dire... à condition de ne rien faire.

Seule note discordante mais d'importance : les deux filles de madame J. laissent éclater leur colère dans la presse locale. Elles reprochent au médecin sa distance, sa froideur, elles contestent son diagnostic, dénoncent son manque de concertation : « Il aurait dû au moins nous en parler, nous demander notre avis… Nous avons été tenues à l'écart de tout, un peu comme si la mort de notre mère ne nous concernait pas. »

En dépit de ces protestations, l'affaire semble terminée. Mais, à Millau, le procureur de la République ne l'entend pas de cette oreille. Pour lui, les textes sont les textes, ils doivent être appliqués. Il décide donc, en son âme et conscience, de faire appel devant le Conseil national de l'Ordre. Un an plus tard, le docteur Duffau se retrouve face à l'instance ordinale suprême. Et cette fois, non plus à Millau mais à Paris. Loin de la presse, cela va de soi.

Le principe et la réalité

Le Conseil se trouve face à une alternative. D'un côté, le principe, inscrit dans l'article 38, interdit de donner la mort. L'accusé est donc coupable. De l'autre, les circonstances inscrites dans la réalité. Elles pourraient expliquer un tel acte, voire l'excuser. Encore convient-il de s'assurer que toutes les exigences de la déontologie ont été respectées.

Car la démarche du docteur Duffau suscite de légitimes interrogations. Ne devait-il pas pousser davantage la concertation avec les autres membres de l'équipe médicale, se fonder sur une décision véritablement collective ? Avait-il au préalable tenté de connaître les volontés de sa patiente ? Ne devait-il pas prendre l'avis de la famille ou, à tout le moins, la tenir informée ? Est-il vrai qu'après le décès, il ne s'est pas donné la peine de rencontrer les filles de madame J., de s'expliquer avec elles ? Il revient au praticien de s'expliquer, de convaincre ses pairs qu'il a agi au mieux de l'intérêt de sa patiente.

La réponse à ces questions serait, en outre, l'occasion de définir un code de bonne conduite dans ces situations extrêmes. L'occasion... ou le piège. Car cela reviendrait à légitimer l'acte lui-même. Dire : « dans ces conditions, ce n'est pas admissible », c'est aussi reconnaître : « dans d'autres conditions, ce serait admissible ». Un précédent dangereux. Le Conseil s'en tient au code de déontologie et, sur la base de l'article 38, révise l'arrêt rendu par le Conseil régional. Le docteur Duffau se voit interdire pour une année l'exercice de la médecine. Il introduit un recours devant le Conseil d'État. Peine perdue. Comme le rappelle le conseiller Rémi Schwartz dans ses conclusions : « En l'état actuel de notre droit, la question est claire : il est strictement interdit de provoquer délibérément la mort d'un patient. » Le 8 décembre 2000, la Haute Assemblée rejette sa requête et confirme la condamnation, en précisant que cet acte d'euthanasie active « est interdit par l'article 38 quelles que soient les circonstances ».

D'emblée cette décision crée un malaise. Si le Conseil considère toute euthanasie, à plus forte raison lorsqu'elle n'est pas formellement demandée par le malade, comme un crime, alors la peine est dérisoire. Un an de suspension pour un assassinat, c'est aberrant. Si demain un médecin attente à mes jours, j'espère qu'il ira en prison ! La suspension, cela vaut pour une faute professionnelle, rien de plus. Mais si l'on s'en tient au jugement, c'est le principe qui est invoqué, pas les circonstances. D'un autre point de vue, la peine n'est pas une simple réprimande. Un an d'interdiction, c'est une carrière et, peut-être même, une vie brisée. Pour les médecins, c'est un avertissement.

Car tout est là. Le corps médical a reçu et entendu le message, le « signal fort » comme on dit aujourd'hui.

Qu'ils n'aillent pas, ces médecins, s'imaginer que l'institution cède à la pression des médias, à l'émotion du peuple, aux spéculations des intellectuels. Certes, elle se garde de croiser le fer avec son docteur de ministre. Trop dangereux. En 1988, sur le même sujet, elle avait eu la peau de l'éphémère secrétaire d'État à la Santé, le brouillon Léon Schwartzenberg, qui, tout juste nommé, avait prétendu couvrir l'euthanasie de son autorité ministérielle. Une affaire rondement menée. Avec Bernard Kouchner, ce serait une autre paire de manches. Le *french doctor* est populaire, charismatique, même éloquent, et sait parfaitement jusqu'où il peut aller trop loin. L'affronter en public reviendrait à ouvrir le débat devant l'opinion. Surtout pas ! L'important est de faire un exemple en frappant le plus anonyme des praticiens afin de prouver aux autres qu'ils risquent de payer très cher un instant de compassion.

Mais tandis que les juges du Conseil délibèrent sur le cas Duffau, voilà qu'ils sont confrontés à une affaire beaucoup plus gênante, celle du docteur Bernard Senet. Quelques mois plus tôt, ce médecin généraliste de Velleron, près de L'Isle-sur-la-Sorgue, a formellement reconnu dans l'hebdomadaire *Le Point*[1] avoir à plusieurs reprises précipité la mort de patients incurables en phase terminale. S'agit-il d'un « monstre froid », d'un « ange de la mort » ou, à l'inverse, d'un malheureux rongé par le remords et ployant sous le poids de ses crimes ? Ni l'un ni l'autre. Le docteur Senet est un homme paisible, père de quatre enfants, un « médecin de campagne » à l'ancienne, version moderne. Car Bernard Senet, Parisien installé depuis vingt-cinq ans en Provence, c'est le militantisme fait homme, le soixante-huitard qui n'a pas sacrifié ses idéaux à sa carrière.

1. « Le combat du docteur Senet », *Le Point*, 27 mars 1999.

Étudiant, il passait des nuits au téléphone de SOS-Amitié pour sauver les désespérés au bord du suicide. Revenu de certaines illusions baba-cool, il milite au MRAP, chez les Verts, à l'Association pour le droit de mourir dans la dignité, l'ADMD. Il est là partout où ça bouge, où ça peut faire bouger. Comme de nombreux médecins, il a aidé des patients à mourir, comme tous ceux qui l'ont fait, il ne l'a pas dit. Pourtant, à la différence de tous les autres, il se décide à parler. Là encore, pour faire bouger les choses.

A-t-il fait des injections mortelles « à la sauvette » pour se débarrasser de malades devenus gênants ? Non, bien sûr, il refuse ce genre de pratiques dans le cadre hospitalier car, dit-il, « l'euthanasie ne peut être donnée que lorsque l'on a suivi intimement ses patients ». Bref, il entend accompagner ses malades et, de fait, il milite pour les soins palliatifs, anime des stages de lutte contre la douleur, etc. Mais il sait que « même si ces soins soulagent neuf patients sur dix, il reste un malade, un malade qui n'en peut plus, n'en veut plus ». C'est alors qu'il donne au malade « la liberté soit de continuer en étant soigné autant qu'il est possible, soit d'en finir dans ce que je considère comme : la dignité ».

Le récit de sa première euthanasie illustre parfaitement cette démarche. La mourante est une jeune fille de 16 ans rongée par un cancer. Aucun espoir ne lui est plus permis, elle veut cesser de souffrir et lui demande son aide. « Cette gamine, je la connaissais depuis toujours, depuis la première seconde de son diagnostic. J'ai beaucoup parlé avec elle, avec ses parents, nous avons cheminé, et un jour, oui, je l'ai aidée à mourir. »

Une attitude empreinte de respect, d'humanité, de charité, c'est vrai, mais, pour finir, la même transgression de l'interdit. Si l'on se réfère aux seuls principes, il n'y a aucune différence entre le docteur Duffau et le docteur Senet. Mais le Conseil ne s'y trompe pas. Le premier ne cherchait pas l'affrontement, il n'a d'ailleurs jamais donné d'interview, n'est jamais apparu dans les médias. Par ailleurs, il n'a pas reçu de demande formelle de sa malade. C'est la proie idéale pour faire un exemple. Bernard Senet, lui, c'est autre chose. Il provoque délibérément le Conseil, donne des interviews, puis s'explique dans un livre[1]. Il est irréprochable sur le terrain de la déontologie, populaire auprès de ses patients, et il le sait. Voilà bien l'adversaire à éviter lorsque l'on craint les réactions de l'opinion publique. Rigoureux mais pas téméraire, l'Ordre décide d'ignorer le généraliste de L'Isle-sur-la-Sorgue et de se focaliser sur le gériatre de Sévérac-le-Château. Étranges calculs face à un interdit que l'on dit majeur, absolu, intangible...

L'inavouable vérité

Il est certes interdit de faire une injection létale, mais il ne l'est pas moins de débrancher une assistance vitale. Si les experts français distinguent, d'un côté, l'euthanasie active, de l'autre, l'euthanasie passive, la loi quant à elle, et par conséquent la justice, retient le même qualificatif : crime. Elle a pourtant autant de mal à s'appliquer dans un cas que dans l'autre. Exemple.

Le samedi 1er juillet 1989, Carole L. est hospitalisée en urgence à l'hôpital de Dieppe où, précisément, elle travaille. Victime d'un accident de la route, elle souffre de multiples fractures et lésions, de traumatismes crâniens, d'hémorragies internes. État général alarmant. Première opération dans l'après-midi. Le chirurgien

1. Catherine Leguay, *Mourir dans la dignité. Quand un médecin dit oui*, Robert Laffont, 2000.

referme, le sang coule toujours. Il rouvre, croit avoir jugulé l'hémorragie. Dans la nuit, nouvelle alerte. L'anesthésiste de garde, le docteur Alain Girer, est à bout, souffre de vertiges et doit prendre des médicaments pour « tenir le coup ». Il place la blessée en réanimation avec transfusion. Manifestement l'hémorragie n'est pas jugulée. Le dimanche, il faut réopérer. Dans l'après-midi, la situation s'aggrave. Effondrement de la tension, les infirmières appellent l'anesthésiste. Celui-ci arrive en larmes, bouleversé. « C'est foutu, dit-il, complètement foutu. On arrête tout. » Puis, à l'adresse d'une infirmière : « Si tu ne veux pas retirer le tube, je le fais moi-même » et, sans attendre, le docteur Girer enlève la sonde d'intubation qui permet une ventilation assistée, la sonde gastrique et les lignes de perfusion. Par la suite, les infirmières lui demanderont de rebrancher les appareils. Il refusera. Carole L. mourra peu après. Les infirmières informeront la direction qui alertera le parquet.

Deux expertises médicales confirment tout à la fois que, en tout état de cause, la patiente était perdue, que le débranchement a bien précipité sa mort, et qu'il a été effectué « en désaccord avec toute logique et toute éthique médicale et contrairement aux règles consacrées par la pratique ». En effet, le médecin, avant de prendre une telle décision, n'a pas procédé aux examens indispensables, n'a pas consulté les autres membres de l'équipe soignante, ne s'est pas donné le temps de la réflexion. Bref, ce n'est pas ainsi que peut être prise une décision d'arrêter les soins.

La justice va donc poursuivre le docteur Girer et le renvoyer... devant le tribunal correctionnel. Curieux ! L'euthanasie n'est-elle pas un crime justiciable des assises ? Eh bien non, l'accusation retient l'homicide involontaire par imprudence ! C'est donc à ce titre que le médecin sera condamné à quinze mois de prison avec sursis et 20 000 francs d'amende. Peine confirmée par la Cour d'appel, puis par la Cour de cassation en 1997.

Comment comprendre un tel jugement ? Et d'abord qu'est-ce que cet homicide « involontaire par imprudence » ? Un anesthésiste sait parfaitement ce qu'il fait lorsqu'il débranche un patient en si mauvais état. Il sait que la mort suivra inéluctablement. Où est l'imprudence, où est l'acte involontaire ?

C'est un professeur de droit, Jean-Yves Chevallier, qui, en commentant cet arrêt, donne le fin mot de l'affaire. Il estime que cette décision est inspirée par « le désir des tribunaux de lutter contre certaines tendances contemporaines à vouloir mettre fin de façon délibérée aux souffrances de certains malades manifestement condamnés à plus ou moins court terme ». Bref, la justice part en guerre contre l'euthanasie, elle entend rappeler au corps médical que selon le serment d'Hippocrate, « le médecin est là pour tout mettre en œuvre afin de prolonger la vie, non pour l'écourter ». Il s'agit donc, encore une fois, de faire un exemple avec le docteur Girer afin de mettre en garde ses collègues. Mais pourquoi n'avoir pas appliqué la loi, qualifié son geste de crime et envoyé l'accusé aux assises ? Tout simplement parce que les jurés populaires sont « plus enclins à l'indulgence que les magistrats professionnels ». De fait, l'on sait que les affaires d'euthanasie se concluent en Cour d'assises par des acquittements ou des peines de principe. Pour obtenir une sanction, ne serait-ce qu'avec sursis, il fallait, contre toute logique, correctionnaliser l'affaire afin de court-circuiter la volonté populaire. C'est au prix d'un détournement de procédure manifeste que la justice prétend rappeler les anesthésistes-réanimateurs au respect de la loi !

D'une affaire à l'autre, c'est toujours l'équivoque et l'ambiguïté. En s'emparant de cas limites, en se livrant à des contorsions juridiques, les gardiens de l'ordre veulent rappeler les médecins au respect de l'interdit. Mais ils ne réussissent qu'à démontrer sa violation générale. Car c'est tous les jours que l'on débranche des malades dans les services de réanimation, et, aux yeux de la loi, il s'agit de crimes. En fait, l'acte ne devient répréhensible qu'en fonction des circonstances. Telle est d'ailleurs la conclusion des expertises médicales. La démonstration est la même pour l'euthanasie directe. Les propos de Bernard Kouchner, du docteur Benayoun, la compréhension des confrères au niveau régional montrent que l'on jette un pieux mensonge sur une inavouable vérité. Le docteur Duffau a fait l'injection mortelle au vu et au su d'une infirmière et d'un collègue. Or il n'était guère difficile au chef de service de se dissimuler. Il n'en a pas ressenti le besoin, car, pour lui, cette transgression n'en était pas une. Que conclure ?

Premier enseignement : il est probable que l'euthanasie est largement répandue. C'est une réalité que nous découvrirons tout au long de cet ouvrage. Deuxième enseignement : il s'agit d'une pratique occulte, honteuse et qui, par conséquent, échappe à tout contrôle. Les circonstances qui l'entourent peuvent être, selon les cas, meilleures ou pires que celles de Maurice-Fénaille. Les docteurs Duffau ou Girer n'ont eu qu'un tort : se faire dénoncer. Ainsi l'euthanasie, « crime » d'usage courant, est d'autant plus condamnée en paroles qu'elle est moins sanctionnée dans les faits.

L'immunité dont jouit le docteur Senet n'est pas moins surprenante. À première vue, on l'a dit, elle s'explique par la peur de l'opinion. Et allez savoir si, en cas de condamnation par l'Ordre, le corps médical lui-même, par solidarité, pour ne plus vivre dans la clandestinité, ne s'insurgerait pas, si d'autres confrères ne proclameraient pas : « Nous aussi nous avons pratiqué l'euthanasie ! » Et si la presse s'emparait de l'affaire, déclenchait une campagne et poussait les politiques à se saisir du dossier ? Trop dangereux décidément.

Ainsi la condamnation des uns prouve-t-elle que l'interdit est largement violé et l'immunité des autres qu'il est très impopulaire. Question : et si, pour une fois, c'était le peuple qui avait raison et l'élite qui avait tort ?

Le temps des infirmières

Si les médecins gardent le silence, les infirmières, premières concernées on l'oublie trop souvent, commencent à parler. En 1997, Véronique Lesueur[1] publie un recueil de témoignages bruts, ceux d'une dizaine d'infirmières qui se racontent. L'euthanasie revient dans tous les récits. Betty, Caroline, Ingrid, et les autres reconnaissent avoir procédé à des injections mortelles, elles en parlent avec une bouleversante humanité. Elles l'ont fait par compassion, parce qu'il fallait le faire, et n'en ressentent aucun remords. Au reste, l'une d'entre elles laisse entendre qu'elle a aidé des proches à mourir, et une autre qu'elle s'est fait une réserve de produits pour abréger sa vie « au cas où ». Certes ces femmes parlent sous le couvert de l'anonymat, mais leurs témoignages sonnent vrai. L'euthanasie, elles la rencontrent dans l'exercice de leur profession. Nul évidemment ne tire les conséquences de ce document et ne va enquêter pour en savoir plus.

À l'été 1998, éclate l'affaire Christine Malèvre. Cette infirmière du centre hospitalier François-Quesnay à Mantes-la-Jolie est accusée d'avoir euthanasié de nombreuses personnes atteintes de maladies incurables.

---

1. Véronique Lesueur, *Nous, les infirmières,* Le Pré aux Clercs, 1997.

L'information fait la une de la presse. Les commentateurs hésitent entre l'horreur, la condamnation, la compréhension et la compassion. Mais quel que soit le jugement porté sur la personnalité de la principale intéressée, ils se rejoignent pour dénoncer les perversions de l'euthanasie et recommander le maintien de sa totale interdiction. Ces mises en garde donnent à penser que toute législation ferait se multiplier les « anges de la mort » dans les couloirs de nos hôpitaux, que nous ne saurions plus jamais si la seringue qui s'avance ne contient pas quelque mortelle mixture. L'idée ne vient à personne que le comportement de cette infirmière est lié à l'interdiction et à l'opacité, et qu'il faut de toute urgence imposer la transparence et le contrôle pour éviter de telles dérives. La conclusion générale est tout juste à l'opposé : l'affaire de Mantes-la-Jolie n'est qu'un cas d'espèce lié à la personnalité de Christine Malèvre. Il appartient à la justice de se prononcer. Pour le reste, il ne faut surtout rien changer.

Mais voilà qu'une infirmière, indignée par ces réactions, décide de monter en première ligne. Béatrice Piccini contacte la télévision et propose de témoigner. À visage découvert. Au cours de son long parcours professionnel, elle a travaillé, explique-t-elle, dans des établissements très divers, maisons de longs séjours à l'abandon ou services chirurgicaux de pointe. Or, devant les caméras, elle reconnaît avoir donné la mort à des malades en fin de vie. Un témoignage prolongé par la publication d'un livre[1].

Voici un récit parmi bien d'autres, celui de la mort de monsieur F. « Il souffre, il souffre que sa femme et ses enfants le voient dans cet état ; qu'ils respirent l'odeur

---

1. Béatrice Piccini, *Euthanasie, l'hôpital en question*, Michalon, 1999.

âcre, tenace, persistante malgré l'air et les eaux de toilette – odeur écœurante qui est celle de sa maladie, un cancer en phase terminale. De ces liquides jaunâtres, verdâtres qui coulent hors de son corps amaigri, douloureux, qui ne le soutient plus. » En dépit des antalgiques, il gémit, pleure, appelle au secours, hurle. À son chevet, l'infirmière recueille ses confidences : « S'il vous plaît, aidez-moi ! » Monsieur F. demande qu'on en finisse. Béatrice pose la question à l'anesthésiste. Le médecin refuse, impossible d'augmenter les doses, ce serait mettre en danger la vie du malade, c'est interdit. Mais monsieur F. revient à la charge, insiste. Auprès de l'infirmière bien sûr.

« Un cri plus fort que les autres : "Infirmière !"

« Il hurle. Je me lève, j'ouvre la porte du 12. Il se rend compte de l'endroit où il se trouve, de son état, de ma présence, il ne délire plus. Il pleure toujours, mais doucement.

« "Béatrice, je comptais sur vous, ma femme ne pourra pas, je ne veux plus que mes fils me voient comme cela. C'est fini pour moi."

« Il s'accroche à ma main, insiste de nouveau.

« "Monsieur F., j'ai peur parce que ça peut se savoir et c'est illégal.

« Oui, on en a déjà discuté, me répond-il faiblement. Je comprends. Je sais, pardonnez-moi. Je devrais le faire moi-même mais je ne sais pas le faire." »

Scène terrible qui emporte les peurs et les réticences de l'infirmière.

« Je prends des antalgiques et j'augmente la prescription : des doses beaucoup plus fortes que les tranquillisants. Il me regarde, je l'apaise, mes mains tremblent un petit peu. Son regard m'absout. Il dit tout bas : "Merci ! Dieu vous bénisse."

« [...] Il n'est pas mort, il dort. Je rentre chez moi très angoissée, redoutant un coup de fil de la clinique. Il mourra le lendemain. Je ne suis pas seule à l'avoir aidé. L'infirmière qui m'a remplacée a pris sur elle d'augmenter aussi les prescriptions… »

Et Béatrice de conclure : « La responsabilité de la mort de monsieur F., qui doit la porter ? L'infirmière qui m'a succédé ou moi ? Cette idée m'obsède… » Mais jamais les deux femmes n'en parleront à cœur ouvert. L'euthanasie ça se fait, ça ne se dit pas.

Difficile de mettre en doute l'authenticité d'un tel récit. D'autant qu'au long de ces pages, Béatrice Piccini relate bien d'autres histoires tout aussi tragiques, tout aussi banales. Oui, elle a précipité la fin de monsieur F. et celle d'autres patients. Mais elle n'a fait bien souvent qu'exécuter les mortelles prescriptions de ses supérieurs. Ces pratiques, elle les a rencontrées dans la plupart des établissements. C'est ce qu'elle dit, ce qu'elle raconte, ce dont elle témoigne.

Certes Béatrice Piccini n'est pas médecin, elle ne relève pas de la justice ordinale, mais ses déclarations relatent des faits délictueux, voire criminels, qui devraient déclencher une action judiciaire. En outre, son récit met en cause le corps médical. À ce titre, l'Ordre se devrait de réagir, d'enquêter sur ces cas allégués d'euthanasie.

Comme de bien entendu, ni juges ni médecins ne bougeront. Ils savent que l'infirmière dit vrai, que tout procès ne ferait que porter cette vérité sur le devant de la scène, provoquer un courant de sympathie dans l'opinion. Mieux vaut s'en tenir au cas troublant de Christine Malèvre et, surtout, ne pas tenter de l'éclairer par le témoignage de Béatrice Piccini. La première affaire peut être exploitée en faveur de l'interdit sur l'euthanasie, la seconde aurait tout juste l'effet inverse. Il n'y aura donc pas d'affaire Piccini, pas plus que d'affaire Senet, mais des affaires Duffau, Girer ou Malèvre.

La question à ne pas poser

Entretenir la confusion entre une réalité sans principes et des principes sans réalité, cela s'appelle l'hypocrisie. Le maître mot.

Les juges du docteur Duffau, grands patrons, médecins confirmés, chefs de service n'ont pas besoin de lire Béatrice Piccini pour savoir à quoi s'en tenir. Je ne donnerais même pas une mèche à couper que l'un ou l'autre n'a pas, ne fût-ce qu'une fois dans sa carrière, cédé à la compassion et accompli de semblables gestes. Pourtant ils ont toujours fermé les yeux... et la bouche. Et voilà qu'ils doivent sévir contre le confrère maladroit qui s'est fait pincer. Comment sanctionner des pratiques qu'ils ont, pour le moins, couvertes d'un silence complice ?

Et pourquoi s'empêtrer dans ces mensonges ? Pourquoi ne pas jeter bas le masque et dire : « Ça suffit ! Regardons la réalité en face, décidons de ce qu'il faut faire » ? Nombreux sont les médecins, surtout dans la jeune génération, qui ne demanderaient pas mieux. Mais comment ébranler le conservatisme minéral de cette pyramide ? Depuis un demi-siècle, notre élite, médicale, religieuse, politique, philosophique, accumule les arguments d'autorité et le terrorisme moral, les postulats arbitraires et les généralisations abusives, les faux-semblants et les vrais mensonges, les incohérences, les invraisemblances pour maintenir vaille que vaille le *statu quo*. Car tout est là : bloquer toute réflexion, toute remise en cause. Éviter la confrontation du discours officiel avec la réalité quotidienne, censurer la simple vérité des vivants et des morts. La stratégie s'est révélée d'une grande efficacité puisque la question n'a jamais pu émerger dans le débat politique, que le Parlement français ne s'est jamais interrogé sur l'euthanasie.

À nous de démanteler ces barricades argumentaires, ce bric-à-brac d'images pieuses et de masques terrifiants afin d'en arriver à la question cachée, la question à ne jamais poser : *chaque individu est-il oui ou non maître de sa vie et de sa mort, peut-il choisir l'heure et les circonstances de son départ ?*

« Il n'y a qu'un problème philosophique vraiment sérieux, c'est le suicide », disait Albert Camus. Sans doute, mais ce sérieux-là n'était pas celui de notre monde médicalisé, c'était le refus de la vie, pas la mort en fin de vie. Sur le premier point, rien n'a changé. Le suicide reste pour la société un fléau qu'il faut combattre. Par la prévention et non plus par la répression.

En revanche, le progrès médical nous pose une tout autre question qui se formule en termes très concrets d'interventions chirurgicales, de traitements chimiques, de réanimation, d'intubation, de sédation, etc. Autant de réalités qui appellent des décisions et qui balisent notre sortie de vie. Selon les moyens mis en œuvre nous partirons plus tôt ou plus tard, d'une manière ou d'une autre.

L'ancienne question de la mort volontaire était philosophique, la nouvelle est médicale. Impossible de s'y soustraire, car la fin de vie est devenue « décidable ». La liberté de choisir sa mort n'a plus rien de théorique, c'est du quotidien, du vécu. Et cela ne concerne pas les pulsions suicidaires des bien-portants.

Or nos sociétés ne sont pas capables de faire la distinction. Elles traitent sur le même pied la mort volontaire demandée par monsieur F. à Béatrice Piccini et celle d'une jeune femme dépressive qui met fin à ses jours, les patientes des docteurs Duffau ou Girer qui, aux dires mêmes des experts, n'avaient plus que quelques heures à vivre – et dans quelles conditions ! –, et le désespéré de vingt ans qui a toute une vie, probablement heureuse, devant lui. Confusion des genres qui frappe d'un même interdit deux actes profondément dissemblables mais qui ne permet pas de le proclamer ouvertement. C'est pourquoi la condamnation de l'euthanasie se fonde sur la défense des plus faibles, ceux qui, dit-on, seraient éliminés sous couvert de mort demandée ! Argument dilatoire pour n'avoir pas à proclamer haut et fort : « L'euthanasie est interdite car il n'appartient pas à l'individu de choisir l'heure et les conditions de sa mort. » Tel est pourtant le cœur du débat. Pourquoi faut-il qu'il soit ainsi escamoté ? Que l'on soulève mille objections plus inconsistantes les unes que les autres alors qu'il suffirait de rappeler ce principe ? S'il est entendu que nul n'a le droit de choisir l'heure de sa mort, pas plus le mourant en phase terminale que l'adulte en pleine santé, il n'y a rien à ajouter. À condition, bien sûr, que le tabou ait conservé sa légitimité dans l'un et l'autre cas, que sa portée n'ait pas été abusivement étendue.

Essayons de comprendre. L'homme moderne peut préparer sa succession, rédiger son testament et faire respecter ses dernières volontés. Il ne tient qu'à lui d'organiser ses obsèques, de choisir sa dernière demeure. Enterré ou incinéré, fleurs ou couronnes, monument funéraire ou dispersion des cendres, à lui de choisir. Mais, pour sa mort, il n'a rien à dire et rien à décider. Tout au plus peut-il refuser un traitement.

La Constitution reconnaît toutes sortes de libertés individuelles dont certaines peuvent déranger la collectivité. D'où vient qu'elle ignore la plus personnelle de toutes, celle qui, jamais, n'attente à la liberté des autres ? Qu'elle refuse l'assistance médicale pour une mort en toute fin de vie qui n'a rien à voir avec le comportement antisocial du suicide classique ? N'est-ce pas étrange ?

Comment expliquer la survivance de cet interdit dans un monde laïc, dans une société qui, chaque jour, crée une nouvelle loi pour admettre, protéger, organiser les comportements marginaux voire déviants ? Comment comprendre le refus obstiné de tout débat sur ce sujet ?

Car enfin, reconnaître cette dernière liberté n'imposerait rien à personne. La liberté religieuse n'oblige pas à croire, pas plus que la liberté de divorcer à se séparer ou la liberté d'avorter à interrompre sa grossesse. Chacun en fait l'usage qu'il veut. Il nous est ainsi offert des bouquets de possibles qui constituent l'essence même de la démocratie. Le choix de sa mort laisserait à chacun le pouvoir de ne rien choisir du tout. Quant aux médecins, libre à eux de recourir à une clause de conscience. Où se situe donc le blocage ?

Si monsieur F. ou les patients du docteur Senet s'étaient suicidés seuls dans leur coin, sans demander l'avis ou l'aide de personne, la société pourrait ignorer leur fin malheureuse. Mais elle se trouve interpellée par ces morts médicalisées qui nous font basculer de la responsabilité individuelle à la responsabilité collective. Car, dans le monde contemporain, un droit ne saurait être reconnu sans que la collectivité ait en charge d'en assurer le bon exercice. Si le malade a le droit de choisir sa mort, il doit avoir à sa disposition les moyens de mourir. Les moyens « civilisés » s'entend. Pour la société, c'est une obligation nouvelle, difficile à gérer lorsque le même acte est un service pour les uns, un crime pour les autres, lorsque l'on veut tout à la fois aider les incurables à mourir et empêcher les adolescents de se donner la mort.

Car un droit, surtout dans un tel domaine, demande à être organisé, réglementé. Impossible de s'en débarrasser en disant « Faites ce qu'il vous plaît ». Légaliser l'euthanasie, c'est, pour le corps social et, surtout, pour le corps médical, reconnaître qu'il a en charge la mort. Jusqu'au dernier soupir inclus. Une épreuve de vérité redoutable que l'hypocrisie présente s'efforce d'esquiver. Vaine dérobade ! Plus nous fuyons ces responsabilités et plus le progrès médical nous les impose. L'interdit de la mort et la médecine moderne sont incompatibles, l'évidence finira par s'imposer.

Nous ne ferons donc pas l'économie d'un droit de la mort adapté au monde moderne. Et ce droit reposera sur un principe : la liberté reconnue à chacun de choisir en fin de vie l'heure et les conditions de sa mort. Si l'on peut être aussi affirmatif, c'est en raison d'une règle de bon sens que rappelle à ce sujet André Comte-Sponville : « Quand la loi et la morale ne coïncident plus, c'est la loi qu'il faut changer[1]. » Et elle le sera.

1. André Comte-Sponville, « Le droit de mourir », in *Mourir dans la dignité, op. cit.*

2

LA BONNE MORT

Si de telles affaires nous concernent, c'est parce que nous sommes mortels, tout simplement. Augustine J., monsieur F., c'est nous, le docteur Duffau c'est notre médecin, Béatrice Piccini c'est notre infirmière. Et ces histoires peuvent devenir les nôtres.

« Il faut mourir une fois dans sa vie », dit en badinant un personnage d'Alfred de Musset. Cela seul est assuré. Mais nous ignorons l'heure et, surtout, les circonstances. Car en dépit de la morphine et des soins palliatifs – quand ils existent –, la mauvaise mort avec son cortège de souffrances et de misères n'a pas disparu. Elle est, certes, moins fréquente qu'en 1970, mais cette mesure statistique ne vaut rien comme assurance individuelle. Car si nous avons la malchance de tirer un numéro perdant, ce sera du 100 %, si faible qu'ait été la probabilité.

Le médecin qui sera à notre chevet, celui qui, si nous le demandions, pourrait accepter ou refuser un geste de délivrance, sera tenu par l'interdit. Il repensera à tel ou tel précédent, aux sanctions encourues. S'il reste sourd à nos appels, s'il nous laisse à notre misère, il sera irréprochable mais, à l'inverse, s'il écoute notre demande et facilite notre départ, alors il deviendra coupable et répréhensible. Si la gangrène nous ronge, que nous demandons à ne pas pourrir vivant, c'est pour lui et pas pour nous, que le praticien devra peser le pour et le contre. Et les docteurs Senet ne courent pas les rues.

Libre à nous de chasser ces vilaines pensées et de vivre comme si nous étions immortels, c'est d'une manière générale la solution de l'homme moderne occidental et du Français en particulier. Nous mourrons : c'est écrit de toute éternité. En attendant, buvons ! Cette insouciance est une ignorance coupable. Une ignorance, car le progrès n'a pas moins transformé la mort que le reste de l'existence ; coupable, car ce changement nous concerne à tout moment.

La nouvelle mort

Premier point, la mort s'est « hospitalisée ». Hier, 70 % des Français mouraient chez eux, aujourd'hui, 70 % meurent à l'hôpital. Lieu privé ou lieu public, ce n'est pas pareil. Les demandes du mourant ne s'adressent plus à ses proches mais au personnel soignant. Médecins et infirmières devront assumer toute décision quelle qu'elle soit. C'est donc la collectivité qui se trouve interpellée par les volontés du patient en fin de vie.

Deuxième point, la mort a vieilli. Théologien et partisan de l'euthanasie, Jacques Pohier[1] constate que « la mort, qui était hier une affaire de jeunes (50 moins de 20 ans sur 100 morts) est devenue une affaire de vieux (58 de plus de 75 ans sur 100 morts) ». C'est assurément une grande victoire d'avoir ainsi fait reculer la mortalité infantile et juvénile, encore faut-il en mesurer les conséquences. Les décisions à prendre ne sont pas les mêmes face à des êtres jeunes qui, s'ils

1. Jacques Pohier, *La Mort opportune*, Seuil, coll. « Points essais », 1998.

pouvaient en réchapper, auraient la vie devant eux et face à des vieillards qui, en tout état de cause, ne peuvent plus escompter que quelques mois de vie dégradée.

Troisième point, la mort n'est plus un événement, c'est un processus. L'agonie était, le plus souvent, de courte durée. La malade déclinait très vite. Irrémédiablement. Aujourd'hui, les techniques de réanimation prennent le relais des fonctions défaillantes et permettent de rester en vie ou en survie très longtemps. « La mort est devenue un processus long et qu'on fait presque tout pour prolonger », affirme Jacques Pohier, qui ajoute : « Ce qu'il faut bien appeler la prolongation de la mort autant que de la vie. » Un seul chiffre nous en dit long : le tiers des décès interviennent aujourd'hui dans les services de réanimation.

Jusqu'où doit-on retenir la mort ? La question hante toutes les unités de soins intensifs. On peut toujours se récrier au mot d'euthanasie, il n'empêche que, de plus en plus souvent, il y a une décision humaine à l'origine d'un décès. À terme, la mort relèvera *normalement* d'un acte médical. C'est ce que prévoyait, il y a un quart de siècle déjà, la biologiste Odette Thibault : « Plus on progressera dans la prolongation de la vie et plus la mort résultera d'une décision de médecin. À la limite, nous serons tous euthanasiés[1]. » Vérité d'évidence que nos législateurs sont seuls à ignorer.

Cette fin sans cesse prolongée peut être un bienfait pour le croyant qui, se trouvant face à Dieu, voit dans ces derniers instants une ultime possibilité d'enrichissement spirituel. Mais l'homme qui se trouve face au néant n'a sans doute qu'une envie, celle de partir très vite. La « bonne mort » est devenue la mort instantanée,

---

1. Odette Thibault, *La Maîtrise de la mort*, Éditions universitaires, 1975.

celle dont, à la limite, le mourant n'a pas conscience. On connaît le dialogue : « Ça n'a pas été trop pénible ? – Non, il est mort pendant son sommeil, il ne s'est pas vu partir. – Tant mieux pour lui. » Les esprits religieux s'en désolent, mais c'est bien ainsi que la plupart de nos contemporains souhaitent quitter ce monde. La contradiction est évidente entre le désir contemporain de mourir vite et le progrès qui nous fait mourir de plus en plus lentement.

Quatrième point, la mort est médicalisée. Que pouvait-on faire au XIXe siècle pour soulager une agonie atroce ? Bien peu de chose en vérité. Chacun subissait le sort que le destin lui avait réservé. Aujourd'hui, la médecine accompagne cette sortie de vie. Elle calme les douleurs. Jusqu'où ? Si les analgésiques se révèlent inefficaces, il est toujours possible d'augmenter les doses de morphine et de barbituriques pour que le malade parte dans un sommeil provoqué, voire d'utiliser des drogues mortelles. Toute pharmacie hospitalière contient les produits nécessaires pour partir « en douceur » lorsqu'on ne peut plus guérir.

Face à cette « bonne mort », traduction étymologique du mot « euthanasie », la dérobade est impossible. Le médecin ne s'engage pas moins en acceptant qu'en refusant d'y recourir. C'est Franz Kafka sur son lit de mort qui luttait pour son « overdose » de morphine et lançait à son médecin : « Tuez-moi, sinon vous êtes un assassin ! » Un cri auquel répond en écho le professeur Léon Schwartzenberg : « [...] je serais un salaud, si je ne le faisais pas [...] ».

Ce changement, nul ne l'avait prévu, nul n'en avait imaginé les conséquences. Mais peut-on croire que nous trouverons les réponses dans l'antique morale de la fatalité et de l'impuissance ?

L'inévitable euthanasie

Nos grandes consciences médicales vont répétant que « la main qui soigne ne peut pas être la main qui tue ». Discours infantilisant à l'intention du public, car la réalité est bien différente. Le cancérologue Claude Chardot reconnaît, en effet, que « le médecin se trouve, qu'il le veuille ou non, en situation de régler les conditions de la fin de vie et le maintien ou non de la lucidité. Il décide même, dans une certaine mesure, du moment de la mort[1] ». Ce qui ne l'empêche pas d'être un adversaire résolu de l'euthanasie.

Mais la médecine moderne peut-elle encore camper sur cette position et refuser d'administrer la mort ? Plutôt que de nous perdre dans de vaines discussions déontologiques, observons les faits. Pas en France, bien sûr, où nous fermons obstinément les yeux, mais chez nos voisins qui, eux, savent les ouvrir.

En Belgique, les Flamands ont voulu connaître la proportion des décès provoqués par l'intervention humaine, bref, pour dire les choses simplement, la part de l'euthanasie. Ils ont lancé pour cela une enquête très lourde à l'échelle du pays sous l'autorité du département de sociologie médicale et des sciences de la santé de l'Université Libre de Bruxelles et en ont, comme il se doit, publié les résultats dans la revue médicale de référence, *The Lancet*[2]. Les chercheurs ont travaillé sur un échantillon de 4 000 décès représentant 20 % de la mortalité entre janvier et mai 1998. Pour chaque cas, ils ont soumis un formulaire de 51 questions au médecin qui avait signé le certificat. Une procédure stricte garantis-

1. M. Abiven, C. Chardot et R. Fresco, *Euthanasie. Alternatives et controverses,* Presses de la Renaissance, 2000.

2. Luc Deliens *et alii*, « End-of-life decisions in medical practice in Flanders, Belgium : a nationwide survey », *The Lancet*, 25 novembre 2000.

sait l'anonymat absolu. En définitive, la moitié d'entre eux ont répondu. Près de 2 000 morts ont donc pu être reconstituées en détail, ce qui permet, après application des pondérations d'usage, d'extrapoler à l'ensemble de la population.

Résultat brut : l'euthanasie, sous une forme ou sous une autre, est impliquée dans 39,3 % des décès ! Dans 4,4 % des cas, les médecins ont délibérément administré une drogue létale. À la demande du patient dans 1,3 %, sans son accord explicite dans 3,2 %. À l'échelle de la Flandre, cela représente 2 500 euthanasies directes pour l'année 1998. Viennent ensuite les morts provoquées par des doses très élevées de barbituriques et de morphine afin de calmer les douleurs. Cela représente 18,5 % des décès. Ajoutons encore 16,4 % consécutifs à une décision de ne pas mettre en œuvre ou d'arrêter des dispositifs de survie. Au total, plus de 22 000 Flamands sont morts sur décision médicale en 1998.

Or la loi belge sur l'euthanasie est tout à fait comparable à la loi française. Elle l'interdit absolument, en fait un crime justiciable des plus lourdes peines. Et le seul biais que l'on puisse craindre d'une telle enquête déclarative, c'est la sous-évaluation. Le phénomène peut être plus répandu, certainement pas moins en tout cas.

Le même genre d'enquête a été pratiquée aux Pays-Bas en 1990 et en 1995. Elle a montré que le taux général des morts provoquées avait évolué de 39,4 % à 42,6 %. Pour l'euthanasie active, directe, la Hollande est passée de 2,7 % à 3,3 %. Notons que la différence de législation entre la Belgique ultra-répressive et la Hollande très tolérante n'a pratiquement aucune incidence sur la pratique. Quant à l'Australie, son taux de décès médicalement déclenchés a atteint 64,8 % en 1995 ! Avec 5,3 % d'euthanasies actives.

Si nous extrapolions les chiffres flamands, cela nous donnerait plus de 20 000 euthanasies actives et quelque

200 000 euthanasies passives chaque année en France ! Une telle extrapolation n'a aucune valeur scientifique, cela va de soi, mais, si impressionniste soit-elle, elle nous fournit déjà quelques enseignements. Premièrement, il est absurde de prétendre, au vu de tels chiffres, que l'euthanasie n'existe pas en France. Les sociétés ne sont pas à ce point dissemblables de part et d'autre de la frontière franco-belge. Deuxièmement, ce phénomène de mort volontaire échappe à la politique des États. Qu'il soit toléré ou interdit, il se répand de la même façon . Seule explication possible : il est indissociablement lié à la médecine moderne. Et cette évolution est une bonne chose. Les médecins hollandais, belges et australiens ne sont pas des criminels, leurs patients ne sont pas des masochistes. Si cette façon de faire s'impose, c'est qu'elle offre les meilleures chances d'accéder à cette « mort douce » que permet le progrès médical. Ayant tiré les enseignements de ces études, les Hollandais puis les Belges ont décidé de réglementer ces pratiques. Nous n'en sommes pas encore là et pourtant, il y a quelques décennies déjà, l'historien Philippe Ariès nous lançait cet avertissement : « La mort arrivera à la fin d'une longue vie. *Mors certa,* sans doute, mais non plus *hora incerta.* Au contraire, *hora certa et etiam praescripta*[1]. Alors, une alternative : ou bien la prolongation de la vie dans les conditions indignes, humiliantes et honteuses, de la pratique actuelle, ou bien le droit reconnu et réglementé de cesser à un moment cette prolongation [...]. Il resterait donc à trouver d'une part un statut pour les mourants, d'autre part une règle pour les médecins maître de la vie[2]. » J'ajouterai : « et de la mort ».

1. Mort certaine, heure incertaine, heure certaine et donc prescrite.
2. Philippe Ariès, *Essais sur l'histoire de la mort en Occident,* Seuil, 1975.

Je ne vais pas conduire une réflexion philosophique sur nos fins dernières, réflexion qui garde toute son actualité mais qui n'entre ni dans ma compétence ni dans mon propos. Je ne parle pas de ce qui peut suivre la mort, mais uniquement de cet événement singulier : le passage de vie à trépas. Comment allons-nous quitter ce monde, dans quel état, au terme de quelle agonie ? Telle est ma question.

Ce n'était pas celle de nos ancêtres. Pour eux le pourquoi l'emportait sur le comment. La grande question portait sur l'au-delà, la vie éternelle. Interrogation qui structurait toute l'existence car notre façon de vivre sur terre conditionnait le sort qui nous serait réservé au ciel. Ainsi l'éternité se profilait toujours derrière la mort, elle seule importait puisqu'elle était la clé de tout et dépendait de nous. Quant au « mourir », il ne représentait qu'une transition sur laquelle nous n'avions aucune prise. L'homme se résignait à sa dégradation physique et s'en remettait à Dieu pour le passage d'un monde à l'autre.

Les sociétés modernes laissent à l'appréciation de chacun le pourquoi et, pour tout dire, ne s'en soucient guère. En revanche, elles sont obsédées par le comment. Pour deux raisons. La première, c'est que « mourir » devient la seule interrogation lorsque la mort se vide de sens et de contenu. S'il n'y a rien « après », seul existe l'« avant ». La seconde, c'est que le progrès médical place sous le contrôle humain ce passage de vie à trépas. Comment ne pas s'en préoccuper dès lors que nous pouvons le diriger ? Ainsi la mort a-t-elle changé de sens et d'objet. Pour nos parents, c'était l'au-delà, l'éternité ; pour nous, c'est l'en-deçà, l'agonie. Le « comment mourrons-nous ? » a remplacé le « pourquoi mourrons-nous ? ».

Certes, en dépit de ces changements, les interrogations liées à la condition humaine n'ont pas disparu et le pourquoi se profile toujours derrière le comment. Lorsque les religions disent que nous mourons pour rejoindre notre Créateur, réponse au pourquoi, elles ajoutent souvent que nous devons attendre qu'il nous rappelle à lui et que nous ne saurions précipiter cette heure dernière, interdit sur le comment. Pour les croyants, il n'est rien de plus cohérent et de plus respectable que ce lien entre les raisons et les façons de mourir ; pour les athées, en revanche, ce tabou sur l'euthanasie n'a plus de raison d'être, du moins plus celle-là. Le statut du « mourir », et non pas de la mort, doit toutefois convenir de la même manière à ceux qui gardent l'espoir et les exigences d'une vie éternelle et à ceux qui ne souhaitent et ne demandent que la plus douce des morts. Toute solution qui ne répond pas à cette double exigence, soit qu'elle impose les rigueurs du ciel à ceux qui n'y croient pas, soit qu'elles violent les consciences de ceux qui y croient, est inacceptable.

Telle est la nouvelle mort qu'il nous faut inventer, et n'allons pas croire qu'une fin médicalisée est automatiquement plus douce qu'une fin « naturelle ». Il semble même que ce soit le contraire. Une étude menée au début du siècle par le médecin américain William Osler prouvait que les trois quarts des mourants qui décédaient chez eux partaient de façon paisible. Il en déduisit qu'il valait mieux s'abstenir de tout traitement pour les malades en fin de vie et ne leur administrer que de l'opium. Nous n'avons donc pas fait à tout coup une bonne affaire en mourant dans les bras de la médecine. Encore Osler ignorait-il toutes les ressources de l'acharnement thérapeutique qui, depuis lors, ont fait tant de ravages et transformé en interminables supplices des fins qui eussent pu être adoucies par la médecine moderne. Notons d'ailleurs qu'aucun médecin, jamais, ne fut sanctionné pour avoir tourmenté sans véritable espoir de guérison un patient qu'il aurait pu conduire paisiblement à la mort.

On est aujourd'hui revenu de ces excès. Et l'on doit s'en réjouir. Mais l'histoire de ces dernières années prouve qu'une bonne mort ne va pas de soi dans le monde moderne. D'ailleurs, le thème de la « mort douce » a fait l'objet de très peu de recherches, et, par principe, ne saurait être enseigné. C'est dire que la compétence ne suit pas toujours la compassion. Ainsi ne suffit-il pas qu'une telle mort soit médicalement possible pour qu'elle soit effectivement disponible. Il faut encore qu'elle soit reconnue sur le plan déontologique comme l'une des fonctions de la médecine moderne.

De tous les progrès dont se félicite l'humanité, voilà bien l'un des plus précieux. J'apprécie les merveilles de la technique. Confort, automobile, télévision, avion, ordinateur, Internet et DHEA, je prends tout. Mais j'avoue ne pas comprendre le peu de cas que nous faisons de cette « bonne mort », le peu d'empressement que nous mettons à en tirer tous les bienfaits.

J'ignore absolument ce que je choisirais, si j'avais à choisir, le moment venu. Mais cela n'a aucune importance. Qui mourra verra. L'essentiel est de savoir que je ne serai pas enchaîné sans recours et sans secours à mon lit d'agonie, qu'il me sera possible de m'en échapper. Que je pourrai toujours troquer ma déchéance contre ma vie et que je ne paierai pas cette liberté d'une balle dans la tête, d'une pendaison ou d'un saut dans le vide, modes traditionnels du suicide. Bref, que je disposerai des ressources de la médecine pour la mort comme pour la vie. Car l'interdiction faite au médecin de donner la mort, c'est aussi, mais on n'a garde de le rappeler, l'interdiction faite au malade d'avoir à sa demande une mort douce médicalisée.

Mais beaucoup de médecins, et notamment ceux qui ont le plus œuvré au service des mourants, voient là une barrière infranchissable. Ainsi, pour le docteur Michelle Salamagne, l'image d'une injection d'euthanasie en évoque aussitôt une autre : « [...] dans le cas d'un médecin, c'est comme quand on lui demande d'exécuter médicalement un condamné à mort [...][1] ». Précisément, les Américains ont cru mettre un minimum d'humanité dans leur justice expéditive en faisant bénéficier les condamnés de cette « bonne mort » que permet la médecine. Plutôt que de faire griller des malheureux sur la chaise électrique, de les voir se débattre et se tordre pendant de longues minutes, de les faire s'étouffer dans la chambre à gaz, être pris de soubresauts au bout de la corde, ils procèdent à une injection létale qui endort avant de tuer. Une mort propre, indolore, c'est le prix de la bonne conscience américaine face à l'horreur du châtiment capital.

À l'évidence, on ne va pas donner la mort à un moribond qui s'en va paisiblement. Ce sont les agonies atroces qui peuvent appeler un geste d'euthanasie. Or celles-ci infligent autant de souffrances que les anciens modes d'exécution, électrocution, asphyxie, pendaison. Mais, n'ayant commis aucun crime, n'ayant pas été condamnés, ne devant qu'à la fatalité l'imminence d'une fin atroce, les mourants se voient contraints de subir leur agonie et n'ont pas droit, quelle que soit leur volonté, à cette injection réservée aux seuls criminels. La référence est américaine, mais la législation n'est guère différente de part et d'autre de l'Atlantique, les sensibilités non plus. C'est donc le même humanisme qui accorde la mort sans souffrances aux condamnés, mais la refuse aux innocents qui en feraient la demande. Comprenne qui pourra ! Mais comment admettre que cette ultime

1. Bernard Martino, *Voyage au bout de la vie*, Balland, 1987.

liberté soit médicalement à notre portée et que nous laissions à d'autres le soin de décider pour nous ?

Triste politique de l'autruche ! La mort a fasciné les premières civilisations, celles de l'Égypte pharaonique, celles de l'Amérique précolombienne. Elle éclairait la vie, lui donnait une signification, c'est pourquoi elle était le point focal de toutes les croyances et se matérialisait au cœur des cités dans les pyramides, les temples et les tombeaux. Dans le monde moderne à l'inverse, la mort n'a plus droit de cité – et ce n'est certainement pas un progrès.

Résultat de cet aveuglement, le décalage est devenu effarant entre notre capacité à vaincre la maladie et notre impuissance à domestiquer la mort, un décalage qui est culturel et pas seulement médical. Que le médecin prenne sur lui de précipiter la fin ou qu'il refuse une euthanasie demandée, qu'il respecte l'interdit ou qu'il cède à la compassion, il se trouve toujours en porte à faux. Or nos gouvernants comme nos parlementaires ne font rien et laissent aux médecins et aux patients le soin de partager leur malheur hors de toute norme commune, connue et reconnue.

Tous mortels, tous égaux

Cet avenir on ne le construira pas sans avoir compris les erreurs du passé, un bilan très lourd. Pourquoi tant de blocages, tant de défaillances alors que notre médecine était et reste l'une des plus brillantes au monde ?

Ces retards accumulés, ce sont des millions de morts épouvantables. Souffrances illégitimes puisque évitables. Et, pourtant, nous ne manifestons pas la moindre volonté de savoir et de comprendre. Étrange amnésie qui se contente des progrès réalisés et accepte le passé sans bénéfice d'inventaire.

Ce bilan désastreux ne peut être imputé à la seule institution médicale. C'est l'ensemble de la société, l'ensemble des Français, moi comme les autres, qui ont manqué de compassion vis-à-vis des souffrants et des mourants. Égoïsme stupide qui, tôt ou tard, se retourne contre celui qui le pratique. Qu'il fasse bon vivre en France, est-ce suffisant pour oublier qu'il n'y fait pas bon souffrir et mourir ?

Soyons justes, il ne s'agit pas d'une « exception française ». C'est en réalité tout le monde moderne qui s'est laissé piéger par la logique du progrès. Mobilisant toutes ses forces contre la maladie, remportant les succès que l'on sait, il a oublié la fin de vie. Les civilisations traditionnelles avaient vécu avec la mort, la nôtre a vécu contre elle. En la combattant, mais aussi, et ce fut son erreur, en la niant. Il s'agit maintenant de mener ces deux batailles de front, de mobiliser la médecine pour mieux vivre mais aussi pour mieux mourir. Mais nous n'en sommes pas là. Le progrès médical va de l'avant tandis que nous en restons obstinément à la morale des siècles passés.

Dans ce domaine, ce n'est pas la France mais la Hollande qui fait cavalier seul. Tous les autres pays refusent à l'individu le droit de choisir sa mort, c'est-à-dire, lorsqu'il n'est plus en état de le faire lui-même, d'obtenir une assistance médicale pour se supprimer sans violence. Ainsi l'Association médicale mondiale a rappelé en 1987, puis en 1992 que, « pour un médecin, mettre délibérément fin à la vie d'un malade, même à sa demande ou à la demande de proches parents, est contraire à l'éthique ». Le professeur Léon Schwartzenberg, lorsqu'il était député européen, tenta de faire reconnaître par le Parlement de Strasbourg un droit à l'euthanasie. Sa tentative fit long feu. Et c'est le Conseil de l'Europe qui, en

1999, se prononce en sens contraire : « Les demandes d' "euthanasie" ou de "suicide assisté" font partie des vœux illégitimes adressés aux professionnels de santé qui ne doivent pas être exaucés car ils violent les règles de conduite professionnelle fondées sur l'éthique. » On ne peut être plus clair, le malade en fin de vie n'a pas la liberté de mettre fin à ses jours. S'il veut transgresser cet interdit, qu'il ne compte pas sur nous ! La position française n'est qu'un cas particulier d'un refus mondial.

Les déclarations des droits se multiplient à tous les niveaux dans tous les domaines. La liste ne cesse de s'allonger de ces libertés qui doivent être reconnues et assurées. Seul le choix de sa propre mort est unanimement refusé. Il s'agit donc bien de la dernière liberté à conquérir. On sait déjà qu'elle sera au centre des controverses sur les droits de l'homme dans les années à venir, et qu'elle sera reconnue dans un futur sans doute plus proche qu'on ne le pense. Lorsque ce pas aura été franchi, les résistances d'aujourd'hui paraîtront d'incompréhensibles combats d'arrière-garde.

Pour en arriver là, il aura fallu nous réapproprier notre mort. Difficile. Car nous en avons cédé, sans grande résistance il est vrai, le monopole aux médecins et aux religieux. Je ne suis ni l'un ni l'autre, tout juste mortel. C'est la seule qualité – pour autant que c'en soit une – dont je me réclame pour parler d'un tel sujet. Et je pense qu'elle est suffisante pour moi comme pour n'importe quel autre citoyen. La mort ne doit pas, ne doit plus, être la chasse gardée de l'Église et de la Faculté. Nous devons tous en parler, nous interroger et, tant qu'à faire, poser des questions, parfois gênantes, sur la façon dont nos malades ont été soulagés au cours des dernières décennies.

3

DOULEUR, LE COMBAT OUBLIÉ

L'euthanasie ce n'est jamais qu'une assurance, un dernier recours. L'idéal reste de s'éteindre paisiblement sans avoir besoin d'une injection libératrice. Hélas ! la mauvaise mort rôde toujours avec son cortège de misères : dégradation physique, angoisses morales, traitements invasifs, dérèglement des fonctions vitales, systèmes d'assistance, dépendance, inconfort, infirmités, incontinences, etc. Mais la pire de toutes, c'est la douleur. C'est elle qui fait naître, irrépressible, l'envie d'en finir. Par malheur, ces souffrances insupportables n'ont rien d'exceptionnel : 30 % à 40 % des cancéreux les ressentent dès le stade précoce, et 70 % en phase terminale. Or le cancer est loin d'être la seule « longue et douloureuse maladie ». La douleur rôde sans cesse dans l'univers des mal-portants et suscite ces demandes de mort qui, bien souvent, cessent lorsqu'elles sont calmées. C'est dire que la première réponse doit toujours être le traitement de la douleur. Adversaires et partisans de la mort volontaire se retrouvent sur ce point. Sur ce préalable.

D'autant que l'impuissance à soulager crée un sentiment de détresse dans le personnel médical. En fin de vie, elle impose l'alternative : laisser souffrir ou faire mourir. Et l'on choisit d'« en finir au plus vite » pour délivrer un malade mais aussi une équipe qui ne supporte plus la preuve et l'épreuve de sa défaite. À l'inverse, la victoire sur la douleur redonne aux grands malades le goût de vivre et aux soignants la foi dans leur mission. Certaines euthanasies sauvages consécutives à une mauvaise prise en charge de la douleur sont d'abord et avant tout des morts illégitimes.

Depuis quelques années, les malades souffrent moins, infiniment moins, c'est vrai. Un progrès bénéfique ô combien, mais pourquoi les Français l'ont-ils attendu si longtemps ? Car la médecine est mondialisée depuis des décennies et, à deux ou trois ans près, elle devrait être partout la même, sans compter qu'au jeu des comparaisons internationales, la France est bien souvent gagnante. Cette progression synchronisée s'observe dans toutes les disciplines sauf une : la lutte contre la douleur. En ce domaine, la France a accumulé un retard, un invraisemblable retard.

Le souffre-douleur français

Ce retard se lit d'abord dans les dates. La première consultation antidouleur est anglaise, elle ouvre en 1947 ; en France, vingt-huit ans plus tard. Les traitements modernes à base de morphine sont mis au point au Saint Christopher's Hospice de Londres en 1967 ; la France ne les utilisera couramment que dans les années 90. Le concept de *pain clinic* est expérimenté aux États-Unis par le professeur John Bonica à partir de 1974 ; en France, il faudra attendre une dizaine d'années avant que la première unité comparable se mette en place à l'hôpital Cochin. La médecine de la douleur, discipline à part entière, exercée par des spécialistes et enseignée dans les facultés, existe depuis des décennies dans les pays anglo-saxons et scandinaves. En France, cette reconnaissance a moins de dix ans.

La morphine, qui était à l'époque le plus puissant et qui reste le plus utilisé des antalgiques majeurs, celui qui a révolutionné nos rapports avec la douleur, fournit la meilleure base de comparaison. Dès les années 60, elle est couramment administrée dans la plupart des pays avancés. Chez nous, son usage reste confidentiel jusqu'au milieu des années 80. À l'époque, les 5 millions de Finlandais en consomment autant que les 55 millions de Français, et notre pays n'arrive qu'au quarantième rang mondial en ce domaine. Ce retard ne doit rien à la pharmacie et tout à la culture. La morphine est partout disponible, la France en est d'ailleurs un gros producteur, et partout considérée comme un médicament et non pas comme un stupéfiant. Chez nous, c'est l'inverse. À l'étranger, ses extraordinaires propriétés antalgiques sont connues et reconnues, utiles et utilisées. En France, l'État ne sait qu'inventer pour en freiner la consommation. Il impose aux praticiens de lourdes formalités comme la fameuse procédure du carnet à souche si parfaitement dissuasive qu'en 1995, seuls 1 653 généralistes parisiens sur 20 000 avaient demandé les formulaires et pouvaient prescrire le produit !

La froideur aseptisée des statistiques masque l'essentiel : un enfer de tourments jamais apaisés, d'appels jamais entendus, de réconforts jamais donnés. La maladie française se vit dans les plaintes, les gémissements, les larmes et les hurlements. Car cette cruauté ne vaut pas seulement pour les cancéreux en phase terminale, tous les patients sont des souffrants en puissance, des souffrants qui, faute d'être soulagés, doivent patienter jusqu'à la délivrance. Fin de la douleur ou fin de la vie. On estime aujourd'hui à 9 millions le nombre des Français qui souffrent de douleurs chroniques. Pendant des millénaires, ces épreuves ont été subies comme une servitude de la condition humaine. Puis le monde moderne s'en est affranchi, à l'exception française près.

Jacques Pohier[1] raconte qu'en 1953, souffrant d'une infection au genou consécutive à un accident, il doit subir des ponctions locales. Intervention insupportable pour laquelle le chirurgien doit l'attacher faute de l'anesthésier. En 1958, son genou est à nouveau malade. Mais il se trouve hospitalisé à Montréal. La douleur est au rendez-vous, la morphine et les somnifères aussi. Il ne souffre pas. Un exemple à multiplier par combien de millions pour reconnaître cette immense armée des malheureux qui ne furent pas soulagés en France alors qu'ils l'eussent été dans la plupart des pays modernes ?

Jean-François Deniau, opéré d'un cancer du poumon, en a fait la cruelle expérience. « Douleur n'a pas été un mot admis facilement dans le monde médical français. Les médecins considèrent la douleur plutôt comme un signal et un réflexe qu'il ne faut pas supprimer [...]. Quand on vous enlève une partie du poumon, le chirurgien pour travailler doit passer ses deux poings dans votre thorax entre les côtes. Le réveil annoncé par les autorités médicales comme "assez désagréable", est épouvantable. Par définition, pas question d'immobiliser la cicatrice, les poumons doivent bouger. J'ai pleuré tout seul de douleur dans mon lit, en silence. Et j'ai entendu deux médecins, qui m'ont sûrement sauvé, dire à mon chevet : "Il y a peut-être un problème de confort pour le patient." Seigneur, j'ai rarement eu des pensées homicides comme ce jour-là ! »

1. Jacques Pohier, *La Mort opportune*, *op.cit.*

Une très tardive mobilisation

Les premières initiatives révèlent plus qu'elles ne résolvent l'étendue du drame. La presse s'interroge, s'indigne parfois. Du coup, les malades hésitent moins à demander des calmants – et même de la morphine. Avec plus ou moins de succès. De 1984 à 1992, les prescriptions de morphine sont multipliées par 20 ! Un chiffre qui prouve surtout leur inexistence dans la période précédente et l'étendue des souffrances qui furent négligées. Parmi les victimes de cette défaillance médicale, un patient pas comme les autres, Bernard Kouchner. Hospitalisé dans un grand service parisien, il endure des « souffrances terribles ». Quelques années plus tard, il racontera cet épisode dans *Le Nouvel Observateur*[1] : « “Quand je suis arrivé, le chef de service m'a dit : ‘Ne vous inquiétez pas, nous ne vous laisserons pas souffrir.’ Il a même ajouté, royal : ‘S'il le faut, nous irons jusqu'aux opiacés.’ Comme si c'était un crime !...” Pourtant, cloué sur son lit, Bernard Kouchner a dû se contenter d'antalgiques mineurs et inefficaces.

« Au bout de longues heures, il s'est mis en colère et a réclamé de la morphine. « On a fini par m'en donner, dit-il. Mais j'ai lu l'étonnement et le reproche dans l'œil du praticien. J'ai compris qu'il pensait : “Ce type est un toxicomane” ! Rendez-vous compte. Quelques mois auparavant, j'étais encore ministre de la Santé, je connaissais la moitié du personnel de cet hôpital, Simone Veil, Philippe Douste-Blazy prenaient de mes nouvelles au téléphone. Alors imaginez, à ma place, les autres, tous les autres, ceux qui n'ont pas de

1. Marie-France Etchegoin, « Vaincre la douleur », *Le Nouvel Observateur*, 27 août-2 septembre 1998.

connaissances médicales ou un bagage culturel insuffisant, les personnes âgées, les enfants... » Rien de tel qu'une expérience vécue pour forger une conviction : la lutte contre la douleur deviendra pour lui « une obsession ».

Les pouvoirs publics ne se décident à réagir que dans les années 90, lorsque le ministère de la Santé est confié successivement à deux médecins, Bernard Kouchner et Philippe Douste-Blazy. En 1993, à Paris, le VIIe Congrès mondial sur la douleur réunit à Paris 4 000 spécialistes. Philippe Douste-Blazy vient rappeler publiquement qu'en France, 70 % des douleurs ne sont pas traitées. L'enquête à laquelle il fait procéder auprès de 2 000 établissements hospitaliers révèle que 270 seulement ont des unités spécifiques ou des consultations antidouleur et qu'elles ne sont pas toujours efficaces. D'autres études, celle notamment du docteur François Larue en 1995, aboutissent aux mêmes conclusions. La médecine française est doublement retardataire en quantité et en qualité. Car on ne s'improvise pas médecin de la douleur, il s'agit même d'une discipline très compliquée et la bonne volonté ne peut pas tenir lieu de compétence.

C'est alors que l'un des hommes politiques les plus estimables de France, l'un des moins médiatiques aussi, Lucien Neuwirth prend les choses en main.

Après avoir mené les combats que l'on sait pour la contraception et l'IVG, il devient le Monsieur Antidouleur de Philippe Douste-Blazy. Il force l'allure, ne cessant de répéter qu'un plan antidouleur ne coûte que quelques kilomètres d'autoroutes. Argument spécieux utilisé à tort et à travers, mais qui trouve ici sa pleine justification. Car toutes les études confirment le scandaleux retard français. Une enquête du Haut Comité de la santé publique montre qu'un tiers seulement des cancéreux bénéficient d'un traitement antidouleur spécifique. Selon une autre étude de 1995 portant sur 600 médecins généralistes et 300 cancérologues, ces praticiens ne prescrivent la morphine pour soulager les douleurs intenses que dans 40 % des cas. Pis, ils croient le faire dans 80 % ! Pis encore, les traitements qu'ils prescrivent sont, la moitié du temps, inefficaces...

1995 sera donc l'année de la mobilisation. En octobre 1994, Lucien Neuwirth a réuni au Sénat le colloque « Prendre en charge la douleur » qui avance dix propositions concrètes, nouvelle charte de l'action gouvernementale. L'année suivante, un « amendement Neuwirth », glissé dans la loi hospitalière, oblige tous les établissements de santé à prendre en charge la douleur ; le nouveau code de déontologie médicale stipule que « en toutes circonstances, le médecin doit s'efforcer de soulager les souffrances de son malade... », puis le code de la santé est modifié dans le même sens, et la « charte du patient hospitalisé » reconnaît enfin le droit au soulagement de la douleur. La France a rattrapé son retard... sur le papier. Il reste à traduire ces belles intentions dans la réalité.

Bernard Kouchner, revenu au ministère de la Santé, prend le relais. Dès 1997, il supprime les entraves à l'utilisation de la morphine. L'année suivante, il lance son plan antidouleur : extension des unités de lutte contre la douleur, formation des soignants, suppression du carnet à souche, etc. Les mesures sont bonnes ; combien de temps faudra-t-il pour qu'elles entrent en application ?

En 1998, un nouveau colloque est réuni au Sénat par Lucien Neuwirth sur la question spécifique des soins palliatifs[1]. C'est l'occasion de constater que le retard n'est toujours pas comblé. Qu'y entend-on ? « Dans

1. Lucien Neuwirth, *Pour une politique de développement des soins palliatifs et de l'accompagnement*, Sénat, coll. « Les rapports du Sénat », 1998.

certaines facultés parisiennes, on apprend toujours que la morphine est dangereuse, qu'elle déprime la respiration et qu'il faut en donner le moins possible », dit le docteur Jean-Marie Gomas. Quant aux notices accompagnant les analgésiques morphiniques, elles sont autant de mises en garde pour en freiner l'utilisation. « Si nous respectons ces contre-indications [...] la plupart des cancéreux ne peuvent pas bénéficier d'opioïdes », fait remarquer le docteur Michelle Salamagne, responsable des soins palliatifs à l'hôpital Paul-Brousse. « Nous nous sommes rendu compte, à travers plusieurs études, que les prescriptions sont souvent mal adaptées, il y a sous-dosage. Quand le malade peut recevoir un antalgique, il ne reçoit pas toujours la dose prescrite du fait des peurs entretenues sur les morphiniques [...]. Pourquoi la douleur est-elle encore si négligée ? » conclut-elle.

Pourquoi tant de souffrance ?

Bref, c'est parti, mais ce n'est pas gagné. Car les plus beaux plans, pour ne pas rester sur la comète, ont besoin de moyens, de volonté et d'obstination. Et les prises de conscience connaissent aussi l'usure du temps. Certes nos établissements modernes sont en passe de rejoindre les niveaux habituels des pays modernes. La médecine française se mobilise en profondeur, du praticien de village au grand service hospitalier, de l'infirmière à l'anesthésiste en passant par le kiné, le psychiatre, l'aide à domicile. Bref, en ce début de troisième millénaire, la France a déclaré la guerre à la douleur, mais il lui faudra sans doute une bonne décennie pour rejoindre ceux qui l'ont précédée dans ce combat vingt ans plus tôt.

Notre pays aime à tenir le rôle du lièvre et, dans ce cas, apprécie par-dessus tout que le lièvre gagne. Grâce à nos brillantes remontées, nous parvenons souvent à nous hisser au rang des meilleurs après avoir occupé les dernières places. Voyez l'agriculture, le téléphone, l'hôtellerie, etc. C'est alors que la célébration du succès tend à faire oublier le temps perdu. Mais le retard accumulé ici ne peut être effacé au même titre qu'une banale inertie culturelle. Comment notre médecine a-t-elle pu laisser, faute de morphine, non pas quelques Français, mais des centaines de milliers, se débattre dans les tourments postopératoires, être torturés par une colique néphrétique, une cruralgie, une sciatique, être abandonnés dans les souffrances terminales ? Comment a-t-elle supporté que perdurent en France ces calvaires qui n'existaient plus à l'étranger ? Oui, il est indispensable de comprendre, ne serait-ce que pour éviter la répétition de semblables erreurs.

L'usage moderne de la morphine qui se développait à l'étranger était connu des médecins français car il existe mille canaux par lesquels les spécialistes du monde entier communiquent. Il suffit de faire quelque chose quelque part pour que cela se sache partout. Pour autant qu'on s'y intéresse, bien sûr. L'information a même débordé le seul cadre professionnel. Je n'en prendrai qu'un exemple. En 1975, le docteur Escoffier-Lambiotte publie une grande enquête à la une du journal *Le Monde*. Elle s'est rendue au Saint Christopher's Hospice à Londres, mais aussi à la Maison médicale Jeanne Garnier des Dames-du-Calvaire à Paris, deux établissements pilotes pour l'accueil des cancéreux en fin de vie. Elle a vu comment un usage massif de la morphine vient à bout de douleurs abominables. « Aucun de ces malades ne souffre en dépit de situations souvent effroyables. » Elle décrit très longuement cette nouvelle approche qui, à l'époque, est parfaitement validée par l'expérience et conclut : « Les cas des cancéreux atteints de douleurs intolérables qui motivent la plupart des procès en euthanasie résultent plus, pour la plupart, semble-t-il, de négligences ou d'ignorances médicales que d'une carence déontologique. Le traitement de la douleur fait encore l'objet de puissants préjugés, d'origine religieuse et pharmacologique (le risque d'accoutumance). Son enseignement aux futurs médecins est, en outre, gravement défaillant. » Précisons que le docteur Escoffier-Lambiotte, qui tient à cette époque la chronique médicale du *Monde,* jouit d'une crédibilité, d'une autorité sans égale. Un tel article vaut tous les discours de ministre. Notons qu'à la même époque le père Patrick Verspieren publie une étude comparable dans la *Revue Laennec* – diffusée dans le monde médical. Ainsi, dès 1975, tout est dit, tout est lu, tout est su. Mais il n'est de pire sourds... et le sursaut, qui aurait dû se produire à cette époque, n'interviendra que vingt ans plus tard en 1995. Pourquoi ?

Une raison est souvent avancée : notre vieux fond latin et catholique. L'Église nous aurait appris que notre vie terrestre doit se dérouler dans une vallée de larmes, que nous gagnons notre salut à travers la souffrance. Aveuglés par cette croyance, nos soignants auraient laissé faire la vertu rédemptrice de la douleur en couvant d'un œil envieux ces suppliciés qui gagnent le paradis. L'explication est commode, mais elle est fausse.

Dès 1952, un religieux, le père Eugène Tesson, minimise les risques de toxicomanie dans l'utilisation de la morphine. En février 1957, Pie XII, s'adressant au congrès des anesthésistes-réanimateurs, est très clair : « S'il s'agit uniquement d'éviter au patient des douleurs intolérables, si l'administration de narcotiques entraîne par elle-même deux effets distincts : soulagement des douleurs et abrègement de la vie, cette façon de faire est licite. » L'Église n'a jamais dévié de cette position. C'est Patrick Verspieren qui écrit en 1984 : « Le médecin a donc le droit – sinon le devoir – de prendre certains risques médicaux et chirurgicaux raisonnables et proportionnés à l'intensité de la douleur », et l'*Osservatore romano*, à la même époque, rappelle que la morale catholique autorise « le recours aux narcotiques pouvant adoucir les souffrances et hâter la mort, ce avec l'accord du mourant ». Inutile de rappeler que les Dames-du-Calvaire, pionnière en la matière, porte bien haut sa référence catholique. Dans les hôpitaux, ce sont bien souvent les religieuses-infirmières qui introduiront l'usage moderne de la morphine, et cela pour une double raison. D'une part, la charité chrétienne et l'autorisation papale les incitent à soulager la douleur par les moyens les plus puissants et, d'autre part, elles voient dans ce soulagement des malades le moyen le plus efficace de combattre l'euthanasie. Il faut donc tordre le cou à ce canard : l'Église n'a pas freiné mais accéléré l'usage des antalgiques. De la morphine en particulier.

Le calmant du diable

L'opium, le plus vieux médicament du monde ? Le titre n'est pas illégitime car son pouvoir analgésique est connu et utilisé depuis des siècles. Son pouvoir narcotique également. Drogue ou médicament, une ambiguïté qui va peser comme une malédiction sur le principe actif de l'opium : la morphine, dont l'utilisation en médecine remonte à 1819 !

À l'étranger, la cause est rapidement entendue. En France, cela prendra des décennies. Les autorités refusent d'en démordre : il s'agit d'un stupéfiant qui place les malades en danger de toxicomanie. Rarement aura-t-on vu une telle obstination dans l'erreur, un tel attachement aux idées fausses, un tel mépris pour les enseignements en provenance de l'étranger.

En France, la morphine a donc le statut d'un stupéfiant et, par dérogation seulement, celui d'un médicament. Elle est soumise à la loi de 1845 dont le caractère répressif est encore aggravé en 1916. D'où ces procédures spéciales destinées à compliquer la prescription et freiner la consommation. L'administration et l'institution médicale sont obsédées par la crainte de la dépendance qui ferait passer les malades guéris de la morphine à sa cousine germaine, l'héroïne. Bref, ils refusent la morphine par crainte de fabriquer des drogués. Crainte tout à fait légitime, mais qu'ils ne sont pas seuls à connaître.

Dès les années 60, les Britanniques ont constaté que ce risque est négligeable lorsque le médicament est bien administré. Les études ultérieures iront toutes dans le même sens. Les Américains J. Portier et A. Jick suivent à la trace 12 000 grands brûlés qui ont été soulagés avec des opiacés. Ils ne trouvent parmi eux que quatre toxicomanes (4 sur 12 000) ! À tout le moins, cette crainte n'aurait pas dû jouer pour les soins aux mourants. Eh bien, pas du tout. Cette obsession fait barrage à *toute* utilisation. Des milliers de moribonds souffrant le martyre se sont donc vu refuser l'espoir d'une mort apaisée par crainte de la dépendance ! Il est vrai que l'on croyait également, sans preuve aucune, que la morphine précipitait la mort. Là encore, les démentis venus de l'étranger mirent des années à convaincre la médecine française.

Par ailleurs, les anesthésistes-réanimateurs en refusent l'administration aux opérés car ils redoutent de provoquer des dépressions cardio-respiratoires. Une crainte largement surévaluée, mais qui se répand dans toute la corporation.

Jusqu'aux années 80, la morphine n'est donc qu'un médicament du diable auquel on ne recourt qu'en de très rares circonstances. La France n'en connaît qu'une forme, le chlorhydrate de morphine injectable. Dans les années 60, en Grande-Bretagne, l'équipe de Cecily Saunders au Saint Christopher's Hospice met au point une forme buvable comportant des adjuvants pour éviter certains effets indésirables ; c'est le fameux sirop de Saint Christopher's, qui fera le tour du monde. Quelle est la réaction française ? Le père Verspieren l'évoque dans son article de 1975 : « De telles méthodes suscitent souvent chez les médecins français qui entendent parler du centre de Saint Christopher's, surprise, incrédulité et critiques. Les analgésiques morphiniques administrés *per os* (par voie orale) n'auraient que peu d'effet... le centre n'aurait pas fait suffisamment d'études pharmacocinétiques [...]. » Pourquoi ne pas y aller voir sur place ou bien à Paris, en se rendant à la Maison médicale Jeanne Garnier ? Non, la doctrine est inébranlable : la morphine est inefficace à petites doses et devient une drogue à fortes doses.

Car il y a bien une question de seuil qui fait barrage. À l'étranger, les doses très élevées ne font pas peur. En France, elles sont interdites. La formule du sirop de Saint Christopher's, loin d'être diffusée, est gardée secrète par les autorités. Les praticiens qui peuvent se la procurer et s'efforcent de le faire composer en officine se heurtent aux pires difficultés. Pour cette raison, le docteur Senet se fait taper sur les doigts par l'Ordre des pharmaciens dans les années 80. Il n'est pas le seul. L'apaisement morphinique est bon pour les Britanniques, pas pour les Français.

Notons qu'il ne suffit pas de forcer sur la prescription pour obtenir l'effet désiré. En fait, le traitement doit être adapté à chaque malade car il n'y en a pas deux qui réagissent de la même manière. Bref, l'administration de la morphine est un art. Un mode d'emploi finit par se dégager peu à peu, démentant point par point les traditions françaises.

Chez nous, cette drogue-médicament n'est administrée qu'en dernier recours. Le médecin prescrit les antalgiques mineurs, puis, si le malade n'est pas soulagé, après de multiples demandes, il finit par l'autoriser. Ces injections se font le soir à la plus faible dose possible, afin d'assurer une nuit paisible. Au réveil, la douleur revient, et le malade redemande. Preuve qu'il est sur la pente de la toxicomanie ! Il convient donc de lui résister car, en lui cédant, on le précipiterait dans le cercle vicieux de la dépendance. La prise suivante ne viendra donc que le soir ou toute extrémité.

Telle était la tradition française. Or voilà que la médecine étrangère met à bas tout l'édifice. Principe de base : ne pas laisser la douleur s'installer. L'antalgique se prescrit à titre préventif. À forte dose si nécessaire. Deuxième principe : ne pas attendre la demande du malade. La morphine est prise de façon régulière, à heure fixe, par un malade apaisé, qui ne vit pas dans la hantise de la souffrance. Rappelons que ce bon usage des analgésiques morphiniques est acquis dès 1970.

Aujourd'hui même, lorsque l'on remet aux malades une pompe à morphine, il leur est recommandé de ne pas attendre et de ne pas résister avant de l'utiliser. Ils doivent s'assurer d'une dose sitôt qu'ils sentent venir la douleur. Dressant le bilan de cette auto-administration, le professeur Patrice Queneau constate : « Le malade, assuré du soulagement, fait presque toujours un usage modéré de cette morphine salvatrice [...] et finalement il en consomme moins[1]. » Voilà bien la preuve que le malade ne devient pas un drogué.

---

1. Patrice Queneau et Gérard Ostermann, *Soulager la douleur*, Odile Jacob, 1998.

La médecine française avait donc tout faux sur la morphine. Certes, cette généralisation doit se corriger de nombreuses exceptions. Les Dames-du-Calvaire qui, dans l'indifférence de la médecine officielle, avaient toujours utilisé la morphine contre les douleurs terminales, ne furent pas les seules à s'inspirer très tôt des expériences étrangères. Mais la France se trouvait si profondément engagée dans l'erreur que le revirement aurait nécessité un engagement de toutes les autorités publiques et médicales pour sensibiliser les hôpitaux et les médecins. Au reste, les leçons de ces années sombres n'ont toujours pas été tirées. La preuve : on sait qu'entre 10 % et 20 % des douleurs résistent à la morphine. Les Américains ont mis au point de nouveaux opiacés qui leur permettent de jouer sur toute une palette de médicaments pour combattre les pertes d'efficacité, les effets secondaires ou les intolérances liés à la morphine. Mais l'administration française est très lente à donner les autorisations de mise sur le marché. Exemple typique : la méthadone est couramment utilisée chez nous comme produit de substitution dans le traitement des toxicomanies mais n'a toujours pas reçu son autorisation en tant qu'analgésique. Combien d'années perdues, de souffrances non soulagées… dont personne jamais ne devra rendre compte.

L'insaisissable douleur

Il eût donc fallu faire en 1975 ce qui fut fait en 1995. Ce retard semble traduire une incompréhension, pour ne pas dire une indifférence, à la douleur que les pionniers ont effectivement ressentie. Ainsi le professeur Lassner se souvient des réactions de ses collègues lorsqu'elle ouvrit le premier centre d'évaluation de la douleur : « On surnommait le centre Lourdes, on nous disait “Pourquoi soigner un symptôme ?”, “Pourquoi ne pas monter une clinique de la fièvre pendant que vous y êtes ?”. »

Les médecins sont en France aussi humains que dans les pays voisins. Et j'ajouterais, aussi aimés. Sans parler des infirmières qui sont, elles, adorées. Alors, comment expliquer cette surdité face à celui qui se plaint ? C'est probablement toute la relation médecin-malade qui est en cause.

Celle-ci ne fait que transposer dans le champ médical les particularismes de notre système social. Le Français noue avec son médecin, comme avec toute administration, des rapports immatures imprégnés de paternalisme, de soumission, de respect, de rouspétance aussi, ce qui n'exclut pas la conscience professionnelle et même le dévouement, mais place le patient en situation d'infériorité, voire d'infantilisation. Dans les pays anglo-saxons, celui-ci se met sur un plan d'égalité. Il exige en permanence le respect de ses droits et ne reconnaît d'autorité que fondée sur la règle juridique et les spécifications contractuelles. Cet état d'esprit a ses limites qui peuvent conduire au blocage de la médecine américaine vivant dans la hantise des procès. C'est avec cet arrière-plan sociologique en tête qu'il faut considérer l'attitude française face à la douleur.

Dans la médecine moderne, le diagnostic se fonde sur des faits objectifs, observables et mesurables. Ce n'est pas la plainte du patient qui compte, ce sont les examens, les analyses, l'imagerie, les clichés, les courbes, les mesures, les chiffres et les pourcentages. C'est fascinant, mais dangereux. Car les relations humaines s'en trouvent amenuisées.

Tout change avec la douleur. Ce n'est pas une maladie, c'est un symptôme dont les causes peuvent être multiples et les manifestations insaisissables. Aucune machine, aucun examen, aucun « doloromètre », ne peut en établir objectivement la réalité. Tout repose sur la parole du malade. Il dit « je souffre » et la souffrance est établie. Elle se traduit par des mots, des adjectifs, des comportements, des regards et des plaintes. En dépit de tous les travaux visant à lui donner une représentation objective, de toutes les réglettes, de toutes les échelles graduées, etc., le phénomène reste à la base subjectif. La douleur n'est pas une affaire de machines mais d'hommes, elle ne se mesure pas, elle s'écoute. Et les médecins français ont eu l'oreille dure, très dure. Captivés par le seul souci thérapeutique, ils furent plus généreux en bonnes paroles qu'en calmants efficaces.

Le spécialiste de la douleur, le vrai, doit écouter, interroger, observer, palper pour fonder son diagnostic... comme son ancêtre du XIXe siècle. Terrible régression à l'heure de la technique triomphante ! Tout repose sur la parole du malade. Qui plus est, la douleur a bien souvent une composante psychique : angoisse, solitude, désespérance, obsessions. Or les médicaments n'ont leur plein effet que s'ils sont accompagnés, entourés par un réconfort humain. C'est dire que cette médecine exige du temps, de la disponibilité, de l'humilité, de la chaleur, du respect et, disons le mot : de l'amour. C'est dire aussi qu'elle va à l'encontre d'une évolution médicale fondée sur la recherche de l'efficacité, de la rentabilité, sur l'utilisation d'un lourd arsenal technique, sur l'éloignement du malade sinon de la maladie. Selon une enquête de M. Simpson, parue dans le très sérieux *British Medical Journal* : « Un patient exposant son problème est interrompu par le médecin au bout de 18 secondes en moyenne ! » Conclusion des auteurs : « Dans près de 50 % des cas, la communication ne s'établit pas entre le malade et le médecin. » On estime aujourd'hui qu'une première consultation pour une douleur chronique doit durer de une à deux heures, et une consultation de suivi de une demi-heure à trois quarts d'heure. Pour la médecine moderne, de telles durées sont tout à fait hors normes.

Le médecin français, obsédé par son devoir de guérison et moins sensible que d'autres à la pression de son malade, est mal préparé à cette médecine de l'écoute. Il a tendance à infantiliser le patient, ce qui ne l'empêche pas d'être dévoué mais le conduit à mettre en doute les plaintes qui lui sont adressées. Des études prouvent que l'intensité de la douleur est systématiquement sous-évaluée. Et le sentiment de n'être pas cru exaspère ceux qui souffrent.

La médecine française évite le sujet, le considère comme un problème secondaire. Extra-médical en quelque sorte. C'est pourquoi le jargon médical a traduit « traitement de la douleur » par « recherche de confort », et bien des praticiens pensent que : « Le meilleur des antalgiques, c'est un malade pas trop douillet. » Comme cette plaisanterie est révélatrice du dialogue souvent raté entre le médecin et son patient... En outre, si les médecins français n'en sont tout de même pas à vanter la vertu rédemptrice de la douleur, ils en apprécient la vertu informative. C'est notamment vrai pour les chirurgiens, qui estiment mieux suivre la phase postopératoire en écoutant les plaintes du malade.

Au total, l'aveuglement individuel n'est que le produit d'un aveuglement institutionnel. Les médecins ignorent la douleur parce que la Faculté l'ignore, parce qu'ils n'en ont jamais entendu parler au cours de leurs études. Pourquoi devraient-ils être à l'écoute de symptômes que leurs maîtres n'ont jamais pris en considération ? De ce fait, les malades « évitent d'embêter le docteur avec ces histoires » et réservent leurs plaintes aux infirmières. La médecine française était organisée pour mettre la souffrance hors circuit, pour oublier que le premier de ses devoirs est, précisément, de la combattre.

Ce désintérêt était tout naturellement source d'incompétence. Les médecins français ne savaient pas calmer leurs malades et s'en tenaient à des recettes éculées, récusant les leçons venues de l'étranger. Or le traitement de la douleur devient primordial dans la médecine en fin de vie. C'est alors que le spectacle d'une souffrance sans remède, sans espoir et sans répit devient insupportable. Patrick Verspieren a bien observé ces comportements : « [...] l'équipe médicale se sent dépassée par la détresse du malade. Elle met parfois fin à la vie consciente du patient [...]. Solution de désespoir, solution qui n'en est pas une, bien que, dans certains cas, cela représente la solution la moins inhumaine[1]. » Que faut-il pour qu'un père jésuite en vienne à écrire cela !

Ce sombre scénario est encore en dessous de la réalité. En effet, l'oubli de la douleur, l'incapacité à la faire disparaître se sont longtemps traduits par un activisme thérapeutique totalement déraisonnable. Face au malade en détresse, le médecin ne pouvait se résigner à rester sans rien faire. Il aurait vécu cette abstention comme un abandon de poste, un manquement à ses devoirs. Il se devait de « faire quelque chose ». C'est ainsi que se multipliaient les interventions qui tourmentaient le malade sans profit et ne faisaient qu'ajouter la douleur de la médecine à la douleur de la maladie. Quand cet acharnement avait pleinement fait la preuve de son inutilité, il ne restait plus que le geste du désespoir, l'aveu de la défaite, l'injection létale.

Ainsi l'incapacité française à soigner la douleur explique-t-elle, pour une part, cet acharnement thérapeutique qui a sévi jusqu'à une époque récente et l'euthanasie honteuse qui lui était associée. Preuve en

1. Patrick Verspieren, *Face à celui qui meurt*, Desclée de Brouwer, 1984.

est que la lutte contre la douleur et l'acceptation de la mort ont progressé de conserve. Car la réintégration de la souffrance dans la morale comme dans la pratique médicale bouleverse la médecine terminale. En vertu de cette nouvelle déontologie, le médecin est comptable de toutes les souffrances, celles qui ont été mal prises en charge comme celles qui ont été inutilement provoquées. À lui de savoir, le moment venu, se placer dans une logique de fin de vie et non plus de retour à la santé, de préférer l'obligation de soulager à la rage désespérée de guérir.

4

LE DÉBAT INTERDIT

L'euthanasie n'a pas droit de cité en France. Le débat est interdit, le mot lui-même est imprononçable. Dans euthanasie, il y a nazi, ne l'oublions pas. À croire que les millions de victimes exterminées par Hitler avaient supplié le Führer de les faire mourir. Peu importe l'absurdité de l'amalgame, il revient en permanence. Terrorisme efficace.

Ainsi faudrait-il bannir ce mot parce que les nazis l'ont dévoyé pour couvrir les pires abominations. Bannir le mot et, tant qu'à faire, la chose. Devrait-on, de même, ne plus écrire « liberté » puisque, comme l'on sait, « tant de crimes ont été commis en son nom » ? Et renoncer à la « démocratie » parce que les régimes communistes en ont bafoué le sens ?

Euthanasie : bonne mort – le mot, qui a tout de même 2 500 ans d'âge, dit bien ce qu'il veut dire. Faudra-t-il, comme le suggère Bernard Senet, parler d'interruption volontaire de vie, d'IVV, comme on a substitué IVG au « mot qui fâche », avortement ? Peut-être. Le fait est que ce mot-valise recouvre des situations assez différentes. Le dénominateur commun, c'est l'intervention humaine qui, tout à la fois, précipite et apaise la fin de vie. Quant aux circonstances, elles varient selon que l'intéressé en a fait la demande ou n'a pu manifester sa volonté, qu'il se trouve moribond, à l'agonie ou bien incurable, refusant une fin de vie pénible, que les soignants ont renoncé à un traitement ou débranché les machines de survie, que l'injection vise délibérément à provoquer la mort ou bien à calmer la douleur dans un sommeil sans retour. Autant de situations qu'il est facile de distinguer en théorie, mais qui, dans la pratique, tendent souvent à se confondre. D'autant que les actes peuvent être les mêmes avec des intentions différentes.

Pour les soignants au chevet du mourant qui ne doivent pas disserter mais décider c'est, à chaque fois, un nouveau cas de conscience. Qu'ils doivent résoudre seuls et dans l'ombre. Car les règles susceptibles de les éclairer ou de les aider n'existent pas. En un demi-siècle, le débat politique qui aurait pu les faire naître n'a jamais pu s'instaurer et, à plus forte raison, jamais abouti.

Cette incapacité tient d'abord à l'absurdité de la question posée : « pour ou contre l'euthanasie ? » Avec un tel point de départ, toute discussion dégénère en polémique stérile. En effet, l'euthanasie est un moindre mal, un dernier recours. Elle ne saurait être mise en avant comme une panacée. Et, surtout, une démocratie n'a pas plus à trancher cette question qu'à se prononcer sur l'existence de Dieu. La France a tort d'être contre, mais elle n'a pas à être pour. Ce choix appartient aux individus, pas à la société. Celle-ci doit simplement, mais ce n'est pas simple, permettre à chacun de vivre et mourir selon sa conscience. Mais ce débat-là, le seul capable de réconcilier les Français, fut toujours interdit.

Au début des années 60, Igor Barrère et Étienne Lalou, qui produisent à la télévision les célèbres « médicales », font savoir qu'ils entendent réaliser une émission en direct sur le thème de l'euthanasie. Ils lancent un appel au public pour susciter des lettres et des demandes de participation. « En quelques jours, expliquent-ils, nous nous sommes trouvés submergés par des milliers de lettres [...] de confessions devrions-nous dire [...] beaucoup de nos correspondants avouaient que les faits évoqués remontaient à plusieurs années [...] et qu'ils n'en avaient jamais parlé à personne jusqu'à présent [...]. Et quels témoignages ! Nous avons pleuré plus d'une fois de vraies larmes devant ce courrier inattendu, bouleversant et qui ouvrait autour de nous des abîmes. [...]. Et cependant, peu à peu, un malaise naissait. Nous avions oublié l'autre aspect, l'aspect immoral et impur du problème. Quelques lettres vinrent nous rappeler que ce peut être aussi par intérêt, par lassitude ou par bêtise que l'on désire la mort de son prochain. Il y en avait peu, cinq ou six en tout. Mais elles sonnaient comme un glas. »

Les producteurs sont déchirés. Ils s'interrogent en conscience : « Avons-nous le droit, la télévision a-t-elle le droit ? Ne risque-t-on pas d'inciter à des passages à l'acte peut-être criminels ? » Des médecins, des malades les mettent en garde. Ils renoncent. Mais ils ne peuvent se résoudre à garder pour eux l'extraordinaire masse de témoignages, ce trésor sociologique qu'ils ont réuni. Ils décident d'aller au-devant de ces Français, de les écouter, de rapporter les lettres et les propos dans un livre : *Le Dossier confidentiel de l'euthanasie*[1].

Voilà donc une image plus fidèle, plus humaine que tous les sondages, de l'euthanasie en ce début des années 60. À quarante ans de distance, elle conserve sa bouleversante vérité. C'est cette femme poursuivie par la mort de sa mère, dont elle n'a pas osé abréger les souffrances : « J'ai eu peur du jugement des hommes, je n'avais que 19 ans. Si je suis en règle avec la loi, ma conscience est poursuivie par le souvenir de mon impuissance à calmer la douleur de l'être qui m'était le plus

1. Igor Barrère et Étienne Lalou, *Le Dossier confidentiel de l'euthanasie*, Stock, 1962.

cher. Peut-être qu'un jour la loi permettra d'abréger le martyre de ceux qui sont irrémédiablement condamnés. »

C'est une sclérosée en plaque, paralysée depuis de nombreuses années, qui demande à mourir : « Je sais toutes les réfutations qui vont vous être apportées [...]. Je persiste néanmoins à penser que dans certains cas désespérés et pour abréger vos souffrances vaines et inutiles l'euthanasie devrait être admise par la loi. »

Mais Barrère et Lalou rencontrent aussi cet homme dont l'épouse est dans une situation comparable :

« – Elle souffre horriblement, physiquement et moralement, dit-il. Elle est atteinte de tuberculose pulmonaire en plus de sa sclérose en plaque et elle a subi de nombreuses interventions chirurgicales extrêmement douloureuses. Je ne crois pas exagéré de dire que la mort serait pour elle une délivrance.

« – Vous voulez dire l'euthanasie...

« – Jamais, monsieur. L'euthanasie, nous la considérons, ma femme et moi, comme un crime. »

Le témoignage des médecins n'est pas moins révélateur. Un vieux docteur parisien estime, témoi-gnages à l'appui, avoir « la conscience tranquille pour avoir pratiqué l'euthanasie et parfois regretté de ne pas y avoir davantage recours ». Tel autre est plus véhément. Évoquant le sort des condamnés face au peloton d'exécution, il rappelle que, après la salve, vient le coup de grâce pour le cas où ils ne seraient pas morts sur le coup et enchaîne : « [...] pour bénéficier de cette faveur, il faut être un traître, c'est-à-dire le dernier des salauds. Un pauvre cancéreux, souffrant le martyre, n'a pas le droit d'être achevé. Il faut qu'il expie dans une atroce agonie les fautes qu'il n'a pas commises ». Mais la plupart s'interrogent, hors de toute certitude, tel ce docteur S., médecin de quartier : « Je suis plutôt adversaire de l'euthanasie, mais, même aujourd'hui, je ne puis pas dire que la conscience ait résolu le problème d'une manière indiscutable. Cela me paraît grave d'avancer l'heure de la mort. » Il reconnaît toutefois avoir une fois abrégé la vie d'un malheureux rendu fou de douleur par son cancer de l'œsophage. « Mais, conclut-il, des histoires de ce genre, tous mes confrères pourraient vous en raconter plusieurs. Les cas de conscience, vous savez, c'est notre lot. Ce n'est pas les textes qui peuvent y changer grand-chose. »

Parmi les milliers de Français qui témoignent, il y a ceux qui sont passés à l'acte, ceux qui se sont abstenus, ceux qui le condamnent, les rescapés de l'euthanasie qui s'en réjouissent, les refusés de l'euthanasie qui se révoltent, l'insoluble drame des enfants lourdement handicapés. Les professionnels s'interrogent. L'interdiction de tuer est-elle absolue ? Peut-elle souffrir certaines exceptions ? Ils sont tous déchirés et déchirants.

Un monde, concerné au premier chef, ne s'est guère exprimé, c'est celui de l'hôpital. Il est vrai qu'à l'époque on mourait bien souvent chez soi et que la réanimation, ce sas entre vie et mort, n'était guère répandue.

Face à un tel document, comment prétendre qu'il n'y a pas matière à un grand, un vrai débat national ? Les autorités politiques et médicales n'étaient que trop bien informées, mais elles s'en tenaient au dogme rappelé à l'époque par l'Académie des sciences morales et politiques : « L'euthanasie et, d'une façon générale, toutes les méthodes qui ont pour effet de provoquer par compassion, chez les moribonds, une mort douce et tranquille, doivent être également écartées. » L'océan de souffrances venait se briser sur le roc des certitudes officielles. Il n'y avait pas matière à débat.

En 1977, c'est le coup de tonnerre de *Changer la mort*[1]. Le cancérologue Léon Schwartzenberg lance un plaidoyer pour que la médecine prenne en charge les

1. Léon Schwartzenberg et Pierre Viansson-Ponté, *Changer la mort*, Albin Michel, 1977.

mourants, en mettant fin à leurs souffrances si possible, à leur existence si nécessaire. Professeur agrégé de cancérologie à Villejuif, spécialiste de chimiothérapie et d'immunothérapie, il possède tout à la fois la compétence et l'expérience. Son argumentation n'est pas théorique, elle s'appuie sur des expériences vécues, des fins de vie bien réelles qu'il relate sans rien cacher. Il parle avec clarté, avec véhémence même. Sans retenue.

Que dit-il ? « L'euthanasie, c'est moche. Mais l'interdiction de l'euthanasie, le maintien en vie à tout prix du moribond qui souffre sans aucun espoir, c'est ignoble… La souffrance, c'est affreux et c'est inutile. L'euthanasie est parente du suicide. Les morts de l'euthanasie sont les suicidés des autres. Il faut être logique : si l'on excuse, admet ou comprend le suicide, on doit défendre l'euthanasie qui est le suicide par personne interposée. Car on ne suppose pas, bien sûr, qu'on enlève à quelqu'un sa vie malgré lui : il s'agirait alors de meurtre thérapeutique. »

Le livre provoque un choc dans l'opinion, connaît un énorme succès, grimpe en tête des meilleures ventes. Le professeur Schwartzenberg, invité dans de nombreuses émissions, devient une véritable vedette. Cette fois, peut-on croire, le problème est posé, le débat va s'ouvrir. Naïf de le penser. Nos hommes politiques n'ont rien vu, rien entendu, rien retenu. Les médias, bientôt lassés, passent à un autre sujet. L'intérêt retombe. L'establishment médical a laissé passer l'orage et attendra une dizaine d'années pour prendre sa revanche sur le trublion. Changer la mort ? Il n'en est pas question, que les Français se le tiennent pour dit.

Des associations pour la mort volontaire avaient vu le jour dans de nombreux pays. La Grande-Bretagne avait créé la sienne en 1935, l'Amérique en 1938. En France, il ne se passe rien. En 1974, trois prix Nobel, dont le Français Jacques Monod, signent un manifeste pour faire accepter l'euthanasie. *Le Figaro* publie le texte... dans la réprobation générale. Il faut attendre la fin de la décennie pour qu'un homme politique prenne position en ce sens : le sénateur Henri Caillavet.

En août 1979, l'écrivain et universitaire Michel L. Landa, d'origine franco-américaine et qui avait fait l'essentiel de sa carrière outre-Atlantique (le détail a son importance), publie dans *Le Monde* une tribune intitulée « Un droit ». Un texte fort, violent même, qui pose enfin les questions de principe : « Le droit de mourir dignement dans la lucidité, la tendresse, sans autres affres que celles inhérentes à la séparation et au glissement hors de cette forme de vie, ce droit devient un impératif évident, dès lors que la vie peut être prolongée jusqu'au dernier délabrement – et même au-delà. » Mais, constate-t-il, « le droit fondamental, duquel tous les autres découlent, le droit de mourir, n'est jamais abordé. Or, comment peut-on se dire libre et maître de son destin si l'on ne peut éviter la déchéance, sinon par un suicide solitaire, préparé en secret et dont l'issue n'est jamais certaine ? ».

Si cette tribune ne suffit pas encore à susciter le débat public, elle provoque un courrier abondant composé essentiellement de témoignages pathétiques et d'appels au secours. L'auteur lui-même est surpris par cet écho et décide de fonder une Association pour le droit de mourir dans la dignité, l'ADMD[1], qui voit le jour en avril 1980, soit quarante-cinq ans après son équivalent britannique. Notons que Michel L. Landa, robuste quinquagénaire, ne pensait sans doute pas à sa fin prochaine en lançant cet appel. Mais il se trouva un an plus tard frappé par un cancer du poumon. Refusant l'atroce mort par étouffement qui, à l'époque, n'était

1. ADMD, 50 rue de Chabrol, 75010 à Paris.

soulagée ni par la morphine ni par les soins palliatifs, il choisit le 25 avril 1981 une mort digne, paisible, volontaire et datée. Ce sera le 25 avril 1981. Chez lui, entouré des siens.

Face au conformisme de la classe dirigeante, il n'existe encore qu'une minuscule cohorte de 400 adhérents. Pas de quoi poser le problème devant l'opinion. Depuis lors, l'ADMD a fait son chemin, a su faire entendre sa voix et s'imposer comme le pôle militant du droit de mourir. Mais, avec ses 28 000 membres, elle ne pèse pas d'un grand poids face à l'unanimisme des corps constitués. Car les institutions représentatives, l'Ordre, les Académies, les Églises, les « grands patrons », à l'exception du professeur Léon Schwartzenberg, se prononcent sans ambiguïté contre toute forme d'euthanasie. Seul progrès, mais d'importance, les médias savent depuis vingt ans à qui s'adresser pour capter une note discordance lorsque, par accident, ils se penchent sur la question.

Car il ne suffit pas de jouer à cache-cache avec la Camarde pour l'éviter. L'actualité se charge de la rappeler périodiquement à notre mauvais souvenir : c'est un mari qui a supprimé son épouse grabataire, un médecin qui a mortellement secouru son malade incurable, ou un pays qui légalise le testament de vie et l'aide à la mort. Peu importe, la question se pose sans cesse. La France s'offre alors l'énième version d'un scénario parfaitement rodé : l'avortement pour convenances collectives d'une discussion importune. Les journaux annoncent une vaste réflexion sur « le droit à la mort », les journalistes partent consulter les oracles. Ils rappellent les positions des grandes institutions, enquêtent dans un service de soins palliatifs, sollicitent quelques mandarins médiatiques, un philosophe de renom, un théologien de service, un ancien ministre, le secrétaire d'État à la Santé puis, pour « équilibrer » l'échantillon, ils ajoutent un partisan de l'euthanasie : le professeur Léon Schwartzenberg ou le sénateur Henri Caillavet. Le compte y est, il ne reste qu'à ramasser les copies et publier les résultats. C'est ainsi que les Français apprendront, une fois de plus, qu'il ne faut surtout pas légiférer, donc éviter tout débat au Parlement, oublier ce faux sujet et passer à autre chose. Fermez le ban, circulez, il n'y a rien à voir, rien à faire, rien à dire. Et cela dure depuis un demi-siècle !

Autour de nous, des sociétés s'interrogent, cherchent, hésitent, tâtonnent, se déchirent, s'engagent, sans certitude aucune, mues par la seule nécessité de trouver des réponses nouvelles à des situations inédites. Chez nous, la classe dirigeante campe sur ses postulats : « Pas de loi, pas de débat, affaire de conscience. » Je dis bien « la classe dirigeante » dans son ensemble, car on a longtemps retrouvé sur ces positions des hommes comme Bernard Kouchner ou Robert Badinter que l'on classerait difficilement parmi « les conservateurs », « la droite » ou « les catholiques ». Nous sommes là en présence d'un tabou, c'est-à-dire d'un interdit social, et non pas d'une querelle philosophique.

Le Parlement dans son immense majorité, de droite ou de gauche peu importe, ne veut pas entendre parler de l'euthanasie. Selon l'ADMD, il n'y aurait guère que 7 % de députés favorables à une telle initiative. Un pourcentage en progression, car ils n'étaient que 2 % en 1986. À ce rythme, le débat ne pourrait guère s'ouvrir avant 2050. À moins que...

Curieusement, c'est du Sénat, réputé pour son conservatisme, qu'émanent la plupart des initiatives. Restées sans suite, comme il se doit. Les premières, dues au sénateur Caillavet, remontent, on l'a dit, à la fin des années 70. Au début des années 80, la Commission de révision du Code pénal envisage d'autoriser « le fait de mettre fin à la vie d'une personne menacée de mort proche et inévitable dans le but d'abréger ses souffrances et sur ses demandes pressantes et répétées ». Une audace que des juristes s'autorisent en commission mais qui ne sera pas retenue dans la réforme. Depuis lors, un certain nombre de tentatives ont été rangées aux oubliettes, celle notamment du député Bernard Charles en 1989. En janvier 1999, c'est le sénateur Pierre Biarnès qui propose avec une cinquantaine de ses collègues un texte reconnaissant que « toute personne en mesure d'apprécier les conséquences de ses choix et de ses actes est seule juge de la qualité et de la dignité de sa vie ainsi que de l'opportunité d'y mettre fin ». S'ensuivent toutes les conséquences sur la dépénalisation de l'euthanasie, l'assistance à la mort demandée, le testament de vie, etc. Proposition restée sans suite comme les précédentes.

La dernière tentative en date a eu lieu à l'automne 2001, le Groupe socialiste à l'Assemblée nationale présente une proposition de loi sur « Le droit de mourir dans la liberté » et, suprême audace, prétend la faire venir en discussion dès la présente session, sans attendre les prochaines échéances électorales. Mais les parlementaires proposent et le gouvernement dispose. Il est peu probable que le Président de la République et le Premier ministre acceptent l'ouverture d'un tel débat à la veille de leur grande explication et l'on sait que les considérations politiciennes l'ont toujours emporté sur la volonté des Français de conquérir cette dernière liberté.

5

SURTOUT PAS DE LOI !

Euthanasie : surtout ne pas légiférer. Une idée reçue avec les félicitations du jury. Les plus grands esprits reprennent l'antienne. Dernier en date, le professeur Jean Bernard explique dans son récent ouvrage : « L'euthanasie est le type même de modèle où il faut éviter de légiférer. Chaque cas est particulier. Il faut éviter à la fois les lois condamnant les médecins, et les lois ouvrant la voie que les Néerlandais sont en train d'ouvrir[1]. » On trouverait cent citations du même genre émanant des personnalités les plus diverses, les plus respectables. Il s'agit d'une évidence qui ne se discute pas. C'est ainsi que s'articulent deux propositions absolument contradictoires. Premièrement, l'euthanasie est dangereuse, elle comporte des risques multiples de dérives ; deuxièmement : l'euthanasie ne doit surtout pas être réglementée. Superbe illustration du postulat de l'autruche : ce que je ne vois pas n'existe pas. Et nul, même parmi les plus grands juristes, ne semble remarquer l'absurdité de cet enchaînement : dangerosité d'une pratique, refus de la réglementer. On pourrait,

1. Jean Bernard, *Vieillir. Entretiens avec Antoine Hess*, Calmann-Lévy, 2001.

selon le même principe, s'abstenir de légiférer sur les armes à feu, la force publique ou l'internement des aliénés !

Des juristes, des moralistes, des philosophes, des théologiens, des médecins dissertent à perte de vue sur ce thème dans des traités savants, des articles pour revues spécialisées. Consternante scolastique qui ne vise qu'à proposer une nouvelle démonstration des mêmes conclusions : il ne faut pas dépénaliser, pas légiférer mais faire preuve d'indulgence et de compréhension dans les cas particuliers.

La loi qui n'existe pas

Je suis tout sauf un fanatique de la norme législative et je pense que, sur la plupart des sujets, cette retenue parlementaire serait bienvenue. En effet, la France est littéralement asphyxiée par l'accumulation des textes législatifs et réglementaires, et les députés feraient mieux de supprimer des lois anciennes que d'en voter de nouvelles.

Mais, en l'occurrence, il paraît étrange de soutenir que la loi n'a pas son mot à dire pour l'évidente raison qu'elle existe. Certes, le mot euthanasie ne figure pas dans le Code pénal, qu'à cela ne tienne ! La chose est fort bien désignée et sanctionnée. C'est même toute l'absurdité du système qui applique une loi à des situations qu'elle n'avait pas prévues.

Voici donc les textes. L'article 221-1 du Code pénal stipule que : « Le fait de donner volontairement la mort à autrui constitue un meurtre. Il est puni de trente ans de réclusion criminelle. » Un article qui, en l'absence de toute exception pour euthanasie, doit réprimer l'aide à mourir. La législation est même plus sévère qu'il n'y paraît à première vue. En effet, dans le droit français, c'est l'intention qui qualifie le crime. Le mobile n'intervient qu'en un second temps, pour évaluer la peine. Or, celui qui pratique l'euthanasie a, par définition, prémédité un acte visant la mort du sujet. Il se rend donc coupable d'un meurtre aggravé, d'un assassinat. Du coup, c'est l'article 221-3 qui s'applique, avec la réclusion perpétuelle à la clé. Cela pour l'euthanasie active, c'est-à-dire l'administration d'une substance mortelle. Mais, bien souvent, on l'a vu, les soignants se réfugient dans l'abstention, ils pratiquent ce que l'on appelle l'euthanasie passive. Leur culpabilité s'en trouve-t-elle atténuée ? Absolument pas. Qu'ils débranchent une machine indispensable à la survie ou qu'ils interrompent un traitement vital, le résultat est le même : ils provoquent délibérément la mort et se retrouvent meurtriers ou assassins aux yeux de la loi. S'ils se réfugient dans l'abstention, ils tombent sous le coup de l'article 223-6 qui punit la non-assistance à personne en danger. Cinq années de prison.

Notre Code ne fait donc aucune distinction entre l'acte euthanasique et l'acte crapuleux. Il ignore le malade : ses demandes réitérées, son mal incurable, ses souffrances insupportables, sa fin prochaine, et ne connaît pas davantage le médecin et ses motivations, sa compassion, ses scrupules, ses précautions, etc. Il ne retient que l'acte homicide.

Comment prétendre dans ces conditions que la loi n'a pas à s'occuper de l'euthanasie ? Pour récuser la compétence du législateur, il faudrait d'abord... voter une loi stipulant que les articles du Code pénal ne s'appliquent pas en l'espèce ! Mais cette dépénalisation ne saurait suffire. L'euthanasie cessant d'être « hors la loi » ne pourrait rester « en dehors de la loi ». Comment imaginer qu'un acte de cette importance flotte dans un vide légal ? Ainsi, la formule « Surtout pas de loi » n'est-elle qu'une façon détournée de dire : « Surtout pas de nouvelle loi. Conservons la législation actuelle. »

Le conservatisme se justifie lorsque la loi donne satisfaction. Est-ce bien le cas ? Cette législation répressive reste virtuelle, les sanctions qu'elle prévoit ne sont pas appliquées. Extrême sévérité des textes d'un côté, totale indulgence de la justice de l'autre. Manifestement le législateur a confondu la bombe atomique avec la matraque des CRS et nos juges sont incapables de manier l'armement lourd qu'ils ont entre les mains.

La loi de la clandestinité

Cette loi n'est pas répressive et pas davantage dissuasive puisque l'euthanasie se pratique, on le sait, en dépit de l'interdiction. Elle a pour seul effet d'imposer le secret, l'opacité.

Ainsi, la fameuse loi « qu'il ne faut surtout pas changer » n'empêche rien en interdisant tout et rejette dans l'ombre et la clandestinité ce qui ne devrait être pratiqué qu'au grand jour et dans la transparence. Il n'y a pas à s'en étonner. Condamner, comme elle prétend le faire, toute forme d'euthanasie, c'est nier le progrès médical, c'est ignorer la mort médicalisée, la réanimation, c'est légiférer en dehors de toute réalité.

Le problème n'est pas de savoir si le médecin a provoqué, directement ou indirectement, la mort de son patient, actes de la médecine moderne, mais s'il l'a fait dans le respect des exigences déontologiques. Ce qui est affaire de circonstances. C'est le « chaque cas est particulier » de Jean Bernard, qui est répété à satiété pour démontrer l'impossibilité de règles générales en ce domaine. Que vaut cet argument ?

Si la loi doit prévoir chaque situation concrète et dicter au médecin sa conduite face à chaque patient, s'il faut faire un article pour l'arrêt de l'hémodialyse en réanimation, un autre pour les doses de morphine à appliquer selon l'état du malade, un troisième pour l'arrêt de l'assistance respiratoire, le législateur a alors toutes raisons de s'abstenir. Mais cela vaut tout autant dans d'autres domaines. Car la réalité n'est faite que de cas d'espèce qui n'ont jamais empêché l'existence de règles générales. C'est même le principe fondateur de toute justice. Les tribunaux ne sont pas, que l'on sache, des distributeurs automatiques de peines. Ils font sans cesse la transition du général au particulier.

Ainsi la loi n'a-t-elle pas à s'immiscer dans les services hospitaliers pour dicter les traitements à entreprendre ou bien à interrompre. Elle doit se contenter de poser les principes et fixer les procédures. Pour le reste, il revient aux médecins de prendre leurs responsabilités. Le système hollandais, qui sert de repoussoir à la médecine française, ne dicte pas sa conduite au médecin. Il impose simplement la transparence et la concertation afin de permettre le contrôle et le recours. Pour le reste, c'est au praticien de se déterminer en conscience dans chaque cas particulier.

Mais les médecins ne risquent-ils pas de tomber sous la coupe des juges ? Ils sont, en tout cas, nombreux à le craindre. Ainsi Léon Schwartzenberg, alors même qu'il dénonce dans *Changer la mort* la loi actuelle, s'inquiète d'une norme de remplacement. « Qui peut décider ? Certainement pas un juriste, car si nous laissons les juges s'emparer des derniers moments, nous verrons vite venir l'ère des grands juges, puis des grands nettoyeurs. Les juges ont déjà les yeux sur tous les instants de notre vie, que les derniers au moins leur échappent... Il serait peut-être temps de décider une fois pour toutes que la mort ne fait pas partie du droit et qu'aucun tribunal, aucune cour d'assises ou de justice ne peut en disposer[1]. » Pour le cancérologue, une intervention législative ne peut aboutir qu'à la mise en tutelle du médecin. Il n'imagine pas qu'elle doive viser, tout au contraire, à délimiter le périmètre à l'intérieur duquel il n'est plus responsable que devant sa conscience. Car enfin, peut-on imaginer que la capacité de donner la mort puisse échapper à tout cadre légal ? Certainement pas, pas plus qu'elle ne peut demeurer dans les ténèbres d'une inapplicable criminalisation. Voilà ce que l'institution médicale ne veut pas entendre. Et, à tout prendre, elle préfère porter seule, dans le silence, la clandestinité et la culpabilité, le poids écrasant de telles responsabilités, plutôt que de se soumettre au règne de la loi. Comment expliquer ce choix de l'opacité ?

Un problème de conscience

La réponse se trouve peut-être dans une enquête du journal *La Croix* que Marianne Gomez avait consacrée à la fin de vie. Partant du constat que « l'euthanasie est aujourd'hui largement répandue », elle affirme : « Dans tous les cas, c'est l'arbitraire le plus total[2]. » L'arbitraire est l'enfant naturel de la clandestinité. Et voici le grand paradoxe de cette loi absurde. En prévoyant des peines si parfaitement disproportionnées, elle a instauré une totale impunité. Les médecins savent que, dès lors qu'ils respectent la discrétion de rigueur, ils n'ont de comptes à rendre à personne. Ils se déterminent « en conscience », sans loi, sans règles, sans critères, sans responsabilité. Et l'idée d'une légalisation qui instaurerait fatalement un contrôle les horrifie.

---

1. Léon Schwartzenberg et Pierre Viansson-Ponté, *Changer la mort*, *op. cit.*
2. Marianne Gomez, *La Croix*, 28 juillet 1998.

Je me souviens qu'un jour, discutant de ces sujets avec un ami médecin, il me lança soudain : « Je l'ai fait, mais s'ils font une loi, je ne le ferai plus. » Je mis un certain temps à comprendre cette réaction. Ce praticien, qui n'avait jamais travaillé en milieu hospitalier, avait aidé certains de ses patients à mourir. Il avait agi « en conscience », par compassion, en bravant la loi, au risque d'être poursuivi, radié, inculpé et voilà qu'il rejetait l'idée de faire les mêmes actes en toute légalité, sans avoir à craindre le moindre recours, la plus petite sanction ! Il m'expliqua que c'était une affaire entre son malade et lui, qu'il n'avait pas à s'en expliquer, qu'il n'acceptait l'intrusion d'aucun tiers dans cette relation et qu'il s'abstiendrait plutôt que devoir respecter des procédures et rendre des comptes. J'eus beau attirer son attention sur les dangers de cette clandestinité, les risques évidents de dérives possibles, il n'en démordait pas. Toute autre solution lui semblait inacceptable. « Si on met un flic dans mon cabinet, je ne suis plus médecin ! » finit-il par me dire.

Beaucoup de médecins français se reconnaîtront dans cet individualisme ombrageux, dans cette méfiance absolue vis-à-vis de tout cadre légal, de tout contrôle. Pour eux, c'est clair, l'euthanasie, si elle intervient, ne peut qu'être couverte par le secret médical, c'est un acte « hors norme » laissé à l'appréciation du médecin. La loi n'a rien à voir là-dedans. Traduisez : la seule loi admissible est la plus absurde, celle dont les dispositions sont inapplicables, à savoir la loi française.

Cette attitude traditionnelle était renforcée par l'incapacité de notre médecine à soulager la douleur. En effet, l'euthanasie tenait lieu de dernier recours face à des situations intolérables pour le malade et que les soignants ne savaient pas gérer. Elle sanctionnait alors une impuissance, était ressentie comme une défaite et ne pouvait qu'être rejetée dans l'ombre. La clandestinité était indispensable car l'échec ne s'affiche pas, ne se réglemente pas, il ne peut être qu'une singularité médicale, qui ignore les règles et ne rend pas de comptes.

Cette position traditionnelle du corps médical, quoique jamais explicitée, est plus affirmée au sommet qu'à la base. En 1995, *La Gazette médicale* a ainsi interrogé 735 praticiens. Surprise : 47 % d'entre eux affirment qu'ils accepteraient de pratiquer l'euthanasie pour soulager un patient en phase terminale, contre 50 % qui s'y refusent. Mais, surtout, la légalisation de l'euthanasie, impliquant donc la transparence et les contrôles, recueille 45 % de réponses favorables contre 52 % d'oppositions. Des recoupements d'études menées auprès des médecins dans différents pays donnent des résultats comparables. Globalement, une bonne moitié du corps médical mondial se prononce en faveur de l'euthanasie active et de sa légalisation, et les pourcentages vont en augmentant au fil des ans. Ainsi, les médecins qui vivent au plus près des réalités ont-ils des positions nuancées bien éloignées de l'unanimisme qui prévaut dans la haute société médicale.

La mort à deux étages

Préserver sa souveraineté, voilà peut-être la raison du silence assourdissant entretenu par le corps médical pendant toutes ces années. Il entend défendre son indépendance et ressent toute réglementation comme une contrainte, une remise en cause de sa déontologie.

Que l'institution médicale ait défendu bec et ongles son indépendance, on le comprend, que les Français n'aient pas davantage protesté contre l'arbitraire qui en était pour eux la contrepartie est plus surprenant. La première raison, la plus courante, c'est que nous voulons chasser la mort de notre pensée et que bien peu de gens sont disposés à se mobiliser sur un tel sujet. Cette fuite devant les réalités peut, pour une part, expliquer une si longue soumission. Le respect qu'inspire la médecine, le souci de ne pas gêner une corporation ont également joué leur rôle. Mais la vraie raison est sans doute plus cruelle.

D'abord, il faut bien être conscient que les personnes en fin de vie n'ont ni moyen de pression, ni moyen d'expression. Elles ne sont pas organisées, pas menaçantes, pas dangereuses, ce qui les prive de tout droit à la parole. Et dans nos sociétés, lorsque les injustices frappent ainsi des « gens sans importance », elles peuvent se perpétuer fort longtemps. Mais il y a plus.

Il est de bon ton de dénoncer la médecine à deux vitesses, celle des riches et celle des pauvres. De s'en indigner. Mais on ne parle jamais de la mort à deux vitesses et pourtant…

Celle-ci représente l'une des plus scandaleuses injustices de notre société, or elle est la conséquence naturelle, inévitable de l'arbitraire médical. D'un côté, se trouvent les privilégiés, les notables, journalistes pourquoi pas, bref « les personnes qui comptent », les « bourgeois » et, en tout premier lieu, les médecins et leurs proches, ceux-là auront la possibilité de se faire entendre ou de s'arranger par leurs propres moyens. Ils disposent des relations, de l'influence, des accointances nécessaires. Si d'aventure ils ont fait un choix, ce qui reste exceptionnel en tout état de cause, il sera respecté, même s'ils ne sont plus en état de s'exprimer. Leurs parents, leurs amis ne manqueront pas d'intervenir en leur faveur, de faire respecter leur volonté.

Dans une émission que j'avais consacrée à la mort, Ménie Grégoire avait rapporté les derniers instants de son mari. Tous deux avaient procédé à un échange de lettres par lequel chacun s'engageait à tout faire pour éviter à l'autre une agonie insupportable. Quand Ménie Grégoire vit son mari, cancéreux en phase terminale, souffrant « comme un crucifié » selon sa propre expression, elle appela le médecin et, lui présentant les volontés du mourant, le pria d'en finir. Après une longue hésitation, le médecin sortit de la chambre, revint avec une autre perfusion. La mit en place, sans rien dire. « Aussitôt, dit Ménie Grégoire, le visage de mon mari se détendit. Il était serein, apaisé. Un quart d'heure plus tard, il était mort. Et pourtant, aux yeux de la loi, il s'agissait d'un assassinat », conclut-elle. Le médecin aurait-il réagi de même pour l'un quelconque de ses patients ? Et, à l'inverse, beaucoup de médecins auraient-ils opposé un refus à Ménie Grégoire ? Dans ce cas, n'aurait-elle pas trouvé un autre praticien pour apaiser son mari ? Dans « la bonne société », on rencontre bien des exemples de ces morts délibérées entre médecins et famille. Elles impliquent que les deux parties se trouvent sur un pied d'égalité, que la relation sociale compense la relation médicale en général si fortement déséquilibrée.

Mais que se passe-t-il lorsque des « petites gens » sont à l'article de la mort ? Des personnes qui n'ont à leur disposition aucun réseau d'influence, qui ne peuvent que se plaindre et supplier ? Le malade perd alors toute emprise sur sa mort, l'arbitraire médical s'exerce dans sa plénitude. « Arbitraire » ne signifie nullement inhumanité, égoïsme, indifférence. La plupart des médecins, placés dans une telle position, se mettent à l'écoute de leur patient, se dévouent pour le soigner, le soulager, l'assister, l'accompagner, au besoin, entendre ses demandes et lui épargner une trop longue souffrance. Le malade est alors fort bien traité, il a eu de la chance. Car il aurait pu tomber sur un praticien d'une tout autre école. Je ne veux pas dire cruel et insensible, mais habité tout simplement par des convictions qui ne sont pas les siennes.

Tout dépend donc du chef de service qui prendra en charge sa fin de vie. S'il est un adversaire déterminé de l'euthanasie ou bien un légaliste soucieux de ne pas risquer d'ennuis, le mourant aura beau demander, supplier, il devra supporter l'agonie la plus longue que permettent les ressources de la thérapeutique. Si, à l'inverse, le médecin ne supporte pas les agonies prolongées, il pourra recevoir d'autorité une injection mortelle. Reste la chance de tomber sur un « bon docteur » qui l'accompagnera, soulagera sa souffrance, écoutera ses plaintes ou ses demandes et respectera sa volonté.

Entre ces fins de vie totalement différentes le choix ne doit rien à la volonté du malade et tout au hasard d'une hospitalisation. Un destin d'autant plus tragique que, jusqu'à ces dernières années, la médecine française traînait cet immense retard dans le soulagement de la douleur, l'abstention thérapeutique et l'accompagnement des mourants. Une triple défaillance qui conduit tout droit à d'abominables agonies conclues bien souvent par des euthanasies non demandées.

Schématiquement, on peut donc dire que « les bourgeois » sont en situation de prendre une assurance sur la « bonne mort » tandis que le reste de la population joue sa sortie de vie à la loterie. Et l'on sait que les premiers à bénéficier de ces morts assistées sont les proches des médecins. Ceux-ci ne supportent pas de voir leurs parents se débattre dans les affres d'une agonie inexorable et insupportable, ils n'hésitent pas à « faire ce qu'il faut » pour précipiter la fin, pour qu'elle se passe « en douceur ». Voilà une preuve supplémentaire, s'il en fallait, que la mort douce médicalisée est un bienfait, un service rendu et non pas une agression et un crime. Or, bien souvent, ce sont les mêmes praticiens qui, d'un côté, aident leurs proches à mourir, et, de l'autre, s'opposent à une légalisation qui ouvrirait cette possibilité à l'ensemble de la population. Lorsqu'il m'est arrivé de recueillir de telles confidences, de souligner le caractère contradictoire et choquant d'une telle attitude, mes interlocuteurs ont toujours fini par admettre qu'effectivement il faudrait modifier le cadre légal.

Pendant le dernier demi-siècle, on peut dire que les Français ont été très bien traités pendant leur maladie et très mal pendant leur agonie. La plupart des médecins le reconnaissent aujourd'hui. Mais les morts sont extraordinairement discrets, ils ne protestent pas contre ceux qui les ont tourmentés et ne remercient pas non plus ceux qui les ont secourus. Un silence indispensable pour entretenir cet oubli monstrueux de la souffrance et de la mort, de cette injustice en fin de vie, un silence qui s'obtient aisément dans un pays latin déchristianisé où les hommes et les femmes s'interdisent toute référence à leur mortelle condition.

6

ET LES FRANÇAIS DANS TOUT ÇA ?

Le droit à la mort, ou plus exactement à l'immortalité, provoqua la première révolution de l'histoire, celle qui mit fin à l'ancien empire égyptien. À l'origine, les rites funéraires qui assuraient le passage au royaume des morts étaient réservés à Pharaon. Par la suite, les reines et les grands personnages se les approprièrent. C'est ainsi que la population tout entière finit par revendiquer pour son propre compte ce rituel magique. Oui, un empire s'est écroulé parce que le peuple exigeait une démocratisation de la mort ! C'était il y a quatre mille ans. Depuis, les choses ont quelque peu changé.

Nos républiques n'ont rien à craindre de ce côté-là, ce n'est pas demain que les Français envahiront les rues en réclamant la bonne mort pour tous. Sait-on d'ailleurs ce qu'ils en pensent ? Apparemment pas, puisque la question n'est jamais posée dans les campagnes électorales, jamais débattue au Parlement. Ne reste que ces pythies des modernes démocraties : les instituts de sondage. Je ne leur rends pas un culte dévot, je ne consulte leurs oracles qu'avec prudence, mais je ne rejette pas non plus par principe leurs enseignements. Que disent-ils ?

Pour les décennies de l'après-guerre, nous n'en savons rien. Qui donc aurait pris l'initiative d'une telle consultation dans les années 60 ? Le travail de Barrère et Lalou confirma surtout que le sujet n'intéressait pas nos maîtres. Dès lors, il eût été inconvenant de poser une question dont la réponse allait de soi. Pourquoi pas demander aux Français s'ils sont pour ou contre l'assassinat et le meurtre ? Dans les années 80, l'ADMD devient l'indispensable commanditaire. En 1987, elle commande une première enquête à la SOFRES.

À la question (que je cite dans son intégralité car l'énoncé est essentiel) : « En cas de maladie grave et incurable s'accompagnant d'une souffrance insurmontable seriez-vous favorable ou opposé à ce que soit reconnu au malade le droit d'être aidé à mourir à sa demande ? » 85 % des Français répondent positivement. Le plébiscite se confirme lorsque la question est personnalisée : « Vous-même, en cas de maladie grave et incurable s'accompagnant d'une souffrance insurmontable, souhaiteriez-vous être aidé à mourir ? » « Oui certainement » : 58 %, « Oui probablement » : 21 %. L'enquête a-t-elle été biaisée, le résultat est-il contestable ? Certainement pas, un sondage IPSOS de 1988 pour *Le Figaro et La Marche du siècle* donne le même résultat pour une question identique.

Concernant les « testaments de vie » par lesquels l'intéressé peut, à l'avance, donner ses instructions aux médecins, dire dans quelles conditions ils souhaite que l'on prolonge son existence ou, au contraire, qu'on l'abrège, document qui, rappelons-le, n'a strictement aucune valeur juridique en France, 79 % des réponses estiment que ces volontés doivent être respectées et 15 % seulement qu'elles ne peuvent l'être si le malade n'est plus en mesure de les confirmer.

Arrêtons-nous un instant sur ces résultats. Premier point : les Français savent parfaitement ce qu'ils veulent. En effet, la fameuse catégorie des « NSP », « Ne se prononce pas », n'atteint que 4 % à la première question,

8 % à la seconde. Ils ont un jugement bien arrêté et l'expriment lorsqu'on prend la peine de le leur demander.

Deuxième point : il n'y a guère de catégories dissidentes. Certes, les plus de 65 ans sont un peu moins favorables à la mort volontaire : 76 % contre 85 % pour la moyenne des Français. Mais les réponses sont, à ce stade, plus réfléchies donc plus significatives et restent tout de même, pour les trois quarts d'entre elles, positives. Faut-il s'interroger sur les préférences partisanes ? Sachez que les écolos sont plus favorables que les sympathisants FN, mais, avec 91 % d'un côté et 78 % de l'autre, on reste dans le plébiscite. Les convictions religieuses pèsent-elles davantage ? Surprise ! Elles ne comptent presque pour rien. Les « catholiques pratiquants réguliers » sont encore partisans de la mort volontaire à 74 %, quant aux « occasionnels » et aux « non-pratiquants », ils rejoignent la moyenne nationale.

Troisième point : cette opinion est stable et permanente. Pour l'affirmer, nous disposons désormais d'une série de trois sondages réalisés par le même institut, la SOFRES, qui a enquêté selon les mêmes méthodes, en posant les mêmes questions. Nous venons de voir les résultats de la première enquête. La seconde date d'octobre 1997 et la troisième d'avril 2001. La similitude des réponses est frappante : 85 %, 84 %, 86 %. Le niveau d'adhésion ne varie pas. Une telle constance sur quinze ans a valeur rétrospective. Comment douter que les réponses eussent été, à peu de chose près, la même dans les années 60 ou 80 ? Depuis cinquante ans, les Français, de façon quasi unanime, veulent que l'on reconnaisse le droit à la mort volontaire. On peut retourner les résultats dans tous les sens, on ne leur fera pas dire autre chose.

On notera, par ailleurs, que le respect du testament de vie est une exigence qui va en s'affirmant. Les 79 % de réponses favorables de 1987 sont devenues 88 %. Mais il faut être Ménie Grégoire pour obtenir à coup sûr que le médecin se conforme aux volontés du mourant...

La dépénalisation

L'ADMD a voulu dépasser la seule reconnaissance d'un droit abstrait. Elle a interrogé les Français ou, du moins, les 1 000 personnes sondées, sur la loi actuelle et son éventuel changement. Faut-il abandonner les poursuites judiciaires contre celui qui répond à une demande d'euthanasie ? Pas la moindre incertitude dans les réponses. Plus des trois quarts de la population (76 % en 1987, 82 % en 1997 et 77 % en 2001) se prononcent en faveur de la dépénalisation, du changement de loi. Un résultat qui traduit l'évolution des mentalités. En 1987, ils n'étaient que 49 % à penser qu'ils aideraient à mourir un de leurs proches dans des circonstances extrêmes. Dix ans plus tard, ils sont 61 %. Dans le même temps, les 57 % qui demandaient l'aide à mourir en cas de souffrances insupportables se retrouvent 79 %. Jamais sans doute dans l'histoire de la République aura-t-on maintenu si longtemps une disposition législative à ce point condamnée par l'opinion.

Notons une évolution significative de l'opinion entre 1987 et 1997. À l'époque, l'ADMD cherchait à savoir si le droit d'être aidé à mourir devait se limiter au refus de l'acharnement thérapeutique ou bien s'il devait inclure une aide active à mourir. Il y a quinze ans, les deux tiers des réponses étaient favorables à cette seconde hypothèse, il y a cinq ans la barre était tombée à 55 %. Dans le même temps, les personnes désirant se limiter au refus de l'acharnement thérapeutique étaient passées de 27 % à 34 %. Difficile de ne pas attribuer cette évolution au développement des soins palliatifs. Les Français sont de plus en plus nombreux à penser que si l'on ne s'acharne pas à les faire vivre coûte que coûte, si l'on accompagne leur fin de vie, il doit être possible de s'en aller paisiblement sans avoir recours à la mort provoquée.

Autre question : la prise de responsabilité. Comment décider lorsque l'intéressé n'est plus en état de se prononcer ? Une concertation entre médecin et famille est-elle indispensable ? Pas du tout ! Dans le sondage réalisé en 1998, cette forme de coresponsabilité réunit peu de suffrages (25 %), pas plus que la responsabilité du seul médecin (25 %), et c'est la décision prise par la famille et les proches qui l'emporte de très loin (46 % de réponses favorables). Moi d'abord, mes proches ensuite, les médecins après, là encore les Français ont des idées assez précises sur l'exercice de ce droit à la mort.

Une même évolution se constate pour l'acte proprement dit. À la question « Qui devrait en priorité mettre en œuvre les moyens de cette mort volontaire ? », les Français choisissaient, en 1987, le médecin (46 %), puis le malade lui-même (37 %) et enfin l'un de ses proches (7 %). Or l'opinion a basculé entre 1987 et 2001. Désormais, le médecin n'est plus désigné qu'à 34 % tandis que le malade est préféré dans 51 % des réponses. Sur ce point encore, le sondage IPSOS de 1998 donne pratiquement le même résultat et confirme cette nouvelle hiérarchie des valeurs. La réappropriation de sa propre mort a donc fait son chemin dans les esprits. Hier les Français s'en remettaient au médecin, aujourd'hui ils semblent estimer qu'il revient à chacun de prendre ses affaires en main. Et, derrière cette réponse, on sent poindre l'idée qu'après tout, lorsque le malade est en état de le faire, il pourrait absorber lui-même une potion mortelle plutôt que de demander à un médecin ou une infirmière de procéder à l'injection létale. Mais, à y regarder de plus près, on s'aperçoit que cette réappropriation ne dépasse guère le stade des intentions. Les médecins sont formels sur ce point : les familles sont encore loin d'assumer de telles responsabilités. Le plus souvent, elles laissent au médecin le soin de décider. Et, si elles entendent être informées et consultées, elles préfèrent, en général, ne pas savoir ce qui s'est réellement passé...

Ainsi les Français revendiquent dans l'abstrait un droit qu'ils se révèlent incapables d'assumer dans l'unité de réanimation, face à leurs proches. Telle est la limite de la méthode. Le sondé, sommé tout à trac de donner son avis sur une question qu'il ne se pose pas, du moins pas dans l'instant, réagit plus qu'il ne réfléchit. Il se fait l'écho du conformisme ambiant, renvoie son image la plus flatteuse. En outre, cet interrogatoire « à blanc » est très sensible à la formulation des questions, au choix des mots. Changez un qualificatif et vous changez la réponse. Bref, il y a loin de l'opinion ainsi recueillie aux convictions et aux comportements. Tant vaut l'interprétation, tant vaut le sondage.

Pour autant, on ne saurait nier la constance de l'opinion quasi unanime sur un sujet essentiel. Oui, les Français réclament le droit pour chacun de choisir sa mort. C'est un fait. Cette liberté semble même aller de soi à leurs yeux, c'est pourquoi les pouvoirs publics se gardent de la dénier ouvertement : ne présentent-elles pas l'euthanasie comme la mort imposée, et non pas comme la mort demandée, afin de fonder sa condamnation sur la légitime défense des plus faibles et non pas sur l'illégitime refus d'un droit à la mort pour tous ?

Nul et non avenu

Unanimité en faveur d'une loi d'un côté, unanimité contre elle de l'autre. Jamais sans doute la distance n'aura été si grande entre l'opinion et ses gouvernants.

Que les jugements ne soient pas les mêmes au sommet et à la base de la pyramide sociale, c'est assez naturel ; que des « vérités » aussi opposées s'affrontent, c'est plus surprenant ; que le point de vue minoritaire étouffe celui de la majorité, cela n'est pas acceptable. Imagine-t-on une opinion française qui serait restée monarchiste ou bonapartiste cent ans après l'instauration de la République ?

Cette opposition est d'autant plus invraisemblable que ces sondages sont publics et que, depuis quinze ans, tout le monde sait à quoi s'en tenir. Mais le décalage est si considérable qu'il finit par ne plus être perçu. Lorsqu'il m'est arrivé d'en faire état, je me suis d'abord heurté à l'incrédulité. Puis mes interlocuteurs ont fini par reconnaître qu'ils en avaient entendu parler mais qu'ils n'y avaient pas prêté attention. Pourtant les faits sont là, têtus, indiscutables : les Français sont aussi unanimes à revendiquer le droit de choisir leur mort que leurs représentants à le condamner.

Certes, la loi démocratique n'implique pas que la majorité ait toujours raison, qu'il faille céder à tout élan d'émotion populaire. Les Français eurent tort d'approuver les accords de Munich puis de soutenir le régime de Vichy, les antimunichois et le général de Gaulle allaient à l'encontre de la volonté populaire, cela ne fait aucun doute. Et, pourtant, ils avaient raison. Plus récemment, les Français se sont retrouvés aux deux tiers favorables à la peine capitale lorsque Robert Badinter arracha son abolition au Parlement. Peut-on le regretter ? Certainement pas, et l'on sait que, bien souvent, la popularité d'un gouvernement croît en proportion de son inefficacité. Pas de démagogie donc. Les Français, même unanimes, peuvent avoir tort.

Des sondages favorables ne suffisent pas à justifier la légalisation de l'euthanasie. Mais, à l'inverse, peut-on ne tenir aucun compte de ce qu'ils disent au point de refuser l'instauration d'un véritable débat national ? Nos hommes politiques vont répétant qu'il faut « être à l'écoute des gens », « tenir compte de leurs préoccupations ». Ils paient même des conseillers, scaphandriers de l'âme collective, afin qu'ils les informent de la moindre interrogation, de la plus petite vibration qui traverse l'air du temps. Ils ne font plus un pas, ne disent plus un mot sans avoir vérifié qu'ils sont bien en phase avec les attentes, les demandes et les espérances de leurs concitoyens. Et voilà que cette souveraine *vox populi* est censurée quand il est question de l'euthanasie ! Ces mêmes Français, considérés à l'égal des oracles pour les questions de la vie, ne sont plus que des enfants quand il est question de la mort. C'est alors que leurs maîtres ignorent leurs avis et, plutôt que d'en discuter, vont répétant les bons principes sur le mode : « L'euthanasie est une horreur qui, Dieu merci ! n'existe pas en France et n'existera jamais. »

Car le *statu quo* n'est pas seulement maintenu, il est défendu comme la doctrine officielle de la République. Du coup, le face-à-face est extraordinairement déséquilibré. Les adversaires de l'euthanasie jettent tout leur poids institutionnel dans la balance. Ils engagent les Églises, les autorités médicales, le gouvernement, les partis. Par leur voix, c'est toute l'organisation sociale qui affirme son absolue condamnation et rappelle à l'ordre ceux qu'habiteraient de mauvaises pensées. Dans le camp adverse, on ne trouve guère qu'une poignée de personnalités, isolées, marginalisées et qui ne peuvent se réclamer d'aucun pouvoir, d'aucune institution. Pour l'occasion, on pourra à raison parler d'une « pensée unique », davantage fondée sur le principe d'autorité que sur la validité de son argumentation. Qu'un pareil conditionnement ne puisse ébranler les convictions populaires, c'est assurément le plus cinglant désaveu que puissent recevoir nos élites.

L'affaire des médecins

Et l'institution médicale ? N'est-elle pas ébranlée par cette fronde civique ? Pas du tout. Elle balaie ces résultats d'un revers de main en opposant à ces « déclarations », car il ne s'agit, en effet, que de déclarations, la réalité des comportements en fin de vie. Il est vrai que dans leur immense majorité les malades rendent le dernier soupir sans demander qu'on les fasse mourir. D'où la fameuse formule « l'euthanasie est une idée de bien-portants » qui s'interprète, en réalité, comme « la mort est une affaire trop sérieuse pour laisser les non-médecins en discuter ». Interroger les citoyens sur de tels sujets serait aussi vain que de leur demander d'arbitrer la querelle entre Einstein et Niels Bohr sur l'interprétation de la mécanique quantique ! Mais peut-on admettre une telle mise hors circuit de l'opinion ?

Tout d'abord, un droit ne saurait être dénié sous prétexte qu'il n'est pas d'usage courant. Les libertés ne sont pas des marchandises, et le pouvoir législatif ne fait pas du marketing. S'agissant de droits essentiels, l'État doit en assurer le libre exercice, quelle que soit l'importance du public concerné. Il a même le devoir d'assister les minorités trop restreintes et trop faibles pour se défendre. Ainsi la liberté religieuse ne serait pas moins essentielle dans une société qui compterait 95 % d'athées. En outre, les mentalités et les comportements évoluent. Notre attitude spécifiquement latine face à la mort n'a rien de fatal, elle pourrait, pourquoi pas, connaître des transformations dans l'avenir, d'autres aspirations pourraient se faire jour, d'autres comportements se manifester. Bref, la question est de principe et ne saurait être rapportée au nombre plus ou moins grand des malades qui demandent effectivement une mort plus douce et plus rapide.

Cela posé, les médecins ont raison de dire que 80 % de Français qui se prononcent pour l'euthanasie, cela ne signifie pas 80 % de Français qui voudront précipiter leur mort. Ils ont tous connu des malades qui avaient souhaité mourir et qui, ayant été soignés et guéris, les remercièrent de ne pas les avoir écoutés. N'oublions pas tout de même que les malades qui sont morts sans avoir été entendus ne sont pas là pour s'en plaindre, mais ne finassons pas, de tels cas existent. En quoi cela doit-il empêcher les vivants de préparer leur mort, de se donner un cadre législatif approprié, de prendre des dispositions individuelles qu'ils respecteront ou ne respecteront pas ?

Bref, l'opposition entre malades et bien-portants, pour réelle qu'elle soit, n'autorise pas à ignorer l'opinion des Français. Et les médecins ne peuvent se prévaloir de leur situation pour s'approprier toute réflexion et toute décision, pour exclure le reste de la population d'un tel débat. En revanche, il serait abusif de prétendre que le corps médical a étouffé la voix des Français car celle-ci ne s'est jamais manifestée qu'au hasard des sondages. Pour le reste, la société française évacue le sujet et s'installe dans l'immortalité. Trop facile de reprocher aux institutions médicales de ne pas nous avoir alertés, mais était-ce bien leur rôle et voulions-nous regarder la réalité en face ? Avions-nous envie que s'instaure un vrai débat sur la fin de vie, sur la fin de notre vie ? Certainement pas. Ce débat, nous le souhaitions peut-être mais à condition qu'il se déroule à bonne distance. Les médecins sont d'abord et avant tout des Français comme les autres. Ils étouffent des interrogations qui, reconnaissons-le, n'ont jamais été bien vigoureuses.

Les vrais chiffres à confronter c'est, d'une part, 85 % des Français qui se prononcent pour la liberté de mourir et, de l'autre, 28 000 adhérents à l'ADMD qui militent pour l'obtenir. Des associations semblables dans des pays comme la Suisse ou la Hollande ont deux ou trois fois plus de membres. Si l'engagement était le même chez nous, l'ADMD regrouperait des centaines de milliers de personnes et cela changerait tout. À l'évidence, le consensus au niveau de l'opinion ne parvient pas à déboucher sur un vaste mouvement populaire et, aussi longtemps que les Français feront preuve d'une telle passivité, les autorités médicales, religieuses ou politiques pourront ignorer un point de vue aussi inconsistant.

Le pouvoir médical ne nous a dépossédés de notre mort. C'est un droit que nous laissons en déshérence, un fardeau que nous avons posé au bord du chemin. Pouvoir médical et démission collective vont de pair. Rien ne nous a été pris que nous n'ayons abandonné, et nous ne saurions maîtriser la mort après l'avoir ignorée jusqu'à notre heure dernière.

C'est un lieu commun de le constater : la France est ingouvernable car les Français s'opposent à tout changement. De fait, on ne compte plus les réformes qui ne résistèrent pas à la vague de mécontentement populaire ou corporatiste qu'elles soulevèrent. Sous des apparences frondeuses, voire révolutionnaires, nous sommes des conservateurs viscéraux. Défendant tout état de fait, si nuisible soit-il, critiquant toute nouveauté, si bénéfique soit-elle. Le changement se heurte à tant de difficultés, est soumis à tant d'aléas que son initiateur a bien souvent passé la main lorsqu'il a enfin réussi à s'imposer. Aussi les gouvernants préfèrent-ils laisser les marrons dans le feu que risquer de se brûler les doigts pour régaler leurs successeurs. Cette règle générale, étayée par de nombreux exemples, trouve ici son exception. Les Français, même s'ils ne militent guère en ce domaine, rejettent également la doctrine officielle et le cadre législatif. Ils souhaitent une réforme et, qui plus est, une réforme qui ne coûte rien, qui ne risque pas de mettre en péril le budget de l'État.

Or l'histoire est en train de leur donner raison. Tout le monde sent, tout le monde sait, que ce conservatisme névrotique des corps constitués a fait son temps, que des changements vont intervenir et qu'ils iront dans le sens préconisé par les Français. Il arrive si souvent que le peuple cède au conformisme et à la facilité, pourquoi faudrait-il qu'il ne puisse se faire entendre quand il oppose à l'immobilisme de ses dirigeants les arguments du cœur qui, en l'occurrence, sont aussi ceux de la raison ?

7

L'EUTHANASIE À LA FRANÇAISE

Comment la France a-t-elle vécu cette conjonction d'une loi qui interdit l'euthanasie, d'habitants qui la revendiquent et d'un progrès médical qui la rend inévitable ? Difficile de le savoir puisque le premier effet de cette législation ultra-répressive a été de faire basculer cette médecine de l'extrême vie dans l'obscurité et le non-dit, voire le mensonge pur et simple. Mensonge ponctuel accompagnant les conditions de tel ou tel décès, mensonge collectif portant sur l'ensemble de la pratique médicale française.

On ne meurt plus aujourd'hui comme on mourait il y a une trentaine d'années. Et c'est heureux. La souffrance est mieux combattue, l'accompagnement mieux assuré. Mais cette appréciation globale ne doit pas faire illusion. À côté de services exemplaires, il existe encore bien d'autres établissements où la fin de vie ne s'est guère améliorée depuis les années 60. Je parlerai donc au passé de situations dont je sais parfaitement qu'elles perdurent encore dans le monde hospitalier, mais dont je sais aussi qu'elles étaient la règle et tendent à devenir l'exception.

Il est indispensable de revisiter ce passé pour comprendre notre présent et imaginer notre avenir. Mais il n'est pas facile de reconstituer une histoire qui s'est vécue dans la clandestinité, avec pour souci constant de ne laisser aucune trace. L'entreprise serait pourtant réalisable si la volonté de la mener à bien existait. Que les esprits curieux se résignent, que les acteurs inquiets se rassurent, cette volonté est durablement défaillante et ces enquêtes n'auront jamais lieu. La fin de vie en France restera couverte, non par le secret médical, mais par le secret d'intérêt médical. Nous y reviendrons.

Jusqu'aux années 80, une vérité officielle a prévalu qui était aussi un mensonge institutionnel : aucune forme d'euthanasie, ni active, ni passive, ni consentie, ni imposée, ni directe, ni indirecte n'est pratiquée en France. Chacun devait croire que les malades mouraient à leur heure. Que les médecins prolongeaient la vie autant qu'ils le pouvaient et que jamais au grand jamais ils n'en précipitaient délibérément le terme. Tel était le dogme, le credo que répétaient mandarins, ministres et médias. Et chaque Français, bien sûr, savait que c'était faux. Mais il savait aussi qu'on ne parle pas de ces choses-là.

Chaque hôpital se refermait comme un bunker, chaque médecin comme un accusé, chaque ministre comme un censeur sitôt qu'un journaliste posait la question : « Oui ou non, pratique-t-on l'euthanasie dans nos hôpitaux ? » En 1990, alors que nous préparions une émission sur la mort, des infirmières nous avaient décrit les fins de vie provoquées dans leurs services. Elles en parlaient d'autant mieux que les médecins se déchargeaient sur elles des mortelles injections. Mais celles qui vinrent s'expliquer devant les caméras de *Médiations* se réfugièrent dans les formules convenues : « Je ne pourrais pas vous dire », « Peut-être dans d'autres établissements », « Je n'en ai jamais été témoin », « En tout cas ça ne se fait pas dans notre service », etc. Mensonges imposés par le devoir, la peur et la honte tout à la fois. Des infirmières qui auraient répété en public ce qu'elles nous avaient confié en privé auraient été désavouées, démenties, rejetées voire même poursuivies. Elles n'auraient pu compter sur aucun soutien, aucune solidarité. Car la loi du silence, la seule loi sur l'euthanasie jamais appliquée en France, était respectée par les médecins, les infirmières, les fonctionnaires, les juges, les politiques.

Le cocktail lytique

L'euthanasie n'est pas née d'une soudaine perversion de l'esprit humain. Elle est la conséquence nécessaire, inévitable même du progrès médical et en épouse tout naturellement les différentes directions.

La thérapeutique tout d'abord. Elle doit se battre contre la maladie. Sans limites ? C'est ce que les médecins ont cru longtemps, et les malades en ont cruellement souffert. Désormais, elle abandonne les combats à l'issue trop incertaine, à l'enjeu trop mince, au coût trop lourd. Elle laisse venir une mort qu'elle pourrait retenir ou faire reculer. C'est l'euthanasie passive, complément d'une thérapeutique qui, sans elle, se pervertit en acharnement.

La réanimation ensuite. Les Anglo-Saxons parlent de « soins intensifs » pour désigner ces techniques qui ne visent pas à guérir mais à empêcher de mourir. Et là encore, la médecine se trouve contrainte, par ses succès mêmes, à l'euthanasie. En effet, les machines et les médications permettent de maintenir en survie de plus en plus de patients, de plus en plus longtemps. Jusqu'où ? Il a fallu se rendre à l'évidence : ces techniques ne pouvaient être mises en œuvre dans tous les cas et maintenues sans limites. Les médecins ont été contraints de renoncer à certains traitements, d'arrêter certains appareils. Aujourd'hui, les mêmes questions reviennent, obsédantes, dans tous les services de soins intensifs : « On arrête ? On continue ? ». Ainsi la réanimation impose-t-elle d'accepter la mort, de la laisser venir, voire de la précipiter, plutôt que de prolonger des vies dont on ne sait plus si elles valent d'être vécues, si elles sont encore vécues.

Les soignants évitent d'utiliser le mot « euthanasie » mais, comme le reconnaît le professeur François Lemaire qui dirige le service de soins intensifs à l'hôpital Henri-Mondor de Créteil : « Au lit du malade, le réanimateur qui renonce à l'hémodialyse, extube un patient sans autonomie respiratoire, ou interrompt la perfusion de Levophed sait bien qu'il va causer la mort de son patient. »

Il le sait d'autant plus qu'il devra bien souvent l'aider à mourir. Car le médecin qui renonce à une intervention, qui débranche une machine n'en a pas fini avec son malade. Il doit l'accompagner jusqu'à son dernier souffle. Cette troisième médecine ne vise plus à guérir ni même à faire survivre, mais simplement à réconforter, c'est la médecine de bonne mort. Elle n'a plus qu'un objectif : éliminer la douleur, assurer le confort. Pour l'atteindre, elle doit parfois utiliser des substances et des doses qui précipitent la fin du malade. L'euthanasie devient active.

Ainsi la médecine moderne s'est trouvée contrainte de laisser mourir plutôt que d'essayer de guérir ou de faire survivre, de faire mourir plutôt que de laisser souffrir. Ces conséquences, personne ne les a voulues, tout le monde les a subies. En France comme à l'étranger. Elles ont donc été occultées et même niées. À peine concédait-on une euthanasie passive dont la face active était pudiquement oubliée. Pour le reste, il était entendu qu'un médecin ne pouvait en aucun cas donner la mort. Cette clandestinité et ces mensonges n'ont fait qu'aggraver le traumatisme des soignants face à ces nouvelles pratiques.

Les infirmières respectaient un silence de mort, le silence de la mort, et le personnel hospitalier se retranchait derrière un langage codé, aseptisé. Le recours à une injection mortelle, comme celle pratiquée par le docteur Duffau, restait exceptionnel, la solution était généralement plus discrète. À l'hôpital, on disait : « poser un cocktail », « lyser », et tout le monde comprenait. Le cocktail lytique avait été mis au point par le docteur Henri Laborit pendant la guerre d'Indochine pour soulager les blessés. Il s'agit d'une perfusion composée de trois produits, Dolosal-Largactil-Phénergan – d'où sa désignation « DLP » ou M1 dans la nomenclature pharmaceutique –, dilués dans un sérum glucosé isotonique à 5 %. Selon le dosage, un tel mélange peut avoir un effet antalgique, il supprime la douleur, anesthésique, il rend le malade inconscient, ou toxique, il provoque un coma sans retour. D'autres cocktails, notamment ceux qui mêlent morphine et barbituriques, ont les mêmes propriétés et le même usage et, dans chaque service où l'on peut être confronté à des situations extrêmes, les soignants ont à leur disposition l'un ou l'autre de ces mélanges qui ont rendu de grands services en anesthésie autant qu'en analgésie.

Voici donc l'instrument de la mort provoquée, contrôlée, silencieuse, un instrument disponible dans tout hôpital et qui donne la mort sans même toucher au corps : il suffit de « changer la perf' » ou, plus simple encore, d'en changer le débit pour passer d'un effet à l'autre. Ainsi le même geste mille fois répété dans la pratique hospitalière suffit à basculer du soin banal à l'acte fatal.

Dans les années 60, les médecins français, qui ignoraient l'usage de la morphine, recouraient au cocktail lytique pour soulager les souffrances des cancéreux. Soulager ou plus si nécessaire... Le DLP était partout disponible, et il était largement utilisé.

Avec quel effet ? À cette question, il n'existe nulle réponse certaine. C'est dans la clandes-tinité que l'on a « posé une perf' à monsieur X », « fait dormir le 15 », « fait le cocktail habituel pour madame Z », langage codé imposé par l'interdit.

Une pratique courante

Quel fut le nombre de ces euthanasies actives ? Quelle en est, aujourd'hui encore, la fréquence ? Voilà ce qu'il est impossible d'établir. Pas de statistiques, pas d'enquêtes, c'est ici le monde du « ni vu ni connu ». Le sénateur Caillavet parle de 2 000 cas par an. Allez savoir. Au reste, il n'est pas question de se livrer à un impossible comptage. À quoi bon ? Une seule question importe : s'agissait-il de cas tout à fait exceptionnels ou d'une pratique courante ? En 1984, le père Patrick Verspieren, expert reconnu de cette médecine terminale, tient à souligner qu'il s'agit d'une pratique « couramment admise dans certains services ».

« L'emploi du cocktail lytique s'est répandu en France. Il a même été considéré dans certains services hospitaliers comme le traitement normal des souffrances terminales. Ce qui aurait dû rester une solution de désespoir est devenu, en quelques lieux, d'un usage banal[1]. » À l'époque, ces propos, loin de provoquer une prise de conscience, suscitèrent des dénégations indignées des plus hautes autorités médicales…

M'entretenant de l'euthanasie avec des médecins, je me suis souvent entendu dire que, depuis bien longtemps, les mourants ne se consumaient plus dans d'épouvantables agonies car des cocktails appropriés

1. Patrick Verspieren, *Face à celui qui meurt, op. cit.*

permettaient d'en finir rapidement et « en douceur ». Propos privés qui, bien évidemment, ne sauraient être tenus devant une caméra. Voici le témoignage de Farida, recueilli par Véronique Lesueur : « [...] l'euthanasie [...] je l'ai pratiquée assez régulièrement en cancérologie, oui, bien sûr [...]. Je ne suis pas croyante, je le faisais plus volontiers que d'autres filles qui avaient des convictions religieuses. [...] Et, pour demander l'autorisation officieuse de ce geste, on allait voir certains chefs de service plutôt que d'autres : indispensable d'obtenir l'absolution d'un médecin [...]. Dans certains services, on peut dire que l'euthanasie est intégrée au quotidien. Presque la routine. En cancéro ORL, par exemple, on avait mis au point un code entre nous et les médecins : sur les dossiers médicaux des malades les plus atteints, on inscrivait *à récupérer* ou *à ne pas récupérer* [...]. Par conséquent, je me souviens qu'il y avait en permanence, dans un coin de la pharmacie, un petit stock de perfusions... "spéciales", déjà prêtes à l'emploi. Il ne restait qu'à les brancher et pffuit !, la mort arrivait au tournant, juste un peu plus tôt que prévu, avec un minimum de souffrances [...]. C'est quand même plus humain[1] ». Peut-on mettre en doute de tels récits ?

Enquêtant sur ce sujet, ma consœur Sophie Aurenche constate de même : « Lorsque l'on interroge les médecins et les infirmières, la quasi-totalité avouent avoir déjà pratiqué l'euthanasie dans leur carrière[2]. » Selon Marie de Hennezel : « Un médecin sur deux avouerait avoir pratiqué, au moins une fois dans sa vie, un acte d'euthanasie[3]. » Lorsque l'affaire Christine

1. Véronique Lesueur, *Nous, les infirmières, op. cit.*

2. Sophie Aurenche, *L'Euthanasie, la fin d'un tabou ?*, ESF éditeur, 1999.

3. Marie de Hennezel, *Nous ne nous sommes pas dit au revoir*, Robert Laffont, 2000.

Malèvre éclate, plusieurs médecins laissent entendre que de tels faits n'ont rien d'exceptionnel. C'est le cas du docteur Thierry Marmet, chef d'une unité de soins palliatifs à Toulouse : « Avec cette affaire arrive à la surface une pratique dont on sait qu'elle est plus courante que ce que l'on peut imaginer dans le monde de la santé français. »

Aujourd'hui l'euthanasie hospitalière est devenue un secret de Polichinelle. Le docteur Gomas, pionnier de la lutte contre la douleur et des soins palliatifs à l'hôpital Sainte-Perrine, fondateur de la Société française d'accompagnement et de soins palliatifs, en parle sans détour dans un entretien récent qu'il a accordé à *Atemédica* : « Malheureusement, de nombreux malades sont "euthanasiés" tous les jours dans notre beau pays. Hélas pour l'éthique médicale, hélas pour les malades dont beaucoup ne l'ont pas demandé. »

Mais nous ne disposons que d'appréciations globales ou de témoignages ponctuels, rien qui permette de véritablement connaître une réalité si obstinément niée. En 1996, Martine Sibelle-Husson, infirmière au centre hospitalier de Lyon-Sud, consacre son diplôme au sujet tabou « Infirmier (e) et cocktails lytiques », et mène son enquête dans l'établissement où elle exerce. Elle adresse un questionnaire précis au personnel des neuf services qui commandent ces produits à la pharmacie de l'hôpital. Elle se heurte aux réticences que l'on imagine : sur les 137 questionnaires envoyés, elle reçoit 67 réponses. Plus des deux tiers reconnaissent l'usage de ces mélanges mortels. Simple sondage local, mais comment douter que l'on obtiendrait des résultats du même ordre sur le plan national ?

Il en va de même pour l'euthanasie dite passive, qui se pratique dans les services de réanimation. Mais, le sujet étant moins sensible, on possède sur ce point des indications plus précises.

Une étude systématique, baptisée LATAREA, fut ainsi menée par un groupe de réanimateurs à l'initiative du docteur Édouard Ferrand, qui était à l'époque réanimateur au CHU de Poitiers. Les résultats ont été publiés dans *The Lancet* en 1996[1]. Sur 220 unités de soins intensifs contactées, 113 se prêtèrent à l'enquête. 7 309 malades furent ainsi suivis pendant deux mois. 1 461 décès furent enregistrés. 53 % correspondent à une décision médicale. Les pratiques sont à peu près les mêmes dans tous les services et, précisons-le, ces résultats recoupent ceux qui nous viennent de l'étranger.

L'enquête en question, il faut le rappeler, est purement déclarative. C'est dire qu'elle ne donne certainement pas une image outrée de la réalité. Or elle permet de conclure que, dans les services de réanimation, « un malade sur deux meurt par une décision médicale d'abstention thérapeutique », bref par euthanasie passive. Pour brutale qu'elle soit, l'information n'est pas de nature à choquer le public. En effet, cette euthanasie passive semble traduire simplement le refus de l'acharnement et la condamnation formelle de cette perversion au cours des dernières années. En tout état de cause, s'il s'agit de décisions douloureuses et qui, lors même qu'elles ne font pas vraiment scandale, se déroulent en dehors de tout cadre légal.

Mais, dans la réalité, la frontière entre les euthanasies passives et actives est bien ténue. Très souvent, et pour des raisons purement humanitaires, le débranchement des appareils s'accompagne d'une médication particulière. Les réanimateurs passent du « laisser mourir » au « faire mourir » afin d'assurer une mort sans souffrances.

---

1. Édouard Ferrand, René Robert, Pierre Ingrand et François Lemaire, for the French LATAREA Group, « Withholding and withdrawal of the life support in intensive-care units in France : a prospective survey », *The Lancet*, 6 janvier 1996.

Jean-Louis Vincent, de l'Université Libre de Bruxelles, a conduit une enquête, à l'échelle européenne, sur les décisions en fin de vie[1]. Il a envoyé 500 questionnaires à des réanimateurs travaillant dans quinze pays différents. 40 % d'entre eux ont admis pratiquer l'injection de substances destinées à précipiter la mort. Une moyenne entre des extrêmes car le pourcentage varie énormément selon les pays. Au Portugal ou en Italie, les chiffres tournent autour de 10 %. Un pays se détache, seul en tête, avec 71 % de réponses positives. C'est la France. Sans doute faut-il attribuer ce pourcentage élevé au fait que les réanimateurs français ont le souci, lorsqu'ils arrêtent la survie, d'assurer au patient la fin de vie la plus douce et la plus rapide possible. Mais cette comparaison internationale montre bien l'absurdité de la vérité officielle qui domine chez nous.

Une deuxième étude internationale, le projet Euronic[2], confirme ces résultats. L'enquête ne porte pas sur les personnes âgées mais sur les nouveau-nés, car la question de l'euthanasie hante les services de néonatalogie bien plus encore que ceux de cancérologie ou de gériatrie. Des questionnaires ont donc été envoyés à 122 unités de soins intensifs dans sept pays européens. Le pourcentage de médecins déclarant avoir décidé, seuls ou collectivement, une limitation de soins entraînant la mort en raison d'un très mauvais pronostic est très élevé en France (85 %), bien au-dessus de l'Italie (46 %) ou de l'Espagne (61 %), et n'est dépassé qu'en Suède (90 %). Question suivante : il est demandé aux médecins s'il leur est arrivé d'administrer des drogues destinées à provo-

1. Jean-Louis Vincent, « Foregoing life support in western European intensive care units : The results of an ethical questionnaire », *Crit. Care Med.*, vol. 27, 1999.

2. The Euronic Study Group, « End-of-life decisions in neonatal intensive care », *The Lancet*, 17 juin 2000.

quer la mort. Dans cinq des sept pays, les réponses sont totalement négatives (de 2 à 4 %), puis viennent les médecins hollandais (47 % d'entre eux disent l'avoir fait) et, enfin, les médecins français qui, dans 73 % des cas, reconnaissent avoir déjà utilisé des substances mortelles pour précipiter la fin de malades en néonatalogie.

Je n'ai évidemment aucun commentaire médical à faire sur ces chiffres. Et je doute qu'il soit plus humain de laisser un nouveau-né mourir sans assistance médicale que de l'aider à partir avec des produits appropriés. En outre, je n'ai pas l'intention de m'interroger dans ce livre sur les cas de conscience terribles qui se posent en néonatalogie. Mais il faut bien constater, à partir de cette comparaison internationale, que la médecine française ne se singularise nullement par un refus d'utiliser des substances létales, de provoquer délibérément la mort. Seul un mensonge institution-nalisé peut entretenir l'illusion contraire qui, au reste, conduirait à se poser bien des questions sur notre pratique médicale. Mieux vaut reconnaître qu'il en va chez nous comme chez les autres, et que, si l'euthanasie se pratique au-delà de nos frontières, c'est qu'elle se pratique aussi en deçà.

Les circonstances

Ce pur constat n'autorise à porter aucun jugement puisqu'en la matière le fait lui-même, contrairement à ce que soutiennent les opposants de principe, est beaucoup moins important que les circonstances. Comment la décision a-t-elle été prise ? À la demande réitérée, déterminée du malade ? En concertation avec l'équipe soignante, avec la famille ? Quelles en furent les raisons ? Souffrances tenaces et intolérables, dégradations inhumaines, agonie interminable ? Qui voulait en finir ? Le malade, la famille, les soignants ? Qui a décidé : le médecin, l'équipe ? Qui a fait le geste fatal : le médecin, l'infirmière ? Le malade a-t-il été écouté, entouré, accompagné dans ses derniers instants, a-t-il été laissé seul avec sa perfusion mortelle ?

C'est après avoir répondu à toutes ces questions que, au cas par cas, on peut risquer, non pas un jugement, mais une appréciation, tenter de reconstituer le sens que prend un tel acte. Si longtemps que l'on ne dispose d'aucune information sur ces points, il est vain de prétendre approuver ou condamner l'euthanasie à la française.

Les enquêtes précédentes ont donc tenté d'aller un peu plus loin. Que découvre-t-on ? Les réponses obtenues par Martine Sibelle-Husson révèlent qu'un quart seulement de ces euthanasies font suite à une demande du patient. La décision est toujours prise par le médecin, mais l'équipe soignante est associée sous une forme ou sous une autre dans 80 % des cas. Quant à la famille, elle est consultée « toujours ou souvent » dans 24 % des cas, « parfois » dans 56 %, « jamais » dans 20 %. Nul doute ne plane sur l'exécution même : c'est toujours l'infirmière qui fait l'injection, le médecin ne tenant lui-même la seringue ou la perfusion que dans 2 % des cas.

Notons, au passage, que c'est peut-être la clé de l'affaire Duffau. La vraie faute du gériatre, c'est d'avoir procédé lui-même à l'injection mortelle. S'il avait dit à l'infirmière de « faire ce qu'il faut », il n'y aurait sans doute jamais eu d'affaire. En effet, nul n'aurait cherché à accabler l'exécutante, et le médecin, s'il avait été incriminé, aurait toujours pu dire que ses directives avait été mal interprétées.

Fait significatif, l'enquête du docteur Ferrand, portant essentiellement sur l'euthanasie passive, fait apparaître un processus sensiblement différent. Dans 90 % des cas, il s'agit d'une décision collective des médecins. Le personnel infirmier, qui, dans la pratique, sera bien souvent l'exécutant, n'est associé à la concertation que dans un cas sur deux. La famille, quant à elle, est consultée ou informée dans 80 % des cas, mais elle ne décide jamais.

L'euthanasie active, quant à elle s'entoure du plus lourd secret. Les services interrogés par Martine Sibelle-Husson ont mis en avant « la douleur » comme première raison, et le souci de « rendre la mort plus douce » ou d'« aider et faciliter la mort » comme justification – bref, l'intérêt du malade en fin de vie. C'est donc la compassion qui pousse le personnel hospitalier à « poser un cocktail » en dernier recours, lorsque la fin semble proche et inéluctable, lorsque la médecine se sent impuissante à soulager les souffrances physiques et psychologiques. Médecins et infirmières doivent alors prendre en charge la détresse d'un malade qui n'est généralement plus en état d'exprimer sa volonté et, pour le soulager, décident que « l'heure est venue ».

C'est ainsi que Betty, une infirmière qui s'est confiée à Véronique Lesueur, a vécu sa première euthanasie. Son patient, Thomas, est un petit leucémique de sept ans. Pendant des mois, il s'est battu contre la maladie. Il arrive au bout du chemin, rongé par le mal, condamné. Il souffre et il sait ce qui l'attend. Thomas c'était le protégé, le chouchou de Betty.

« Nous étions très proches, je n'étais pas qu'une infirmière pour Thomas, je l'aimais comme mon enfant... On jouait ensemble, il me racontait tout. [...] Un jour, il m'a demandé de lui permettre d'en finir, avec des mots très simples et clairs. Ses parents étaient présents, ils n'ont rien dit, ils m'ont donné leur accord sans prononcer un mot, ils y avaient pensé aussi sans jamais oser le dire. D'un regard. “Vas-y, Betty, fais-le, je t'en prie...” Quand Thomas m'a demandé cela, je n'ai rien répondu, il y a eu un silence, je me suis retournée vers son père et il a juste opiné du chef, doucement.

« Après une brève discussion avec l'interne de garde, sachant qu'il n'en avait plus pour très longtemps et que la fin "naturelle" serait un calvaire, j'ai agi. J'ai triplé la dose habituelle des médicaments.

« Thomas est parti paisiblement. Il s'est endormi dans les bras de ses parents. Il n'a pas versé une larme [...]. Je n'ai jamais regretté mon geste. Pas une seconde[1] ! »

Tel est donc, aux yeux de la loi française, le récit d'un crime !

Les indications que donnent ces premières enquêtes sont encore beaucoup trop générales quant aux motivations réelles de ces actes et à leur exécution concrète. Ont-ils toujours été accomplis dans le seul intérêt du malade avec le réconfort, la chaleur qui doivent entourer toute fin de vie et que l'on trouve si parfaitement illustrés dans ce témoignage ? Patrick Verspieren évoque des morts provoquées avec des motivations beaucoup moins avouables. « Même si le patient ne souffre pas intensément, même s'il n'est pas très angoissé. Il faut alors dire très nettement que c'est le confort des soignants qui est recherché plus que celui du malade. Au mépris même parfois de ce que veut réellement la personne intéressée[2]. » Quels sont les cas véritablement significatifs, les pires ou les meilleurs ? Pour se forger une opinion, il faudrait passer du général au particulier, de l'abstraction statistique au vécu de ces euthanasies.

On trouve une première indication dans le témoignage publié par *La Croix* en 1998 d'un médecin en révolte contre ces pratiques. Elle avait décidé de quitter le centre

1. Véronique Lesueur, *Nous, les infirmières, op. cit.*
2. Patrick Verspieren, *Face à celui qui meurt, op. cit.*

anticancéreux dans lequel elle travaillait depuis deux ans et tenait à rendre publiques les raisons de ce départ dans une lettre ouverte de démission adressée à son directeur. On y lit : « L'euthanasie reste un acte courant dans votre établissement. Elle se fait le plus souvent par cocktail lytique [...]. Cet acte est aggravé par les circonstances dans lesquelles il se pratique : presque toujours à l'insu du malade, même lorsque celui-ci est en état d'avoir une volonté et de la faire connaître, souvent à l'insu de la famille, ou, ce qui n'est pas mieux, à la demande de celle-ci, décision individuelle d'un médecin et non après mûre réflexion collective de l'équipe... L'exécution, elle, est déléguée aux infirmières, dont j'ai pu constater le profond désarroi [1]. » À lire ce texte, on entend moins une opposition de principe à l'interruption d'une trop douloureuse agonie qu'une protestation contre les conditions dans lesquelles de tels actes sont effectués. Des circonstances qui les rendent inhumains. Mais s'agit-il d'un cas absolument isolé ou bien d'une pratique plus générale ?

Les infirmières parlent

Ce sont les infirmières, une fois encore, qui ont fini par lever le voile. Certaines, très rares mais jamais démenties, ont apporté au cours des dix dernières années des témoignages fort inquiétants. Comme l'a montré l'enquête de Martine Sibelle-Husson, ce sont elles qui prennent en charge l'euthanasie active. Dans quelles conditions ? La question est essentielle. Celles-ci révèlent moins une répartition des tâches qu'une démission du corps médical, une démission que dénonce Béatrice

1. Cité par Marie de Hennezel, *Nous ne nous sommes pas dit au revoir, op. cit.*

Piccini. « Jamais, dit-elle, je n'ai accéléré la mort d'un patient sans être certaine de son accord. Par contre, j'ai pratiqué des euthanasies sans mon accord et sans soutien du médecin qui l'ordonnait, sans l'aide de cette main qui "écrivait" l'ultime prescription. Quand on avait la chance d'avoir des prescriptions écrites, ce qui est loin d'être fréquent, elles se présentaient toujours sous la forme de signes cabalistiques, ou étaient griffonnées, incomplètes, puis jetées à la poubelle après le décès du patient pour ne pas laisser de traces, parce que c'est illégal. Comment, dans ces conditions, l'infirmière peut-elle prouver qu'elle a reçu une prescription ? Le plus souvent, c'est tacite, non écrit. »

Terrible réquisitoire contre ces patrons : « Ils nous délèguent la mort et ça ne choque personne. Mais ce n'est pas une prescription de pansement ! Certaines infirmières se sont vu remettre directement des seringues dans la main. Il ne s'agissait plus de cocktail, là, mais d'une injection létale[1]. »

Cette délégation participe d'un climat général qui tend à « expédier » la mort en la banalisant, en la médicalisant, et, surtout, en ignorant le mourant. Voici par exemple le témoignage que Béatrice Piccini a recueilli d'une élève infirmière effectuant son premier stage hospitalier. « L'équipe s'est concertée et j'ai compris que l'on allait accélérer le décès de cet homme. Après le départ de l'épouse, le médecin demande à mon infirmière de préparer une seringue avec des neuroleptiques puissants et d'arrêter tout traitement du malade. Elle fait ce geste comme si elle préparait une simple perfusion. Elle va poser son cocktail lytique sans manifester de réaction. Je reste près du patient. Je suis complètement anéantie… Le monitoring est plat et la

1. Béatrice Piccini, *Euthanasie, l'hôpital en question*, *op. cit.*

tension a chuté progressivement au fil de son agonie. Les infirmières papillonnent autour de lui... Après quelques instants, une des infirmières remarque ma présence et perçoit mon malaise.

« "C'est ton premier mort ? me dit-elle, tu n'as pas de chance car il n'est pas beau à voir."

« Effectivement le pauvre patient est tout bleu. Il règne dans la chambre une odeur épouvantable, surtout depuis qu'elles ont retiré la sonde anale. »

Sans doute fallait-il mettre fin à cette agonie dont tout le récit montre qu'elle imposait au malade des tourments aussi insupportables qu'inutiles, sans doute les soignantes doivent-elles « se blinder » lorsqu'elles côtoient tous les jours de tels drames. Mais peut-on admettre qu'un homme ou une femme parte ainsi dans l'indifférence avec un personnel qui, avant même que le patient soit décédé, le regarde déjà comme un cadavre ? Où est la main tenue, le sourire donné avant le grand saut ? Bien entendu, il est impossible de dire dans quelle mesure un tel récit est représentatif de ce qui se passe dans l'ensemble des services. Mais quand on voit un médecin se désintéresser de la mort qu'il prescrit, la fin de vie réduite à un acte froid, mécanique, banalisé, le malade et la famille si peu écoutés et réconfortés, on a froid dans le dos. Se peut-il qu'en lisant de tels récits, les autorités responsables ne lancent pas des enquêtes approfondies pour savoir et comprendre ce qui se passe réellement dans nos hôpitaux ?

Libérer les lits

D'autres témoignages révèlent des pratiques infiniment plus choquantes. Voici par exemple le récit d'une autre infirmière, Isabelle Leclerc, dix ans de pratique hospitalière, recueilli dans *Le Parisien*. Un homme de 71 ans, insuffisant respiratoire, trachéotomisé, souffrant de multiples infections, se trouve depuis deux mois et demi en réanimation, en proie à de grandes souffrances, très mal soulagées. « Un après-midi, vers 14 heures, le chef de service a réuni l'équipe médicale pour annoncer son intention de le "dessouder". C'était le terme exact, je m'en souviens encore. Il a pris une seringue et un flacon de Narcozep, un antidépresseur, puis s'est dirigé vers la chambre du patient. Il a débranché l'assistance respiratoire et lui a fait l'injection. » Trois autres malades seraient morts de la même façon dans cette unité de réanimation au cours des trois semaines suivantes. Voici l'explication que donne l'infirmière : « Un patient "important", d'une famille liée au milieu médical, était attendu dans le service pour subir une opération de chirurgie thoracique que nous étions les seuls à pouvoir pratiquer. Seulement voilà, les lits du service étaient occupés par des malades souffrant d'infections nosocomiales (c'est-à-dire contractées en milieu hospitalier et particulièrement difficiles à combattre) à répétition. Comme il ne fallait pas contaminer le nouveau venu, les malheureux ont été "dégagés"[1]. »

Ainsi la mort volontaire pourrait n'être justifiée ni par la demande du malade, ni par le souhait d'abréger ses souffrances, mais, plus prosaïquement, par le besoin de faire de la place, de « libérer des lits ». Tel est l'ultime aboutissement de l'euthanasie française : la mise à mort pour convenance hospitalière. Là encore, on voudrait croire qu'il s'agit d'un cas tout à fait exceptionnel, d'une exception non significative, là encore, tout indique que cette pratique est plus courante qu'on ne l'imagine, mais il est impossible de pousser plus avant l'évaluation.

---

1. *Le Parisien*, 7 octobre 1998.

Faisant la synthèse des confidences qu'elle a recueillies, Sophie Aurenche ne cache pas que certaines allaient bien dans ce sens. « Les "raisons" qui expliquent le "passage à l'acte" du personnel soignant sont variées : de la compassion pour un malade qui avait demandé qu'on l'aide à mourir, des traitements inefficaces sur un patient "de toute façon" condamné, une incapacité pour des soignants à supporter les souffrances de leurs patients... Mais aussi des explications plus scandaleuses : se débarrasser d'un malade "difficile" ou la volonté de "libérer" un lit pour un autre patient dont les chances de guérison sont supérieures[1]. » Une accusation reprise par Marie de Hennezel qui évoque sans fard « les cocktails lytiques posés à la sauvette, les seringues qu'on pousse la peur au ventre dans un moment de panique, les assassinats froidement décidés le vendredi par un chef de service qui n'a plus rien à offrir à un patient et qui a besoin d'un lit pour le lundi suivant[2] ».

C'est toute l'ambiguïté de ces histoires clandestines imposées par « la loi qu'il ne faut surtout pas changer » et qui, à partir d'un même scénario, se prêtent à une foule d'interprétations. Car « soulager » un malade en débranchant les appareils, en lui administrant un cocktail mortel, ce peut être également soulager le service hospitalier, ou, pour dire les choses crûment : s'en débarrasser. La veille, le mourant occupait un lit, une chambre, les soignants devaient se relayer à son chevet sans espoir de le guérir, sans même avoir la satisfaction de le soulager. Et rien n'annonçait une fin imminente. À quoi bon tant d'efforts demandés, tant d'argent dépensé, tant de détresse acceptée pour un si piètre résultat ? À la veille du week-end, le chef de

1. Sophie Aurenche, *L'Euthanasie, la fin d'un tabou, op. cit.*
2. Marie de Hennezel, *Nous ne nous sommes pas dit au revoir, op. cit.*

service donne à l'infirmière l'ordre de « poser un cocktail ». Le lundi la chambre est vide, dans certains hôpitaux on parle du « syndrome du lundi », le personnel s'en va accueillir un autre malade que l'on pourra soigner plus efficacement avec l'espoir de le guérir. Le mouroir est redevenu une chambre d'hôpital. Or l'acte est le même, qu'il soit dicté par un sentiment de compassion ou par un souci de gestion.

Mais, à l'opposé, voici la fin de vie d'une cancéreuse de 46 ans, survenue en 2000, telle que Paul Benkimoun l'a relatée dans *Le Monde*[1]. Le récit lui en a été fait par Cécile, la sœur de la défunte. Le cancer du sein dont souffre la patiente, Alice, n'a été diagnostiqué qu'à un stade très avancé avec de multiples métastases. Le médecin l'a informée. La chimiothérapie se passe mal et, surtout, se révèle inutile. Cécile assiste sa sœur qui souffre, panique, fait une phlébite. Elle se procure des médicaments pour permettre à Alice de se donner la mort si elle le souhaite. Dans les jours suivants, l'état de la malade se dégrade encore. Elle doit être placée sous assistance respiratoire, elle reçoit de la morphine. Le pronostic paraît très sombre. Cécile soulève la question de la fin. « Elle n'a plus aucune chance, mais nous n'allons pas la laisser souffrir », a affirmé le médecin. « On ne peut pas la laisser s'asphyxier, a répondu Cécile. Si tout est fichu, il ne faut pas que cela dure trop longtemps. – On va l'aider. Entendons-nous bien, il ne s'agit pas de la tuer. – Bien sûr que non », a approuvé Cécile, pour qui « les mots n'ont pas été prononcés. Il fallait respecter la forme ». Le médecin s'est alors adressé devant Cécile à une infirmière en lui indiquant : « Vous lui ferez X milligrammes de… et vous doublerez

1. Paul Benkimoun, « Si tout est fichu, il ne faut pas que cela dure trop longtemps », *Le Monde*, 6 janvier 2001.

la dose toutes les deux heures. » Elle en est sûre : cette prescription de sédatifs à doses croissantes faisait suite à des discussions au sein de l'équipe sur laquelle Cécile ne tarit pas d'éloges.

Cécile est restée toute la nuit auprès de sa sœur, qui a progressivement plongé dans le coma. Elle l'a quittée vers 8 heures du matin lorsque sa mère, arrivée à l'hôpital, lui a conseillé de rentrer se reposer. Alice est morte une heure et demie plus tard.

Une bonne illustration de cette « nouvelle euthanasie à la française », qui utilise davantage les sédatifs que les poisons et qui, surtout, est intégrée à un véritable accompagnement du mourant. Alice a été entourée des siens jusqu'à son dernier instant, son départ s'est fait en concertation avec l'équipe soignante. Notons que le non-dit imposé par la criminalisation joue ici en faveur d'une certaine humanisation de l'acte. Une réglementation pourrait, c'est vrai, imposer des procédures, obliger à tout dire, à tout écrire, et ne laisser subsister qu'une relation fonctionnelle, froide, inhumaine. Ici, au contraire, les intéressés se comprennent sans se blesser en évitant les mots trop précis. La compassion passe mieux dans les regards que dans les formulaires. Pour les proches, il est toujours préférable de savoir que « ce qui devait être fait l'a été » que de connaître le détail des procédures chimiques. Récemment, un ami ayant accompagné son épouse cancéreuse dans une unité de soins palliatifs me disait : « Pendant la dernière nuit, tandis que je la veillais, l'infirmière est venue changer la perfusion. J'ai demandé : “Ce n'est pas la même ?” Nous avons échangé un long regard. “Non, m'a-t-elle répondu, ce n'est pas la même.” Nous étions convenus que, le moment venu, ils l'aideraient à partir. Elle a plongé dans un sommeil de plus en plus profond. Paisiblement. Je lui tenais la main. Je la sentais s'en aller. Je n'ai pas appelé. Je n'ai rien demandé aux soignants. Je leur suis infiniment reconnaissant. »

Ainsi l'euthanasie à la française recouvre-t-elle des pratiques si différentes qu'on ne saurait les englober dans un jugement d'ensemble. Certes, celles-ci ont, le plus souvent, été inspirées par la compassion et accomplies dans l'intérêt du malade, pour autant les dérives n'en ont pas moins été nombreuses. Au fond, on peut dire qu'avec sa loi ultra-répressive la France a pratiqué la pire des combinaisons. Car, si, d'un côté, celle-ci n'empêche nullement la pratique de l'euthanasie, qui semble même être assez répandue, de l'autre, elle impose une opacité qui interdit tous les contrôles. Dans un tel système, la mort provoquée peut même n'avoir plus rien de commun avec ce que l'on doit entendre par euthanasie puisqu'elle n'est administrée ni à la demande, ni avec le consentement, ni même dans l'intérêt du malade. C'est la mort express conforme aux critères de bonne gestion d'un service. Cela, tous les grands patrons, tous les chefs de service l'ont su, quand ils ne l'ont pas eux-mêmes pratiqué. Et pourtant, ils n'ont cessé de répéter qu'il ne faut surtout pas dépénaliser ou légaliser l'euthanasie, qu'il faut au contraire condamner avec la plus grande sévérité ceux qui s'engagent dans cette voie.

8

L'EUTHANASIE À LA HOLLANDAISE

Que la France jette un voile pudique sur ces pratiques, c'est bien fâcheux, mais ce n'est rien encore. Car il y a plus grave : cette dissimulation même finit par être oubliée. C'est alors que, prenant nos mensonges pour la vérité, nous offrons notre modèle aux pays étrangers, nous distribuons bons points et réprimandes sans vergogne.

Le monde communiste, en son temps, nous a donné le modèle de ces perfections usurpées. L'URSS et lesdites « démocraties populaires » prétendaient ne connaître ni la criminalité, ni la prostitution, ni la drogue. Miraculeusement préservées de ces fléaux, elles pouvaient fustiger les tares du capitalisme dans les instances internationales, faire la morale dans la presse et sur les ondes... Et ça marchait ! On a même vu certains compagnons de route battre leur coulpe face à ces censeurs impitoyables.

Le procédé n'est plus guère en vogue mais nos dirigeants y recourent très naturellement lorsqu'ils parlent de l'euthanasie. Ayant une fois pour toutes enterré nos plus énormes poutres, nous allons farfouiller dans l'œil de nos voisins pour dénicher jusqu'à la moindre paille, la plus petite brindille. Toujours examinateurs, jamais examinés, nous pouvons ainsi dénoncer, sanctionner, fustiger, condamner sans risque de nous voir rendre la pareille. Merveille de la page blanche qui vous donne l'innocence au prix de l'ignorance !

Ce n'est pas en France que l'on verrait des médecins céder aux pressions des familles, des malades euthanasiés sans en avoir exprimé la volonté, des actes clandestins échappant à tout contrôle, des mourants vivant leurs derniers instants en tête à tête, si l'on ose dire, avec une perfusion. Impossible puisque nous dénonçons tout cela chez les autres ! Au reste, monsieur de La Palice démontre assez facilement que les dérives de l'euthanasie ne sauraient exister lorsque l'euthanasie n'existe pas. Regardez les statistiques, il n'y a rien de tout cela chez nous. Et maintenant, gare au premier qui sortira ses chiffres. Avec les Français, il trouvera à qui parler !

Les premiers ont donc été les Hollandais. Miraculeux Bataves ! Depuis vingt ans, ils nous servent de cible, de repoussoir, de punching-ball. À force de répéter que là-bas, les vieux vivent dans la hantise de la piqûre mortelle, il n'est plus besoin d'argumenter ou de démontrer. L'allusion suffit : « Voyez la Hollande. »

Les Hollandais, pourtant, n'ont jamais voulu faire la leçon au monde. « Nous ne devrions pas servir de modèle. L'euthanasie n'est pas un produit d'exportation », aime à répéter le docteur Robert Dillmann, spécialiste de déontologie à l'Association royale des médecins des Pays-Bas, l'ARMPB. De fait, ils n'ont jamais cherché qu'à résoudre leurs problèmes.

Depuis vingt ans, nos maîtres à penser répètent à qui veut l'entendre que la mort volontaire aux Pays-Bas, « ça va très mal », que les Hollandais en découvrent tous les jours les conséquences abominables, que, d'ailleurs, cette entreprise est conduite par une minorité et que la population, revenue de ses erreurs, va rapidement faire machine arrière. Une fable qui n'a pas grand rapport avec la réalité.

La force majeure

Tout a commencé, en 1973[1], par le procès de Leeuwarden. Affaire d'euthanasie, toujours pathétique. Une vieille femme torturée par un cancer demande la mort. À plusieurs reprises et de façon certaine. Elle s'adresse tout naturellement à son médecin le plus proche, sa fille. Et celle-ci finit par se laisser convaincre, injecte à sa mère un cocktail lytique. Plus encore, elle reconnaît son geste. La justice se met en branle. La « matricide » se retrouve au tribunal. Verdict : une semaine de prison avec sursis. Peine symbolique, traduisant un refus d'appliquer la loi qui fait de l'euthanasie un crime. L'affaire suscite polémiques et controverses. La question est posée. Dans la décennie qui suit, médecins et juges entreprennent, très empiriquement, d'encadrer sinon de réglementer la mort volontaire.

Voilà bien une démarche incompréhensible en France. Chez nous, le verrou idéologique assure un découplage parfait entre le droit et la réalité. On ne touche pas à la façade, quitte à faire n'importe quoi dans l'arrière-boutique. Les Hollandais, eux, réalistes autant que rationnels, s'efforcent d'assurer la cohérence entre la loi, la morale et les mœurs. Ils disposent pour cela d'un outil très souple, c'est la jurisprudence, qui dispense de mobiliser le Parlement pour faire bouger le droit.

Dans les années 70 et 80, confrontés à une réalité nouvelle avec des médecins qui pratiquent de plus en plus ouvertement l'euthanasie, les juges néerlandais construisent, au cas par cas, un nouveau cadre juridique. Ils partent d'une notion juridique reconnue, la « force

---

1. Pour informations complémentaires se reporter à « Histoire et situation actuelle de la pratique de l'euthanasie aux Pays-Bas » par Anne-Marie Dourlen-Rollier dans *Mourir dans la dignité* de Catherine Leguay, ouvrage cité.

majeure », qui peut, dans certaines circonstances exceptionnelles, dissocier un acte de sa conséquence pénale. C'est ainsi, on le sait, que tuer en état de légitime défense n'est pas un meurtre. De la même façon, ils estiment que des douleurs intolérables, un mal incurable et une demande pressante du malade placent le praticien dans une situation de « force majeure ». C'est alors que l'obligation de soulager est susceptible de passer avant celle de préserver la vie. Le meurtre est effacé par une circonstance absolutoire. L'« intérêt général », autre notion fondatrice du droit néerlandais, commande alors de ne pas poursuivre.

Ce pourrait être la porte ouverte aux plus condamnables dérives, n'était la rigueur du pragmatisme hollandais. En effet, juges et médecins définissent en commun des « règles de prudence », très précises, que l'Association royale des médecins des Pays-Bas publie en 1984. Schématiquement, l'acte euthanasique n'est admis qu'aux conditions suivantes :

– Une demande volontaire, réitérée, non entachée par les pressions ou la dépression.

– Un mal incurable, des souffrances insupportables non susceptibles d'amélioration.

– Une recherche de toutes les solutions possibles pour remédier à cette situation.

– Une information complète du patient sur son état, diagnostic et pronostic.

– La consultation d'un second médecin indépendant. Celui-ci doit examiner le malade, s'assurer de son état, de sa volonté et établir par écrit que les quatre critères précédents ont bien été satisfaits.

– Une information de la famille et de l'équipe soignante.

– Une interruption de vie par injection ou par absorption de substances létales, avec toute la rigueur médicale requise effectuée par le médecin lui-même.

– Une déclaration au procureur.

Ces conditions remplies, il n'y aura pas de poursuites. Mais, demandera-t-on, qui effectuera les vérifications ? En un premier temps, les autorités confient ce soin aux procureurs. Ce sont eux qui reçoivent les déclarations et peuvent à tout moment diligenter une enquête de police.

Les médecins hollandais, guère différents en cela de leurs collègues français, n'apprécient pas du tout l'idée de cette surveillance judiciaire, voire policière, et préfèrent continuer à pratiquer dans la clandestinité. Si bien qu'en dépit de cette belle construction juridique, les choses restent à peu près en l'état.

Les recettes du docteur Admiraal

Jusqu'en 1984, les Hollandais n'ont donc pas franchi le Rubicon, ils n'ont pas changé la loi. En France, le mouvement des soins palliatifs est encore balbutiant alors que l'ADMD est en plein essor. C'est elle qui provoque le « choc hollandais » en septembre 1984, lors de son Congrès international tenu à Nice. À l'époque, l'accompagnement des mourants est inconnu du public, la douleur très mal soulagée, de sorte que l'euthanasie se propose comme la seule alternative aux horreurs de l'acharnement thérapeutique. À Nice, elle est plébiscitée par les adhérents-congressistes, qui en font le gage de la bonne mort. La presse ne manque pas d'être surprise, voire choquée, par cette ambiance militante : on aurait attendu plus de mesure et de sérénité. Le professeur Léon Schwartzenberg est le héros du jour, les pionniers des soins palliatifs, comme les docteurs Robert Zitoune et Renée Sebag-Lanoë, qui ont répondu à l'invitation, sont fort maltraités.

C'est un colosse hollandais, le docteur Peter Admiraal, anesthésiste à l'hôpital Saint-Hippolyte de Delft, qui crée finalement l'événement. Depuis deux jours, les congressistes parlent philosophie, droit, religion, morale, ils évoquent les agonies insupportables, les drames humains, l'acharnement médical, bref, ils tiennent le seul discours possible dans un monde qui ignore l'euthanasie, celui du pourquoi. Peter Admiraal, lui, n'en est plus aux préalables. Sa question concerne le comment. Pour lui, la gestion médicale de la mort est une réalité. Il estime devoir à ses « patients » un « service » particulier : une mort certaine, douce, rapide et cela peut être moins simple à mettre en œuvre qu'on ne l'imagine. La preuve en est que, près de vingt ans plus tard, la médecine hollandaise bute sur la question des « euthanasies ratées », de ces morts données par des médecins peu compétents et qui ne se révèlent ni rapides, ni douces, ni conformes au schéma prévu. Il va donc parler pharmacologie et toxicologie. « Il a pris la parole pour traiter de l'administration de l'euthanasie comme d'une question médicale ordinaire », se souvient le psychanalyste Emmanuel Goldenberg, qui se trouvait à la tribune.

Le docteur Admiraal a fait des recherches, possède une réelle expérience, il expose donc avec une grande compétence technique les différentes méthodes possibles pour faire passer un malade incurable de vie à trépas. Leurs avantages et leurs inconvénients pour le mourant. Il explique qu'il a publié ces informations dans un journal adressé à 19 000 médecins néerlandais ! L'exposé serait du plus grand intérêt dans un séminaire médical ; devant un public, français pour une large part, et truffé de journalistes, il crée un réel malaise. Il paraît choquant, presque obscène, de parler ainsi, non pas de la mort, mais de l'administration de la mort. Face à cette transgression culturelle, la réaction ne peut qu'être passionnelle. Pour ou contre ? Les militants électrisés qui vivent dans la terreur de la mauvaise mort et s'entretiennent dans l'espérance de la mort douce reçoivent le choc avec délices. Dans un mouvement d'hystérie sectaire, les recettes du docteur Admiraal sont applaudies et lui-même sera l'objet d'une interminable ovation. Du coup, il ne comprendra jamais pourquoi certains médecins présents à la tribune refusèrent de lui serrer la main...

La presse, même la moins conservatrice, s'indigne, au contraire, de ce qu'elle perçoit comme une célébration d'un culte euthanasique, elle regarde avec commisération ce pays voisin où la mort semble s'administrer sur ordonnance. Les Français sont d'autant plus scandalisés qu'il n'ont jamais entendu parler des cocktails lytiques dans nos hôpitaux, et pas davantage du paragraphe dans lequel le docteur Admiraal explique la prise en charge des mourants, la délibération avec les familles, la concertation, etc. Toutes choses qui existent bel et bien aux Pays-Bas, mais ne sont pas de sa spécialité. De cette rencontre, les Français retiendront qu'aux Pays-Bas la mort n'est plus humaine mais chimique. Rendez-vous raté et malentendu réussi.

Les Hollandais n'en ont cure, ils poursuivent leur chemin, que cela plaise ou non. Car l'euthanasie est devenue chez eux une institution populaire soutenue par 80 % de la population. Chez nous aussi, on l'a vu, mais les Français ne plébiscitent que l'idée quand les Hollandais s'attachent à la mettre en œuvre. Qui plus est, le corps médical néerlandais partage cette approbation. Aux Pays-Bas, les médecins semblent ignorer les tabous qui, partout ailleurs, retiennent leurs confrères. En revanche, ils récusent toujours la fameuse transparence, et cette clandestinité maintenue retire tout sens à la dépénalisation. Certes, la justice a examiné 120 interruptions volontaires de vie entre 1990 et 1995 et poursuivi une vingtaine de médecins, mais à quoi bon cette rigueur si elle ne porte que sur une minorité de cas, si l'on peut encore ignorer ces contrôles en toute impunité ? La mort volontaire s'épanouit bien en Hollande, mais hors de tout contrôle.

L'épreuve de vérité

Au début des années 90, le gouvernement décide de mettre fin à l'anarchie. Mais, pour cela, il veut d'abord savoir ce qui se passe réellement. La décision est sans précédent, jamais aucun pays ne s'est risqué à une telle épreuve de vérité. Le professeur J. Remmelink, procureur général à la Cour suprême, est chargé de superviser l'enquête conduite par le docteur Paul Van der Maas. Étude considérable portant sur 7 000 décès ainsi que sur des interviews poussées, sous le couvert de l'anonymat, de 405 médecins. Les conclusions sont publiées en 1991, dans *The Lancet* comme il se doit. Elles révèlent que sur 130 000 décès intervenus en 1990, on compte 2 300 euthanasies directes, soit 1,8 % des cas, auxquelles il convient d'ajouter 400 suicides médicalement assistés. Mais si l'on prend en compte toutes les morts qui font suite à des décisions médicales, arrêt de soins, débranchement de réanimation ou forte dose d'antalgiques, on atteint 38 % du total. Quant aux médecins, plus de la moitié d'entre eux ont pratiqué, au moins une fois, l'euthanasie.

Nous avons aujourd'hui toutes les raisons de penser que la situation est la même, ou peu s'en faut, dans la plupart des pays industrialisés. Mais, à l'époque, ces chiffres font sensation. D'autant que le rapport Remmelink renferme d'autres révélations encore plus gênantes. D'une part, les médecins ne déclarent que 20 % des euthanasies qu'ils pratiquent ! D'autre part, cette macabre comptabilité fait apparaître 900 « morts par euthanasie sans demande expresse ». À quoi peut bien correspondre ce « millier de Remmelink » ? s'interroge la presse. Pour le savoir, le docteur Van der Maas est reparti enquêter. Réponse : il s'agit presque toujours de malades en phase terminale, généralement des cancéreux en proie à de grandes souffrances. Au reste, 80 % de ces décès ont été provoqués par une augmentation des doses de morphine. Dans 60 % des cas, le patient avait évoqué l'euthanasie avec son médecin mais ne se trouvait plus en état de donner son consentement. Dans les autres, la fin de vie a été précipitée pour répondre à la demande de la famille ou pour faire face à des souffrances impossibles à calmer. La commission jugea donc ces morts « acceptables », mais le gouvernement et les associations de médecins tinrent à rappeler que les interruptions de vie ne sauraient intervenir sans une demande expresse de la personne.

De cette enquête, les autorités ont conclu que la mort volontaire était un phénomène de masse, irréversible et qu'il fallait donc réglementer. En 1993, un article glissé dans la loi sur les pompes funèbres s'efforce de mettre au clair ces procédures de contrôle. L'euthanasie n'est toujours pas légalisée, elle n'est que dépénalisée. C'est dire qu'elle reste un crime passible de douze ans de prison, mais qu'elle perd son caractère criminel lorsque certaines conditions sont remplies. Le contrôle s'opère *a posteriori*, en examinant les déclarations déposées par le médecin. Un questionnaire standard est établi à partir de « critères de minutie ».

Pour faciliter la transparence, les médecins sont soustraits à la surveillance directe de la police. Les déclarations sont déposées auprès du médecin légiste, un confrère, et transmises à des commissions comprenant médecins, experts, etc. La justice et la police n'interviennent qu'en cas de litiges, lorsque ces instances les saisissent. Bref, les pouvoirs publics rassurent les médecins pour faire sortir l'euthanasie du bois.

Et, en 1996, ils relancent une enquête pour savoir où ils en sont. Première constatation : le nombre de décès intervenant à la suite d'une décision médicale a augmenté de 38 % à 42 %. Conséquence logique des progrès de la médecine. Seconde constatation : les euthanasies sont passées de 2 300 à 3 600 en cinq ans. Troisième constatation : le nombre des déclarations a triplé (1 466 contre 486). Il atteindra même 2 123 en l'an 2000, soit la moitié des cas (contre 20 % en 1990). La transparence qui ne dépassait pas 20 % en 1990 atteint maintenant 50 %. L'euthanasie sort bel et bien de la clandestinité.

La Hollande vue de France

Les Hollandais s'étant mis à découvert, les Français, couverts jusqu'aux yeux, vont pouvoir ouvrir le feu. De ces pourfendeurs de la perversion batave, je prendrai deux exemples. Voici tout d'abord le tableau que brosse pour nous le cancérologue Lucien Israël, tableau qui prend toute sa saveur lorsqu'on a en tête les pratiques réelles de l'euthanasie à la française. « Aux Pays-Bas, écrit-il, un médecin peut tuer en toute impunité ses malades à la condition que la puissance publique en soit avertie (même *a posteriori*) et qu'il puisse affirmer qu'il a agi après mûre réflexion et après avoir consulté un collègue. Il faut aussi qu'il fasse un rapport écrit. Quant à l'accord du patient, il doit être donné, sauf en cas de force majeure, c'est-à-dire d'incapacité à manifester sa volonté, restriction terrible et dont on se demande quels abus elle n'autoriserait pas. Mais déjà il y a de quoi trembler[1]. » Ne pourrait-on écrire de même : en France, un médecin peut tuer en toute impunité ses malades à la condition que la puissance publique n'en soit pas avertie. Ce qui est bien facile en raison du secret médical et de la solidarité professionnelle. De fait, un seul médecin a été poursuivi au cours des dix dernières années malgré les dizaines de milliers d'euthanasies, dont certaines ont été pratiquées dans des conditions scandaleuses. Quant à l'accord des patients il n'est acquis que dans le quart des euthanasies actives... Faut-il continuer ? Imaginerait-on, en regardant cette peinture hollandaise, qu'elle n'est qu'un palimpseste brossé sur une image bien plus sombre, mais française celle-là ?

Notre cancérologue s'inquiète encore d'apprendre que, selon des sondages anonymes, « de nombreux médecins, tant spécialistes que généralistes, pratiquent l'euthanasie active depuis des années ». Où cela ? En France ? Non pas, aux Pays-Bas. Mais la proposition est totalement réversible. La suivante, en revanche, ne l'est pas : « Pour 1989-1990, deux tiers des euthanasies ainsi pratiquées ont été déguisées en "morts naturelles" de façon à éviter des interrogatoires, des rapports, des comparutions. » Pour décrire la situation française, il faudrait remplacer « les deux tiers » par « cent pour cent ». Puis il lance la rumeur : « D'autres parlent de 12 000 euthanasies actives par an ! » En Hollande, bien sûr, car pour la France, « d'Autres » ne parlent pas. C'est bien commode !

Il s'inquiète encore que certains puissent « se spécialiser dans une activité facile et lucrative », alors que l'euthanasie hollandaise est un acte gratuit accompli le plus souvent par le médecin de famille ; il feint de croire que ses confrères néerlandais seraient contraints de pra-

1. Lucien Israël, *La vie jusqu'au bout*, Plon, 1993.

tiquer l'euthanasie alors que celle-ci, tout comme l'avortement d'ailleurs, est couverte par une clause de conscience légale. Lucien Israël ne manque pas de s'alarmer du « millier de Reemelink », tout comme Marie de Hennezel, autre batavophobe de choc, qui s'indigne que « la commission chargée d'enquêter ne semble pas avoir trouvé ces cas moralement condamnables[1] » et feint d'ignorer que l'on découvrirait chez nous bien plus d'euthanasies non demandées si l'on y regardait d'un peu près, mais qu'on attendra encore longtemps « la commission chargée d'enquêter ». De même rapporte-t-elle le cas d'une cancéreuse en phase terminale qui aurait été supprimée sans son consentement « parce qu'on avait besoin de son lit pour un autre patient ». C'est effectivement scandaleux, mais ne souligne-t-elle pas, elle-même, de tels cas dans nos services hospitaliers ? Elle nous annonce encore « l'euthanasie de malades chroniques ». Peut-être, mais John Griffith, sociologue à l'université de Groningue, nous rappelle que « dans les trois quarts des cas ces interventions ont lieu sur des personnes dont l'espérance de vie est inférieure à un mois et, dans un cas sur deux, inférieure à une semaine ». Quant aux malades chroniques atteints d'un mal incurable mais qui ne sont pas en phase terminale, ils ne sauraient recourir qu'au suicide assisté : 400 cas par an au total. Marie de Hennezel croit avoir décelé « un véritable prosélytisme en faveur de l'euthanasie ». On possède pourtant des chiffres en ce domaine : « 9 700 euthanasies demandées, 3 600 réalisées en 1995[2] ». Une acceptation pour deux refus.

---

1. Marie de Hennezel, *Nous ne nous sommes pas dit au revoir, op. cit.*
2. *Euthanasie. Questions et réponses sur la loi néerlandaise sur le contrôle de l'interruption de la vie sur demande et de l'aide au suicide*, Ministère des Affaires étrangères des Pays-Bas, La Haye, 2001.

Inutile de poursuivre, la malheureuse Hollande, qui d'ailleurs s'en moque royalement, est condamnée avant d'être jugée. À en croire nos procureurs, l'euthanasie serait un produit de la loi et disparaîtrait avec elle. C'est intellectuellement absurde et historiquement faux. La loi a été votée pour mettre au jour ce qui était tenu secret, pour mettre dans le droit ce qui était déjà entré dans les mœurs. Elle n'a rien créé, elle ne pouvait rien supprimer. Même un enfant sait qu'il ne suffit pas d'éteindre la lumière pour faire disparaître le monde.

L'obstination hollandaise

Ne devrait-on pas se souvenir d'abord que la Hollande n'est pas la France ? Que nos articles en rayon – peur et pudeur face à la mort, individualisme et incivisme, paternalisme et infantilisation, respect des grands appareils et des institutions consacrées, goût de la rhétorique et des affrontements idéologiques, etc. – n'ont, contrairement à ce que nous pensons, rien d'universel. Que ces Hollandais, huguenots dans l'âme, sont même tout à l'opposé : réalistes, rationnels, pragmatiques, consensuels, disciplinés, jaloux de leur indépendance, et surtout d'une méfiance ombrageuse vis-à-vis de tous les pouvoirs. Ainsi voyons-nous dans l'euthanasie un formidable sujet de disputes philosophico-religieuses quand nos voisins hollandais n'en retiennent que la dimension dramatique et le traitement social. Notre problème est théorique, c'est la mort ; le leur est concret, c'est le mourant. Ce qui, soit dit au passage, ne nous confère aucune supériorité morale ou intellectuelle.

Différences culturelles, différences médicales aussi. Le système de santé hollandais repose sur le médecin de famille et sur les soins à domicile. Là-bas, on accouche chez soi, on meurt chez soi et l'on ne va à l'hôpital qu'en cas d'absolue nécessité. En France, au contraire, on ne veut connaître que le spécialiste et l'on se fait hospitaliser pour un oui ou pour un non. De ce simple fait, les comparaisons statistiques sont faussées. Certains médecins français font finement remarquer que les Hollandais, parce qu'ils ont fait le choix de l'euthanasie, se seraient désintéressés des soins palliatifs. C'est évidemment absurde, ils nous ont même précédés dans cette voie. Mais les chiffres ne disent pas la même chose lorsque, comme en France, 70 % des décès interviennent en milieu hospitalier et lorsque, comme en Hollande, 70 % se produisent à domicile. De même le médecin hollandais connaît-il beaucoup mieux son patient que le médecin français. Il le suit tout au long de sa vie et ne le découvre pas à l'occasion de telle ou telle maladie. Or, c'est le plus souvent ce généraliste qui va prendre en charge la demande du malade. C'est dire que le docteur Admiraal, grand spécialiste de la mort chimique, n'est pas du tout représentatif. Son côté froid et technique non plus. Dans trois cas sur quatre, la mort volontaire est accompagnée par le médecin de famille et c'est toujours lui, jamais une infirmière, qui fait le geste. Ce qui est satisfaisant sur le plan humain, mais aboutit souvent à des catastrophes sur le plan médical : malades qui ne parviennent pas à avaler la potion, agonies interminables, médicaments rejetés, etc. La presse s'inquiète régulièrement de ces difficultés. La compétence des médecins néerlandais, c'est clair, laisse fort à désirer en ce domaine particulier. Voilà une question concrète qui inquiète les Hollandais bien plus que les grandes protestations idéologiques.

Ces tranquilles insurgés ne se laissent pas facilement détourner de leur chemin. La démonstration en a été faite dans les années 2000-2001, lorsque l'ultime étape, celle de la légalisation, a été franchie. Du Vatican à la

Russie et de l'Allemagne à l'Amérique, le monde entier les a observés d'un œil réprobateur. Dans le pays même, les différentes Églises se sont juré de faire barrage à la loi scélérate. Elles ont rassemblé 60 000 signatures sur leurs pétitions, submergé le Parlement de lettres indignées, multiplié les manifestations et veillées de prières pendant le débat. « On ne saura plus si un médecin vient pour vous sauver ou pour vous tuer », dit Bert Dorenbos, porte-parole d'une association anti-euthanasie.

Ces slogans terroristes tombent à plat. Les Hollandais ont expérimenté, ils entendent continuer. Finalement, la loi a été largement approuvée : 104 voix contre 40 à la chambre basse en novembre 2000, et 46 voix contre 28 au Sénat en avril 2001. Les sévères remontrances venues d'ailleurs ont laissé ce peuple de marbre. Comme le dit placidement le Premier ministre Wim Kok : « Nous n'avons pas à avoir honte de cette loi que nous avons élaborée après un travail consciencieux. »

Un travail qui pourrait profiter à tout le monde, pour autant qu'on le veuille, car l'expérience hollandaise, sans apporter de solutions toutes faites, permet de poser les problèmes et c'est déjà beaucoup.

L'euthanasie jusqu'où ?

Une dynamique s'est créée, qui peut se révéler, bien sûr, fort dangereuse. Il convient donc de la placer sous contrôle, de lui donner un sens afin qu'elle devienne une politique. Deux questions donc : comment tenir cette pratique sous contrôle, quels objectifs et quelles limites lui assigner ?

Lors du débat parlementaire, la question des limites a été posée d'emblée. La ministre de la Santé, Els Borst, et la ministre de la Justice, Benk Korthals, avaient prévu que l'euthanasie pourrait être demandée sans l'autorisation des parents par les enfants de plus de 12 ans. Elles ne furent pas suivies et durent reculer la limite à 16 ans pour franchir l'obstacle du Sénat. Mais est-il sûr qu'un cancéreux de 15 ans, parfaitement lucide, soit moins capable de se prononcer qu'une vieille dame de 98 ans qui perd la tête ? Les frontières se brouillent sitôt qu'on les fixe. Pourtant, la légalité ne peut se déployer que dans un espace balisé.

Désormais c'est la jurisprudence qui s'efforce de tracer les lignes entre le permis et l'interdit à partir des « critères de minutie ». Bon an mal an, plusieurs procès donnent l'occasion de préciser les limites à ne pas franchir.

La première de ces limites, c'est la légalité. En octobre 1995, un neurologue fut ainsi condamné à trois mois de prison avec sursis par le tribunal de La Haye pour des faits... qui rappellent fâcheusement les dérives de l'euthanasie à la française. Qu'on en juge. Ce médecin hospitalier était parti en week-end après avoir prescrit des doses létales de morphine à un patient plongé dans le coma. Ce faisant, il avait violé la plupart des critères de précaution. Il n'avait pas déclaré qu'il procédait à une euthanasie, il n'avait pas recueilli la demande formelle du malade, il n'avait pris l'avis d'aucun confrère, il avait fait exécuter l'acte par des infirmières alors que seuls les médecins sont habilités à faire de tels gestes. Qui plus est, son confrère de service a été également condamné pour avoir présenté le décès comme « naturel » et non pas comme le résultat d'une euthanasie. Bref, il s'agissait d'un manquement flagrant à la nouvelle déontologie et il fut sanctionné comme tel.

Mais d'autres cas se situent aux limites du dispositif. En 1995, un gynécologue, Henk Prins, a ainsi été poursuivi pour avoir euthanasié un enfant de trois jours hydrocéphale et souffrant d'un spina bifida, une interruption de la moelle épinière. Bien qu'ayant agi à la demande des parents et rempli une déclaration, il lui manquait, et pour cause, l'accord de l'intéressé. Il fut reconnu coupable de meurtre mais ne se vit infliger aucune peine. Autre exemple, celui d'une infirmière qui avait aidé à mourir un ami atteint du sida. Les critères avaient été respectés à une exception près. L'injection mortelle n'avait pas été administrée par un médecin. L'accusée fut condamnée.

La véritable difficulté tient en réalité à la souffrance psychique. Peut-elle être prise en compte ? À partir de quel stade et dans quelles conditions ? La question a été posée en 1994 à l'occasion de l'affaire Baudewijn Chabot. Ce psychiatre avait une patiente âgée d'une cinquantaine d'années, dépressive depuis vingt ans, suicidaire et qui lui avait demandé de l'aider à mourir. Il l'engagea dans un traitement qui ne donna pas les résultats escomptés. C'est alors que, pour éviter un suicide trop violent, il accepta de lui faire une prescription mortelle. La patiente se donna la mort et le psychiatre fut inculpé. L'affaire monta jusqu'à la Cour suprême. Le médecin fut finalement condamné mais avec sursis. Le Conseil de l'Ordre lui infligea un blâme. Depuis, les médecins sont très réticents pour écouter les demandes émanant de malades mentaux.

Autre cas, celui d'une jeune femme de 25 ans, anorexique depuis quinze ans, qui suppliait son médecin de la faire mourir. Tous les traitements avaient échoué. Le médecin finit par enregistrer en vidéo la demande de sa patiente. Puis il lui donna la prescription demandée. Après le suicide, il fut accusé de meurtre. Mais il sera finalement acquitté, grâce à la vidéo.

Tandis qu'on débattait au Parlement, une affaire a beaucoup secoué la classe politique néerlandaise. Il s'agit du suicide assisté d'un ancien sénateur, Edward Brongersma, âgé de 86 ans. Il était las de vivre, avait déjà fait deux tentatives de suicide. Il s'adressa alors au docteur Sutorius, qui accepta de l'aider et qui, après son décès, déclara la mort volontaire. Mais un critère n'était pas satisfait : celui de la maladie incurable en phase terminale. Le médecin fut poursuivi en justice et acquitté en première instance. Le parquet fit appel. « Nous disons fermement : être fatigué de vivre ne peut constituer une raison suffisante pour qu'un médecin pratique l'euthanasie », a affirmé à cette occasion le ministre de la Justice.

Les censeurs ne manquent pas d'épingler ces « dérives », d'y chercher la marque d'un système fondamentalement pervers. Mais de tels cas ne se produisent-ils pas dans les pays d'euthanasie clandestine ? Et n'est-il pas rassurant que la justice se prononce sur ces affaires litigieuses ? Qu'une jurisprudence se construise pour guider les médecins ?

La véritable faiblesse du système réside évidemment dans cette moitié immergée de l'iceberg, ces 50 % d'euthanasies non déclarées. La situation hollandaise, sur ce point, n'est guère différente de la situation française. C'est le triomphe de l'arbitraire médical. À une nuance près, c'est que l'on n'y rencontre pas la scandaleuse injustice qui règne chez nous. Il n'y a pas la mort choisie des bourgeois et la mort subie du peuple. Tous les Hollandais meurent à la même enseigne. Mais le système bute encore sur la clandestinité, il ne sera véritablement crédible que lorsqu'il prendra en compte la totalité des morts volontaires, lorsque l'absence de déclaration deviendra l'exception, qu'elle apparaîtra comme une faute réprouvée par le monde médical.

Contrôler l'ensemble des euthanasies ne définit aucune politique, mais c'est la condition nécessaire pour en avoir une. Or, rien n'est assuré et, sur ce terrain, le précédent de l'avortement peut inspirer bien des inquiétudes. Pour les pionniers de l'IVG, il ne faisait, en effet, pas de doute que le développement de la contraception et la légalisation de l'avortement auraient pour résultat de réduire à peu de chose le nombre de grossesses non désirées. On a vu le résultat : le nombre d'avortements n'a guère diminué et l'IVG est devenue une méthode de contraception ou, plutôt, de non-contraception. Il n'y a certes pas à regretter les horreurs de la clandestinité, mais le résultat n'en est pas moins déplorable. Un échec total sur le plan de la politique sanitaire. Voilà ce que l'on observe en France. En revanche, les Pays-Bas, eux, ont le taux d'avortement le plus faible au monde… ce que les contempteurs du système hollandais se gardent bien de rappeler. Pourtant, ce précédent est plutôt de bon augure quant à leur capacité à maîtriser l'euthanasie.

Ce savoir-faire dans le contrôle d'une telle liberté sera indispensable car les tenants de la criminalisation peuvent s'inquiéter à bon droit. La mort donnée pourrait fort bien s'imposer comme la solution de facilité au détriment de réponses plus humaines mais de mise en œuvre plus difficile. Nos sociétés, on le sait, vont se trouver prises en tenaille entre le vieillissement de la population et le progrès médical, avec de plus en plus de gens à soigner d'un côté, des traitements de plus en plus efficaces et de plus en plus coûteux de l'autre. Comment bouclera-t-on les budgets ? Si l'euthanasie est là, légalisée, disponible, elle risque d'empiéter sur la thérapeutique – et pas seulement sur l'acharnement ou sur la réanimation.

En sortant l'euthanasie de la clandestinité, en la plaçant sous contrôle, les Pays-Bas se sont donné les moyens d'afficher clairement leurs choix et leurs priorités. Il leur reste à exercer une vigilance sans relâche pour résister aux tentations et éviter les dérives. Même l'expression d'une volonté explicite ne saurait être une garantie suffisante. Car l'on sait que les pressions peuvent être aussi efficaces pour faire naître les demandes de mort que pour les faire taire. Il y a donc bien un risque et un pari dans la voie choisie par les Pays-Bas.

Cette expérience nous apprend trois choses. D'abord, que l'euthanasie existe et qu'il est vain de la nier en la rejetant dans une pénombre criminalisée. Ensuite, qu'il faut la connaître et mettre au jour toutes les pratiques de la mort volontaire, que la décision soit celle du soignant ou du soigné. Enfin, qu'il n'est rien de plus difficile que de jouer la transparence et, à plus forte raison, de placer l'euthanasie sous contrôle. Ce travail prendra des décennies. Raison de plus pour ne pas tarder.

9

LE DÉNI DE LA MORT

Comment un corps médical apprécié, aimé des Français – toutes les enquêtes le prouvent –, qui a su mériter, gagner et conserver la confiance des malades, qui compte tant de succès à son actif, qui a prouvé si constamment sa compétence et son dévouement, comment ce corps médical a-t-il pu s'enfermer dans ce cercle vicieux : acharnement thérapeutique, douleur non soulagée, euthanasie imposée ? Pourquoi a-t-il tant de mal à en sortir ? La simplicité de la réponse masque l'effroyable complexité de la réalité : il s'est laissé piéger par ses propres victoires. Il n'a pas compris qu'en faisant reculer la maladie, il changeait la mort, qu'à la révolution technique devait correspondre une révolution culturelle, il ne l'a pas compris dans une société qui, elle-même, ne voulait pas le savoir.

En 2001, le grand tournant est pris et les Français espèrent que leur fin de vie sera plus digne, plus humaine, moins douloureuse que celle de leurs parents. Éclairée par ce changement, l'évidence saute aux yeux : voilà ce qu'il fallait faire ! Et la question aussi : que ne l'a-t-on fait plus tôt ? C'est oublier qu'à l'époque, la collectivité tout entière, et pas seulement la médecine, avait évacué la mort.

La mort apprivoisée

Nul mieux que Philippe Ariès n'a mis en évidence le changement intervenu dans notre vision de la mort. Difficile de comprendre, en relisant ce texte, qu'il ait pu être à ce point salué sur le plan des idées et ignoré dans ses conséquences pratiques.

Ariès brosse d'abord le tableau de la mort traditionnelle, qu'il appelle « la mort apprivoisée ». « En France, au moins jusqu'aux années 30, la mort était une grande cérémonie quasi publique, que le mort présidait. Il était prévenu. Il savait que sa mort était prochaine. Il avait mis ses affaires en ordre, rédigé ses dernières volontés, distribué ses biens. [....] La famille, les amis étaient réunis dans la chambre autour du lit, pour l'adieu. [....] La chambre du mourant se changeait alors en un lieu public. On y entrait librement. [...] On amenait les enfants.[...] Après la fin, un avis placardé sur la porte, ou bien la rumeur des voisins invitaient toutes les relations du mort à venir le voir [...]. C'était d'abord le mort qu'on honorait [...]. » Et, note l'historien, ces rites s'accomplissaient « sans caractère dramatique, sans mouvement d'émotion excessif [1] ».

Dans cette répartition des rôles, le médecin prend en charge la maladie, pas la mort. Il lutte contre le mal jusqu'au jour, inéluctable, où il perd la bataille. Il quitte alors la chambre du malade et cède la place au prêtre. À cette heure dernière, les prières succèdent aux remèdes. Une courte agonie et les proches constatent le décès, mettent en deuil la maison, sortent leurs habits noirs, préparent les obsèques. Dans cette phase ultime, la médecine a peu de part. Quelques calmants, guère plus. Et, lorsque le docteur tient à rester jusqu'au dernier

1. Philippe Ariès, *Essais sur l'histoire de la mort en Occident*, *op. cit.*

soupir, il apporte le réconfort de sa présence plus que le secours de la science. Au reste, jusqu'à ces dernières années, les études médicales ignoraient le mourant qui cherchait dans l'institution sociale le réconfort que la médecine ne lui apportait pas.

Car toute société, à l'exception de la nôtre, fait une place à la mort et lui donne un sens. La religion se charge d'expliquer à l'homme pourquoi il meurt et retrouve à cette occasion son emprise sur les esprits. L'agonisant est porté par ce climat de piété, d'affection et de ferveur. Il va basculer dans un au-delà, pas dans le néant.

Le recul de la religion ne fait pas disparaître cette socialisation de la mort. Même les incroyants participent à un rituel, social et non plus religieux, qui confère un sens, une dignité à ces derniers instants, qui personnalise l'événement. Un décès ne saurait se réduire à un fait divers anonyme, on ne quitte pas l'existence n'importe comment.

Quant à la place de la mort, elle est absolument centrale. Par la fréquence tout d'abord. Il est bien rare d'atteindre l'âge adulte sans avoir perdu l'un de ses proches. Plus fréquente, la mort est aussi plus visible. Deuils, enterrements, corbillards, veuve en noir ou collègue portant un crêpe au revers affichent en permanence les signes d'une mort qui est partie prenante de la société. Impossible d'oublier l'échéance fatale.

Certes, nul n'est jamais prêt à l'annonce de sa fin prochaine ; du moins s'y prépare-t-on. La mort ne se réduit pas à un phénomène individuel et biologique, il s'agit d'une construction sociale qui détermine le rôle de chacun. À la médecine le malade, à la société le moribond.

La mort sauvage

En quelques décennies, cette « mort apprivoisée » cède la place à « la mort sauvage ». « Phénomène en réalité absolument inouï, souligne Ariès. La mort, si présente autrefois, tant elle était familière, va s'effacer et disparaître[1]. » Désormais, la peur l'emporte sur la résignation, la peur qui impose la dénégation.

Aux fortes croyances d'hier succède un déisme flou et fort peu consolateur. Certains croient en Dieu mais doutent de la vie éternelle. Un bien faible parachute pour un si grand saut. Et la faveur de l'enterrement religieux prouve surtout l'impuissance de la République à proposer un lieu de recueillement qui vaille une église, un temple, une synagogue ou une mosquée.

La société n'est plus armée pour regarder la mort en face et, du coup, elle ne sait plus reconnaître le mourant. « Le mourant a été privé de ses droits, constate Philippe Ariès. Il a été mis en tutelle comme un enfant mineur ou comme s'il avait perdu la raison. Il n'a plus le droit de savoir qu'il va mourir. Jusqu'au bout son entourage lui cache la vérité et dispose de lui – pour son plus grand bien[2]. »

Cette mort est chassée des cités autant que des esprits. Il est bien fini le temps des lents et douloureux cortèges, des tentures aux maisons, du glas qui sonne, du corbillard qui s'ébranle. Trois voitures se glissent dans la circulation. Nul ne remarque rien. Hier on célébrait les obsèques du défunt, aujourd'hui on élimine ce résidu de l'existence : le cadavre. Le cimetière était au centre du village, accolé à l'église. Il se réfugie à la périphérie des villes. Loin des regards. Même les

---

1. Philippe Ariès, *Essais sur l'histoire de la mort en Occident*, *op. cit.*
2. *Ibid.*

pompes funèbres s'habillent de couleurs pastel pour se fondre dans les enseignes commerciales.

Et plus notre société chasse la mort du paysage, plus elle s'en donne le spectacle. Chaque jour, à chaque heure, des milliers de personnages meurent sur nos écrans. Dérisoire conjuration ! Nous pensons échapper à notre condition mortelle en la projetant sur des créatures virtuelles et le déni de la mort témoigne du nouveau savoir-vivre. Rongé par une amnésie collective, l'ancien discours perd de son autorité et de sa substance. Il fait place au silence, non pas celui de la méditation, mais celui du vide de l'esprit. Il n'y a plus rien à penser, plus rien à dire. La mort est une erreur, une anomalie, une monstruosité. L'homme vit sans elle. Et, lorsqu'elle frappe à la porte, le ciel lui tombe sur la tête. « Moi aussi ? », « Moi maintenant ? ». À cette rencontre, à cet affrontement, rien ne nous a préparés. C'est ce mourant abandonné, éperdu qui se retrouve entre les bras de la médecine.

Du diagnostic fatal à la fin de l'existence, la durée ne cesse de s'allonger. Nous vivons par machines interposées, nous survivons. Jusqu'à ces zones ultimes où les repères se brouillent, où les soignants hésitent à retenir un processus inéluctable et déjà bien engagé. La mort ne vient plus à son heure, elle s'adapte aux limites du progrès médical.

Le malade qui ne va pas guérir

Un personnage non identifié qui bouleverse la planète médicale est donc venu s'intercaler entre le patient que l'on soigne et le mourant qui rend l'âme, c'est le malade qui ne va plus guérir. La société s'en est tout bonnement déchargé sur la médecine, sans lui fournir aucun mode d'emploi, aucune référence culturelle, aucune règle morale. Aux toubibs de se débrouiller !

La déontologie médicale se fixait un objectif qui est aussi une ambition : guérir. Elle n'avait pas prévu le cas de ces malades, toujours plus nombreux, qui attendent de la médecine cet ultime secours : une fin digne et paisible. Le corps médical a donc été pris au dépourvu, et ce d'autant plus que sa formation, tout entière centrée sur la thérapeutique, ne le prédisposait en rien à cette médecine que l'on appelait encore « de confort » pour bien en marquer le caractère extra-médical. L'incurable renvoyait aux soignants le reflet de leur propre défaite, il se trouvait dénié, rejeté dans sa singularité. Philippe Ariès en brosse le portrait : « Aujourd'hui, dans les hôpitaux et les cliniques en particulier, on ne communique plus avec le mourant. Il n'est plus écouté comme un être de raison, il est seulement observé comme un sujet clinique, isolé quand on peut, comme un mauvais exemple, et traité comme un enfant irresponsable dont la parole n'a ni sens, ni autorité. [...] Il appartient aux malades de ne jamais éveiller chez les médecins et les infirmières l'insupportable émotion de la mort. Ils seront appréciés dans la mesure où ils auront fait oublier à l'entourage médical (à sa sensibilité et non pas à sa raison) qu'ils vont mourir. Ainsi le rôle du malade ne peut-il être que négatif : celui du *mourant qui fait semblant de ne pas mourir.* [...] Il est devenu, quoique bien soigné et longtemps conservé, une chose solitaire et humiliée. Les mourants n'ont plus de statut et par conséquent plus de dignité[1]. » Un tableau qui, hélas, n'appartient pas à l'histoire.

---

1. Philippe Ariès, *Essais sur l'histoire de la mort en Occident, op. cit.*

Accepter la mort

Pendant des décennies, ces mourants au long cours ont donc été traités comme des malades ordinaires, des malades que l'on prétend faire repartir debout et non pas couchés. Or, l'arsenal de la médecine est si riche qu'il permet toujours de tenter un nouvel assaut. C'est ainsi que la thérapeutique s'est pervertie en acharnement dans ces combats qui ne pouvaient cesser que faute de combattants, pour ces équipes qui restaient sourdes aux cessez-le-feu et se battaient jusqu'à la dernière cartouche. Ceux qui ont suivi ces interminables combats en conservent un souvenir horrifié.

« Ma grand-mère est décédée d'un diabète en 1961, elle est restée treize ans sur un lit d'hôpital, aveugle et gangreneuse. On lui a coupé les orteils un à un, puis le pied, puis la jambe, et enfin l'autre jambe. Elle a fini par rester cinq mois dans le coma. J'ai demandé qu'on lui fasse une piqûre. Cela a été refusé. J'avais 21 ans à l'époque. Je ne veux pas finir comme elle », raconte une adhérente de l'ADMD[1].

Un acharnement – le jargon médical préfère parler d'« obstination déraisonnable » – qui atteignait ses limites lorsqu'il devenait évident que les tourments infligés n'avaient plus aucun sens, qu'ils retardaient sans nul profit l'échéance inéluctable. Lors de la visite matinale, le chef de service passait sans s'arrêter, « il n'y a plus rien à faire », et abandonnait l'incurable à des infirmières qui, de fait, ne savaient que faire ni que dire. Car la fin prochaine n'était évoquée ni par les soignants ni par les proches. Le faux malade devenu un vrai mourant n'était plus qu'un bloc de souffrance qui parlait de sa

1. Anita Hocquard, *L'Euthanasie volontaire*, PUF, coll. « Perspectives critiques », 1999.

douleur et jamais de sa mort, et dont les incessantes demandes cachaient le plus lourd des silences.

Inguérissable, inapaisable, inconsolable, il devenait le cauchemar de l'équipe médicale. Pour « en finir » avec ces drames ingérables, il ne restait que le cocktail lytique. Une « fin » que l'on voulait la plus discrète, la plus expéditive possible, mais aussi la plus solitaire et la plus dépouillée. C'était la mort brute, clinique, à nu, sans le moindre rituel, sans la moindre chaleur. La mort réduite à l'arrêt d'un processus biologique. Comment faire autrement dès lors que le mourant n'était qu'un intrus dans le monde hospitalier, et comment admettre la légalisation d'une pratique qui s'effectuait dans le malheur, la honte et la culpabilité ?

Imprévisible ruse de l'histoire : la médecine n'a pas vu que la main qui permet de guérir devra être aussi, tôt ou tard, celle qui aide à mourir. Surtout dans une société démissionnaire qui se défausse de ses responsabilités sur le corps médical et, pour prix de ses victoires lui remet la charge de la mort. Tout naturellement, celui-ci n'y a vu, et n'y voit encore bien souvent, qu'une servitude extra-médicale. Il n'a aucune envie que la thanatologie devienne une discipline médicale.

Désocialisation et médicalisation ne sont pas des particularités de la société française. Dans la plupart des pays industrialisés, la mort a connu de semblables métamorphoses et les sociétés se sont trouvées prises au dépourvu. Si une solution idéale avait été trouvée, cela se saurait. Il n'est donc ni surprenant ni scandaleux que la France se soit laissé surprendre, qu'elle ait appliqué les recettes du passé à ces situations nouvelles. Mais quarante ans pour réagir, c'est vraiment très long. Comment expliquer que les prises de conscience, les mises en garde soient restées sans écho pendant tant d'années ? La question n'est pas adressée au seul corps médical, mais à la société dans son ensemble et à chacun de nous en particulier.

L'étranger, le gêneur

Pour sortir de ce piège, il fallait faire au mourant une place qu'il est très facile de lui prendre et très difficile de lui rendre. Car le déni de la mort n'est pas un choix, c'est bien davantage une dérive. Dès lors que les termites du scepticisme ont rongé nos protections, qu'il nous faut supporter notre finitude sans réconfort et sans consolation, c'est tout naturellement, par instinct de plaisir ou de survie, que nous trouvons refuge dans l'oubli. Si Dieu n'existe pas, la mort non plus ne doit pas exister ! Ne reste que la vie, la vie jusqu'à plus rien. Mais une telle amnésie ne se décrète pas, elle se construit pas à pas, pierre à pierre, elle pourchasse tout ce qui (tous ceux qui), de près ou de loin, pourrait nous distraire de notre distraction. Entre ceux qui vont partir et ceux qui restent se dresse un cordon sanitaire, car les trépassants sont contagieux pour les vivants. Ils risquent de transmettre ces paroles bannies, ces images honnies qu'ils portent sur eux et qui nous renvoient à notre propre fin. Ils sont donc ostracisés comme des lépreux dont la présence perturbe le nouvel ordre social et, plus encore, le nouvel ordre médical.

Nous nous sommes si bien arrangés entre bien-portants que l'incurable et, à plus forte raison le mourant, est devenu un étranger, un gêneur. Dès lors qu'il n'est pas un proche, un parent, un ami, il suscite une réaction d'évitement, de fuite. Le problème n'est pas personnel mais social. C'est une population qu'il faut réintégrer dans la collectivité en sachant que l'effort d'adaptation nous incombe. Mais le mourant doit d'abord être connu et reconnu, les médicaments et les soins ne viennent qu'en complément.

L'incurable n'est pas un malade comme un autre, il a été frôlé par l'ange de la mort et s'en trouve transformé. Tous ses repères ont basculé. Son avenir s'est dissous, son présent se fige, son passé l'écrase. Ce qui fut négligé devient essentiel, ce qui fut essentiel devient négligeable. C'est la grande déferlante des sentiments, quête éperdue d'amour, d'amitié, de tendresse, de réconfort ; lancinant retour des angoisses, de la solitude, de l'inconnu, des regrets et des remords. Le flot des émotions submerge la raison. Les proches ne savent plus décoder ces mots, ces regards, ces silences, qui, sous les mêmes apparences, portent un autre message. Le mourant est un Autre, différent de nous, différent de lui, isolé dans sa singularité. Un Autre qui effraie les mourants en sursis que nous sommes et qui forment son entourage.

La fin de vie, si traumatisante pour l'observateur, si dépendante des pathologies, si marquée de l'empreinte religieuse, sembla longtemps défier l'étude psychologique. Dans les années 60, la psychiatre américaine Elisabeth Kübler-Ross conduisit une série d'entretiens, 200 au total, avec des malades condamnés. Elle put ainsi dégager une structure de l'agonie. Kübler-Ross a montré que la marche vers la mort n'est pas une attente hallucinée, un chaos affectif, un itinéraire aléatoire, mais que l'agonisant reste profondément un être vivant, une personne qui engage un processus psychologique autour de cinq étapes successives : la dénégation, l'irritation, le marchandage, la dépression et, enfin, l'acceptation[1]. Les études ultérieures ont montré que le schéma n'est pas toujours aussi précis, que l'on rencontre

1. Elisabeth Kübler-Ross, *On Death and Dying*, New York, 1969.

d'autres cheminements. Ainsi le docteur Sebag-Lanoë, pionnière des soins palliatifs en France, constate que les phases de déni, de révolte et de marchandage ne s'observent qu'à titre exceptionnel chez les personnes âgées. Il reste que le mourant n'est pas simplement un individu diminué, minoré, mais qu'il possède un monde intérieur spécifique, très différent du nôtre, et qu'il accomplit un long travail pour faire le deuil de cette vie qui le quitte et qu'il quitte. Impossible d'accompagner ce dernier voyage sans connaître cet itinéraire, sans disposer des repères permettant de décoder ces appels, de coder les réponses.

Le pacte de guérison

À mesure que le malade s'enfonce dans son agonie, les canaux de communication changent, se font plus incertains. La parole devient seconde par rapport à d'autres formes d'échange, notamment le toucher. Une main serrée, un regard partagé peuvent en dire plus que de longues phrases. Les mots eux-mêmes traduisent davantage des sensations, des sentiments que des pensées. Tous les rapports se chargent d'affectivité et glissent sur le registre non verbal. Seule une solide expérience professionnelle permet d'entendre les appels de cet étranger qui s'éloigne irrémédiablement de nous.

Ce dernier acte de l'existence ne se déroule plus chez soi, mais dans un établissement : maison de moyens ou longs séjours, institution spécialisée et, le plus souvent, hôpital. Des lieux qui s'efforcent de maintenir l'invisible frontière. La peur de mourir hante tous les services hospitaliers. Elle taraude le malade que l'on va endormir, qui découvre les résultats de ses analyses, qui écoute les bruits de couloir et du couloir, mille occasions de s'inquiéter lorsqu'il ressent l'emprise du mal. Mais ces bouffées d'angoisse sont combattues par l'espoir de la guérison. Et, lorsque le moral flanche, les infirmières réinjectent la dose d'optimisme. « Mais oui, ça marchera, vous guérirez. J'en ai vu de bien plus mal en point qui s'en sont sortis. Chassez ces idées noires, tout va très bien se passer. » L'espoir de la guérison, c'est le calmant qui aide à surmonter les épreuves, le lambeau de ciel bleu qui fait naître un sourire au plus profond de la tourmente. Il représente le suprême réconfort pour aider le malade à supporter son mal et le soignant à supporter son malade.

Dans nos pays de tradition latine, toute la relation médicale repose sur ce pacte du retour à la santé, pacte qui exclut la présence du mourant conscient et reconnu comme tel. Le déni de la mort était donc une règle de civilité dans le monde hospitalier. Cela commençait avec le diagnostic fatal qui n'annonçait peut-être pas une mort imminente, mais ne laissait aucun doute sur l'issue. Il y a trente ans, la plupart des cancéreux ignoraient leur mal. Du moins étaient-ils censés l'ignorer, car pour ce qu'ils pensaient réellement... Mais on n'en parlait pas. La meilleure façon de cacher la fin prochaine, c'était encore et toujours de se battre contre la maladie. Quitte à ne conduire qu'un traitement d'apparence, une thérapie compassionnelle. Hélas, il s'agissait, le plus souvent, de véritables interventions, souvent traumatisantes. Pour une part, l'acharnement thérapeutique n'était qu'une gesticulation visant à masquer l'indicible vérité. Tant qu'il y a un traitement, il y a de l'espoir. Et l'on peut dire qu'il y avait continuité entre le mensonge initial et l'euthanasie sauvage, comme l'avait déjà constaté le psychanalyste Emmanuel Goldenberg en 1984 : « Les soignants redoutaient des crises et choisissaient souvent le mensonge et le silence. Cela les conduisait à répondre aux demandes du patient par des gestes médicaux toujours plus nombreux : plus de prescriptions, d'examens avec des résultats décevants. C'était l'escalade thérapeutique, l'activisme médical, qui conduisait souvent, en fin d'évolution, à la tentation du cocktail lytique [...]. Ces perfusions étaient envisagées en dehors de toute demande des malades. Elles n'étaient que la suite logique de l'attitude qu'avaient adoptée jusqu'alors les soignants[1]. »

L'idéal semblait être de poursuivre ce mensonge jusqu'au bout et de faire en sorte que le malade ne sache pas ce dont il mourait et, à la limite, ne sache pas qu'il mourait, car la bonne mort était souvent, on l'a dit, identifiée à la mort surprise. Cette comédie de la guérison tournait au tragique lorsque, au chevet du mourant, proches et soignants faisaient des projets d'avenir en échangeant des regards entendus...

Le progrès médical a mis en porte à faux cette stratégie de l'illusion. Le combat contre la maladie dure des mois, des années. Les traitements succèdent aux traitements. Les examens succèdent aux examens. Le malade ne peut plus être tenu à l'écart. Il suit le déroulement de la bataille, se réjouit des succès, s'alarme des échecs, demande des explications. Le médecin doit l'informer, le consulter. Peu à peu, l'espoir de la guérison s'estompe. C'est alors que soignants et soigné s'engagent dans la tragédie du mensonge qui ne trompe personne. Le malade sait que la médecine ne peut plus le sauver, le médecin sait que son patient n'est pas dupe. Mais on « fait comme si ». La mort, ça ne se dit pas.

---

1. Emmanuel Goldenberg, *ADMD. Actes du Ve Congrès international*, 1984.

10

LE SERVICE DES MOURANTS

Ainsi la pratique médicale, à l'image de la pratique sociale, reposait sur la dénégation de la mort et du mourant. Une pratique qui, dans les années 70, conduisit à une tragique impasse médicale : douleur non soulagée, acharnement thérapeutique, mensonge au malade, négation du mourant et euthanasie clandestine. C'est alors que se dessina une double réaction : celle du droit de choisir sa mort et de l'accompagnement.

D'un côté s'affirma dans les médias un courant d'opinion qui revendiquait la légalisation de l'euthanasie et qui déboucha sur la création de l'ADMD, de l'autre furent prises, au sein du monde médical, une série d'initiatives convergentes visant à importer en France les soins palliatifs. Dans un cas comme dans l'autre, il s'agissait de mouvements qui revendiquaient la lutte contre cette « mauvaise mort » qui était de règle en France. Tous deux se rejoignent sur la nécessité de combattre la douleur et d'instaurer des soins palliatifs. Pour les uns, cette prise en charge des mourants apporte la réponse au problème de l'euthanasie qui n'a plus lieu d'être dès lors que la fin de vie est bien accompagnée, alors que, pour les autres, elle n'en est que le préalable. Les malades, disent-ils, doivent être soulagés, pris en charge et entendus s'ils demandent qu'il soit mis fin à leurs jours.

Le mouvement des soins palliatifs se développe donc à l'instigation des modèles étrangers et, pourtant, les premières initiatives étaient venues de France. Il y a bien longtemps...

Dès 1842, en effet, une jeune veuve lyonnaise, Jeanne Garnier, choisit de se consacrer aux malades incurables. Elle fonde les Dames-du-Calvaire et crée à Paris en 1874 un établissement, un « hospice » dit-on alors, pour accueillir les patients en fin de vie, ceux que l'hôpital ne peut plus accueillir. L'expression « soins palliatifs » n'existe pas encore, mais c'est bien de cela qu'il s'agit. Ce précédent reste isolé en terre française alors qu'il essaime en Irlande et en Grande-Bretagne. Et ce n'est pas le fait du hasard si c'est le monde anglo-saxon qui redécouvre la mort dans les années 50.

Pendant la guerre, une jeune assistante sociale, Cecily Saunders, se consacre aux cancéreux en fin de vie, à leurs souffrances terminales. À 33 ans, elle entreprend des études médicales et, à partir de 1951, s'intéresse à l'administration de la morphine par voie orale. Mais elle découvre également l'importance de soulager la douleur globale, de prendre en charge la personne dans son intégralité. Ce qu'elle appelle le *total pain* et le *whole person care*.

Cecily Saunders ouvre en 1967 le premier centre de soins palliatifs, le Saint Christopher's Hospice, pour assurer « tout ce qui reste à faire quand il n'y a plus rien à faire », selon une formule devenue célèbre. D'emblée, elle pose toutes les règles de cette nouvelle médecine. La lutte chimique contre la douleur, avec notamment la maîtrise de la morphine, mais aussi l'écoute du patient, la recherche de son confort, la prise en charge de toutes les souffrances physiques ou psychologiques, l'appel aux bénévoles pour assurer l'accompagnement, la double action à l'hôpital et à domicile, etc. Le tout – c'est important de le noter –, inspiré par une ardente charité chrétienne. Cecily Saunders voit dans l'hospice « un lieu de rencontre pour la science et la religion ».

Son initiative va rapidement faire école en Grande-Bretagne. C'est le « mouvement des hospices », avec la création dans le pays de 140 établissements sur le modèle de Saint Christopher's. En 1974, l'expérience est reprise de l'autre côté de l'Atlantique et se développe au Canada : c'est d'ailleurs en terre québécoise que naît l'expression « soins palliatifs » et que la discipline se voit consacrer une chaire à l'université.

En France, les Dames-du-Calvaire, toujours fidèles à leur tradition, sont bien seules au chevet des mourants. Leur exemple paraît trop admirable pour être imitable. Et c'est à titre tout à fait individuel que quelques médecins français font le voyage à Londres ou à Montréal pour s'initier à cette nouvelle médecine et s'en inspirer dans leurs établissements. Mais, en dépit de l'écho donné par le docteur Escoffier-Lambiotte dans *Le Monde* dès 1975, la médecine française n'est guère réceptive. L'inertie est aussi pesante, qu'il s'agisse de combattre la douleur ou d'accompagner les incurables. Une première association d'aide aux mourants, « Accompagnons la vie », est pourtant créée à Lyon dès 1971, par René Schaller. Une initiative généreuse qui reste isolée et coupée du monde médical.

La prise de conscience n'intervient qu'au début des années 80 avec la création de l'ADMD qui agit comme un détonateur. Les médecins concernés par la fin de vie, et qui sont généralement très hostiles à l'euthanasie, craignent qu'en l'absence d'une alternative crédible le droit à la mort ne s'impose rapidement en France. C'est pourquoi ils s'engagent dans des actions collectives, se regroupent, multiplient les initiatives, alertent les pouvoirs publics. Naissent alors l'Association pour le développement des soins palliatifs (ASP), la fédération JALMALV, la Société française des soins palliatifs et d'accompagnement (SFAP). Toutes ces initiatives préparent la mobilisation de la médecine française qui interviendra au cours de la décennie suivante, précédant les grandes campagnes qui se développeront à la fin du siècle.

Pour leur part, les pouvoirs publics ne se manifestent qu'en 1986, avec une première circulaire ministérielle sur « l'accompagnement des malades en phase terminale ». Mais c'est en 1987 que le docteur Maurice Abiven ouvre à l'Hôpital international de la Cité universitaire de Paris une première unité de soins palliatifs sur le modèle de celles qui existent à Montréal. Il ne s'agit pas, notons-le, d'un modèle à reproduire dans tous les hôpitaux, mais d'une sorte d'unité-laboratoire destinée à la recherche et à la formation.

Les dates ont évidemment leur importance. 1987, c'est vingt ans après la création du Saint Christopher's Hospice, douze ans après la révélation des expériences françaises et étrangères. Encore ne doit-on cette tardive réaction qu'à l'initiative de quelques médecins, les docteurs Renée Sebag-Lanoë, Michelle Salamagne, René Schaerer, Jean-Marie Gomas, Monique Tavernier, Robert Zitoune, etc., soignants admirables qui se firent les pionniers de cette nouvelle médecine et suscitèrent les initiatives publiques. Sans eux, les mourants auraient attendu une décennie de plus.

Une fin de vie accompagnée

Avec l'unité de la Cité universitaire, cette nouvelle médecine affirme son existence, sa nécessité, sa légitimité. Elle met en pleine lumière le décalage qui existe entre le monde hospitalier traditionnel et les exigences d'une fin de vie. En effet, lorsque le malade perd l'espoir de guérir, et qu'il ne se trouve pas pour autant en réanimation, il perd du même coup sa raison d'être hospitalisé. À quoi bon ces appareils, ces laboratoires et ces blocs opératoires qui ne sont, hélas, plus d'aucun secours ? La médecine qu'il convient maintenant d'exercer, car il s'agit bien d'une médecine, ne nécessite pas des équipements lourds, des machines ultra-sophistiquées. Mais, à l'inverse, elle ne se limite pas à l'administration de la morphine. Le malade en fin de vie connaît toute une série de misères physiologiques qui, faute d'être soulagées, lui rendent la vie insupportable. Ce sont les muqueuses, notamment dans la bouche, qui s'assèchent et souffrent d'ulcération, c'est la constipation, la déshydratation, toutes les difficultés respiratoires, les infections urinaires, les escarres, l'anorexie, les incontinences, l'insomnie, les odeurs également. On dispose aujourd'hui de solutions, souvent très efficaces, pour chacun de ces symptômes pénibles, mais elles exigent compétence et attention. Impossible d'appliquer mécaniquement le traitement prévu. Tous les soins doivent être individualisés. Il s'agit d'une spécialité médicale, au même titre que la cancérologie ou la gérontologie, une spécialité qui se donne pour objectif central cet accessoire de la médecine traditionnelle : le « confort du patient ».

L'ensemble des relations entre le malade et le soignant doivent être repensées. Car le réconfort vient tout autant des soins proprement dits que de l'écoute et de la chaleur humaine avec lesquelles ils sont dispensés. La rupture est radicale avec la médecine curative qui donne la priorité aux bons traitements sur les bonnes paroles. Et peut même oublier ces dernières… À travers cette première expérience, il devient évident qu'un système hospitalier centré sur la seule thérapeutique est beaucoup trop anonyme, aseptisé, fonctionnalisé pour offrir la chaleur et l'apaisement qui devraient accompagner la fin de vie.

L'idéal, bien des médecins le pensent, serait de finir sa vie chez soi, auprès des siens, mais cela devient de plus en plus rare. Le grand âge fait perdre le domicile, les proches, l'autonomie, et, plus on se rapproche de la fin, plus le besoin d'une assistance médicale se fait pressant. L'agonie est rarement ce fleuve tranquille qui porte le vivant au royaume des ténèbres, elle ressemble plus souvent au torrent furieux qui tourmente, qui malmène, qui fracasse, qui asphyxie, qui affole le mourant. Mieux vaut alors se réfugier dans le navire hôpital que lutter seul dans son embarcation.

L'unité de soins palliatifs s'efforce de concilier le besoin d'assistance médicale et le rêve du retour chez soi parmi les siens. Elle propose un espace pour vivre... le temps qu'il reste à vivre. Un décor chaud, accueillant, convivial, confortable, qui n'évoque pas un dispensaire mais une pension de famille, une maison de dernier séjour.

Un cadre, mais surtout un service. Dans la grande usine hospitalière, le personnel soignant, toujours pressé, jamais disponible, ne connaît que le malade, que la maladie parfois, et, au nom de l'efficacité, ignore souvent la personne, son histoire, sa singularité. Le dévouement ne fait rien à l'affaire. La thérapeutique est un combat, la victoire est à ce prix. Mais au chevet d'un mourant, ce n'est plus la victoire qu'il faut gérer, c'est la défaite. Les formules passe-partout, les sourires de commande, l'optimisme de façade sonnent faux, tout ce qui n'est pas vrai est déplacé. C'est alors qu'abandonnant son armure professionnelle, le soignant s'engage dans une relation personnelle, plus réconfortante pour le malade, plus exposée pour lui. Il lui faut devenir un proche de son patient. Alors que jamais les mourants n'ont été aussi loin des vivants. Et cette démarche demande plus que du temps et de la disponibilité, plus même que de la compassion, elle exige de l'amour. Oui, la médecine palliative exige un grand savoir et l'amour en plus. Ne nous étonnons pas que le monde médical ait reculé devant l'épreuve, admirons plutôt les pionniers qui renoncèrent aux commodités de la médecine traditionnelle pour défricher cette voie nouvelle : le service des mourants.

Cette première expérience révèle le rôle fondamental de la famille, des proches et des bénévoles. Car la médecine ne peut seule assumer la charge des mourants, il lui faut le renfort de la société. Pour bien fonctionner, une unité de soins palliatifs doit disposer d'accompagnants bénévoles, certes, mais ayant reçu un minimum de formation.

Les soins palliatifs pour tous

Ainsi, les pionniers ont démontré que la mort déshumanisée n'est pas une fatalité du monde moderne, qu'une mort plus humaine n'est pas une utopie. Ils ont démontré aussi que cette nouvelle discipline exige des personnes d'exception, professionnels ou bénévoles, qui sont aussi exemplaires dans leurs actions qu'improbables dans leurs vertus.

Les médias, pour autant qu'ils se risquent sur un tel sujet, ont présenté ces premières expériences comme l'idéal de la bonne mort, comme le modèle à reproduire. L'opinion est tout acquise et les Français font des soins palliatifs une préoccupation et une revendication prioritaires. Mais suffirait-il d'adjoindre à tous les hôpitaux de France une unité de soins palliatifs pour répondre aux exigences d'une mort moderne ? On a pu le croire lorsque apparurent les premières expériences, on sait aujourd'hui qu'il n'en est rien.

Comme l'avait bien précisé Maurice Abiven, ces services spécialisés ne peuvent constituer qu'un point de départ. Ils ont, en effet, le grave défaut d'isoler la mort, de la couper du monde des vivants, et cet inconvénient en limite nécessairement la portée et le développement. Certes, on fait aujourd'hui sa place à l'agonisant dans le système hospitalier, une place bien à lui, adaptée à ses besoins, et il s'agit d'un progrès indiscutable. Mais cela revient aussi à renforcer l'hôpital dans sa seule mission curative. Ici on soigne, là on accompagne. Cette séparation des fonctions est-elle satisfaisante ?

À l'évidence, cette coupure radicale ne se retrouve pas dans la vie. C'est progressivement que l'espoir de la guérison s'amenuise, que la probabilité de la mort s'affirme, c'est progressivement aussi que les soins donnés au patient doivent s'adapter.

En outre, cette frontière revient à spécialiser le personnel soignant dans les derniers temps de la vie. Combien de médecins, combien d'infirmières peuvent accepter de consacrer toute leur existence professionnelle à la mort plutôt qu'à la guérison ? Et, de fait, le développement de soins palliatifs spécialisés bute d'abord sur le problème du recrutement. Car il ne suffit pas de construire des unités, il faut aussi trouver les hommes et les femmes pour les animer et les vocations sont rares. « On n'a pas besoin de lits. On a besoin de gens formés », répète le professeur Glorion, l'ex-président de l'Ordre. Si la générosité suffisait, le service des mourants attirerait autant que l'action humanitaire, mais ce n'est pas le cas. Un tel engagement fait peur car il exige le franchissement d'une barrière, la traversée du miroir, c'est pourquoi les candidats sont peu nombreux. Heureusement, l'avenir de l'accompagnement, sa généralisation, n'implique pas par l'ultra-spécialisation des hommes et des services. C'est la grande leçon de cette première décennie, la leçon qui fut tirée lors des débats parlementaires de 1998.

En effet, les patients que nous sommes, ou que nous serons, n'ont toujours pas fait leur révolution existentielle. Ils sont mal préparés à l'épreuve de vérité que constitue l'admission dans une unité de soins palliatifs. Lucien Neuwirth le fait justement remarquer : « Rien ne serait plus redoutable en effet que l'on annonce désormais systématiquement aux malades en toute fin de vie : "Vous allez être transféré dans une unité de soins palliatifs." Rien ne serait plus terrible que, brutalement, ils perçoivent qu'un seul soutien psychologique et le traitement de leur seule douleur se substituent à des thérapies parfois très lourdes et invasives[1]. »

Certes, ces unités ne sont pas des mouroirs destinés à recevoir les derniers soupirs, il arrive même que, déjouant tous les pronostics, des patients recouvrent la santé et s'en retournent dans un service ordinaire. Il n'empêche qu'un tel transfert aura pour nous la même signification qu'avait, pour nos parents, la venue du prêtre apportant l'extrême-onction. Combien de Français sont aujourd'hui prêts à recevoir une telle annonce ? Comment imposer un tel face-à-face sans infliger une inacceptable violence ?

L'enjeu de la vérité

Les soins palliatifs ne peuvent aller sans une évolution de la société, et pas seulement de la médecine. Ils supposent que des bien-portants viennent lui prêter leur concours mais, également, que les patients surmontent le

1. Lucien Neuwirth, *Pour une politique de développement des soins palliatifs et de l'accompagnement*, *op. cit.*

déni contemporain de la mort, qu'ils parviennent à quitter cette « prison refuge » du mensonge. Un retour à la vérité aussi dur, aussi cruel pour le personnel hospitalier que pour le mourant. Car la médecine française, et l'adjectif est ici plus important que le substantif, s'est tout entière constituée sur le mensonge au malade. Jacques Pohier fait remarquer que « le code français de déontologie médicale a été longtemps le seul au monde à laisser au médecin le droit de décider s'il devait ou non dire la vérité au malade[1] » et si l'obligation de dire la vérité est désormais reconnue, elle est tempérée par la capacité du malade à l'entendre, sage réserve, pour autant qu'elle ne soit pas l'alibi du mensonge démissionnaire. Car cette recherche de vérité entre soignants et soignés est à la base de tout. Lorsqu'elle est ignorée, que le mensonge s'installe, alors on retombe dans le face à face traditionnel du paternalisme médical et de l'infantilisation du malade.

Exemple terrible : celui de la sclérose latérale amyotrophique ou maladie de Charcot, dégénérescence musculaire irréversible conduisant à la paralysie et à la mort par étouffement. Une grave décision se pose à un stade avancé de la maladie : la trachéotomie. Selon qu'elle est acceptée ou refusée, le malade aura une fin ou une autre. Or, le professeur Vincent Meininger de la Pitié-Salpétrière constatait en 1991 que la moitié des malades atteints de SLA ne connaissaient pas leur diagnostic, que 70 % ignoraient à peu près tout de cette maladie ! Comment, dans de telles conditions, choisir entre les différentes fins de vie possibles ? Le professeur Meininger, lui, tient à respecter l'autonomie du patient, même face à ce choix crucifiant : « [...] tous les patients ont été conduits à ce dialogue au cours duquel est posé le choix

1. Jacques Pohier, *La Mort opportune*, *op. cit.*

entre une assistance ventilatoire ou un accompagnement terminal. [...] Lorsque le choix du patient est de ne pas être trachéotomisé, nous instaurons des soins palliatifs progressifs, avec la présence de la famille et à condition que chacun dans l'équipe accepte définitivement le choix du patient[1] ».

Certes, les malades sont mieux informés aujourd'hui qu'il y a trente ans. Ils connaissent le plus souvent leur maladie. Mais il est toujours aussi difficile de faire partager un pronostic. Les médecins français se gardent, comme le font parfois leurs collègues américains, d'assener sèchement un verdict de mort. Ils s'efforcent, selon la belle expression du docteur René, ancien président de l'Ordre des médecins, d'« amener le malade aussi loin qu'il le peut dans sa vérité », mais ils ne peuvent l'imposer à celui qui ne veut pas entendre, ne veut pas comprendre. Ce refus aussi doit être respecté. Et l'on voit aujourd'hui dans des unités de soins palliatifs des patients qui, tout à la fois, bénéficient d'un accompagnement terminal et ne se reconnaissent pas en fin de vie. Ambiguïté de tous les êtres qui oscillent sans cesse entre la résignation et la négation lorsqu'ils sont confrontés à la mort. Mais l'accompagnement ne trouve sa pleine efficacité qu'en prenant en charge des mourants conscients de leur état. Conçu pour ceux qui vont mourir et non pour ceux qui vont guérir, il ne permet pas de « faire comme si ». Mais il est probable que, pendant des décennies encore, de nombreux Français ne parviendront pas à faire le deuil de leur espérance. Seront-ils, pour autant, exclus des soins palliatifs et condamnés à la fin de vie hospitalière des années 80 ?

---

1. Jacques Pohier, *La Mort opportune, op. cit.*

La réponse a été apportée par Lucien Neuwirth : « Il faut que demain tous les malades puissent bénéficier, dès l'annonce de leur maladie, d'une prise en charge adaptée et continue qui s'intégrera dans les traitements entrepris plutôt qu'elle signifiera leur arrêt. Les soins palliatifs doivent en effet être délivrés à tous les malades dont le pronostic vital est en jeu, quelle que soit l'issue de la maladie, qu'elle se solde par la mort, par une rémission ou par la guérison[1]. »

Ce n'est plus l'innovation, c'est la révolution. La mort qui, grâce aux unités de soins palliatifs, s'était fait admettre à côté de l'hôpital et en marge de la médecine, retrouve sa place. Dans l'hôpital et dans la médecine. Elle cesse d'être cet accident de la thérapeutique, cet invité surprise que l'on n'attend pas et que l'on feint d'ignorer, pour devenir une issue possible, prévisible, que l'on s'efforce d'éviter mais à laquelle on peut, le cas échéant, faire face.

C'est un bouleversement qui va bien au-delà de cette « humanisation » que l'on prône sans cesse et que l'on finit même par réaliser. Car c'est le principe même de l'hôpital, le pacte de guérison, qui se trouve remis en cause. Il n'est plus question de se réfugier dans le mensonge pour fuir l'issue fatale. Désormais, il y aura toujours « quelque chose à faire », et le soutien psychologique, renonçant à l'illusion heureuse d'un retour à la santé, devra admettre la possibilité d'une issue fatale. Bref, l'hôpital, intégrant ses propres limites, reconnaîtra l'incurable dans sa singularité.

Appuyés sur des équipes mobiles, les soins palliatifs peuvent se donner dans tous les services, avec l'ensemble du personnel. Et l'on voit déjà certains établissements de pointe mettre sur pied des réseaux en association avec la médecine libérale pour assurer

1. Lucien Neuwirth, rapport cité.

l'accompagnement à domicile. Une solution d'avenir qui répond à l'idéal du malade, qui coûte moins cher à la collectivité, mais qui exige un énorme effort d'organisation sociale, la volonté de tous et pas seulement des médecins de prendre en charge la fin de vie.

Bref, pour que tous les Français puissent, le jour venu, disposer d'un accompagnement efficace, il faudra surmonter ce refus de la mort ; apprendre à la combattre et à l'accepter. Tous ensemble.

Le chemin sera long, mais le mouvement est lancé. La loi, votée à l'unanimité en 1998, reconnaît que « toute personne atteinte d'une maladie mettant en jeu le pronostic vital a accès à des soins palliatifs et d'accompagnement ». Il reste maintenant à traduire ce beau principe dans la réalité et c'est encore loin d'être le cas. On comptait, à la fin 1999, 87 unités de soins palliatifs offrant au total 742 lits et 184 équipes mobiles. Nul doute que la prochaine évaluation, à laquelle il sera procédé au terme du plan triennal 1999-2001, fera apparaître une forte progression. Car la mobilisation est générale, tous les témoignages concordent sur ce point, les initiatives se multiplient au niveau des établissements et reçoivent un fort appui des autorités. Le danger, c'est de céder à un effet de mode et, pour ne pas paraître retardataire, de baptiser « soins palliatifs » des services qui ne méritent pas cette qualification. N'oublions pas non plus que le personnel volontaire et qualifié constitue un véritable goulot d'étranglement. Ainsi, la mauvaise mort, non apaisée, non accompagnée, indigne pour tout dire, sera encore hélas le lot de nombreux Français dans les années à venir.

On évalue à 150 000 au minimum les décès qui, chaque année, devraient faire l'objet d'un accompagnement spécifique. À supposer que l'on dispose d'un millier de lits, qu'une dizaine de patients s'y succèdent en un an, cela ne fait jamais que 10 000 décès en soins palliatifs. Marque de cette pénurie : dans une unité comme celle de la Cité universitaire, on enregistre quatre fois plus de demandes que de places disponibles. Certes, les unités mobiles permettent de démultiplier les prises en charge de fins de vie. Il n'en reste pas moins qu'il faudra attendre encore fort longtemps pour que les Français soient assurés de trouver à leur heure dernière les soins qui leur ont été garantis par la loi.

Dans cette attente, voici comment peut encore se dérouler une fin de vie dans un hôpital de province en 2001. Je me contente de retranscrire, parmi bien d'autres, la lettre d'une téléspectatrice relatant la mort de son mari dans une unité de soins intensifs. En voyant l'agonisant se débattre, en l'entendant pousser des cris de souffrance, un proche va alerter une infirmière dans le couloir.

« "Ce n'est pas possible de souffrir autant, faites quelque chose pour apaiser ses douleurs – C'est de sa faute, a-t-elle dit, il s'accroche ; il doit se laisser s'étouffer." Le jour du décès de mon époux, ajoute-t-elle, je venais de sonner l'infirmière tellement c'était atroce. "Ne me dérangez pas comme ça. J'ai du travail !" Juste à ce moment, mon époux est décédé. "C'est mieux comme ça", elle a dit à une autre fille de salle. "Mets une chaise dans le couloir pour Madame." En sortant de la chambre, on m'a dit de passer au bureau pour désigner les Pompes funèbres choisies. [...] Toute ma vie je verrai ces journées épouvantables. [...] L'infirmière qui faisait la toilette sans douceur malgré la souffrance de mon époux a dit : "On ne peut pas le laisser dans sa pisse"... » Un témoignage qui donne la mesure du chemin qui reste à parcourir pour que tous les malades bénéficient d'un véritable accompagnement en fin de vie.

11

EUTHANASIE ET ACCOMPAGNEMENT

Soins palliatifs contre euthanasie, c'est la dernière querelle. Les pionniers de l'accompagnement montent au créneau chaque fois que la mort volontaire reparaît à l'horizon. Car la charte des soins palliatifs condamne à parts égales et l'acharnement thérapeutique et l'euthanasie. Par acharnement thérapeutique, elle entend les thérapies lourdes « qui n'auraient comme objet que de prolonger la vie sans tenir compte de sa qualité ». Ces traitements inutiles sont donc abandonnés, quitte à avancer ou ne pas retarder l'heure de la mort. Reste l'euthanasie, définie comme « toute action ayant pour dessein de mettre fin à la vie du malade ou de le priver sans raison majeure, jusqu'à son décès, de sa conscience et de sa lucidité », qui se trouve proscrite, en tout état de cause. Ainsi les figures emblématiques de cette nouvelle médecine, prenant le relais des mandarins, ont jeté dans la balance le poids de leur légitimité et, surtout, de l'alternative qu'elles incarnent.

Sur de tels sujets, comment ne pas écouter en priorité ceux qui vivent au chevet des mourants ? Ne savent-ils pas ce dont ils parlent ? Ne sont-ils pas dignes de foi ? Lorsqu'ils apparaissent à la télévision, blouse blanche et gravité souriante, si proches de ces mourants que l'on devine alentour, leurs contradicteurs se voient disqualifiés par leur environnement insignifiant et futile. Les croisés de la bonne mort sont les seuls crédibles. Difficile de résister à cette évidence.

Ces soignants sont effectivement admirables. Ils sont allés au-devant des mourants en un temps où tout le monde s'en détournait, grâce leur en soit rendue. Comment donc contredire et contester ceux que l'on admire et que l'on remercie ? L'exercice est inconfortable. Sur aucun autre sujet je ne m'y risquerais. Mais il s'agit ici de notre vie, de notre mort, de notre liberté, bref de responsabilités inaliénables et que nous devons assumer personnellement. Quels que soient nos sentiments de respect et de gratitude, il faut rester intraitable sur ce point. On ne délègue pas sa propre mort.

Car il ne s'agit que de cela : faire en sorte que chacun, malade mais aussi soignant, puisse faire un choix personnel. Il n'y a pas, il ne peut pas y avoir de solution miracle qui convienne pour tout le monde. Le refus de l'euthanasie n'est pas moins respectable que son acceptation. Que chacun fasse pour lui-même ce qui lui plaît ou, plus exactement s'agissant d'un tel sujet, ce qui lui déplaît le moins, c'est le seul objectif réaliste. Le seul combat qui vaille, c'est celui de la liberté. Il ne peut se concevoir sans respect du pluralisme et, s'il exclut qu'un autre puisse décider à ma place, il implique que ma vérité ne soit pas celle des autres. À chacun la sienne. Il n'y a donc rien de choquant, ni même de contradictoire, à louer l'action de ces médecins et à ne pas suivre leurs avis. Leur charité, pour exemplaire qu'elle soit, ne donne pas valeur universelle à leurs convictions.

D'autant que de nombreux soignants, qui pourtant ne partagent pas cette condamnation horrifiée de l'euthanasie, se dévouent au service des mourants et ne sont pas moins admirables. Ce n'est pas faire injure aux porte-drapeaux des soins palliatifs que de trouver un égal mérite chez le docteur Bernard Senet. À cette nuance près qu'ils furent toujours loués et complimentés par les autorités, tandis que le généraliste de L'Isle-sur-la-Sorgue, pour prix de son dévouement au service des incurables, risque en permanence sa réputation, sa carrière et même sa liberté.

La machine de guerre

En un premier temps, les soins palliatifs se sont donc transformés en machine de guerre contre l'euthanasie. L'argument suprême revenait, toujours le même : « La solution ce n'est pas l'euthanasie, c'est l'accompagnement », « Avec les soins palliatifs le problème de l'euthanasie est dépassé ». Le débat est clos, levez la séance. Et l'on s'efforçait de ne pas voir que les deux notions ne se recouvrent nullement, que l'une relève de la pratique médicale et l'autre des choix philosophiques, que la médecine de la dernière heure n'inclut pas l'exercice de la dernière liberté, que l'humanisation de la mort n'évacue nullement le choix de son heure et de ses circonstances.

Une telle instrumentalisation est-elle légitime ? Les choix idéologiques des pionniers, pour respectables qu'ils soient, peuvent-ils pénétrer la pratique médicale jusqu'à s'imposer aux malades ? Cette ambiguïté empoisonne toute la discussion. Le service des souffrants et des incurables s'apparente à une action humanitaire. À ce titre, il ne peut impliquer de contrepartie. L'affamé n'a pas à épouser la foi de l'organisation caritative pour être nourri, pourquoi les futurs moribonds devraient-ils renier l'euthanasie, pour autant qu'ils la souhaitent, s'ils veulent bénéficier de l'accompagnement ? Or l'on devine parfois le militant de la vie à tout prix se profiler de façon gênante derrière le bon Samaritain des longues et douloureuses agonies.

Pour décider de notre mort nous pouvons écouter les conseils, prendre les avis des uns et des autres, mais à l'heure du choix, c'est retiré dans le secret de notre conscience qu'il nous faut trancher. Quitte à s'en remettre à telle ou telle institution si bon nous semble, mais après en avoir délibéré et décidé par nous-mêmes. L'argument d'autorité n'est pas de mise ici. Les Français ne l'ont d'ailleurs jamais admis. Cela fait bientôt cinquante ans qu'ils subissent les passions de notre ordre moral pour renoncer à cette ultime liberté. Et cela fait cinquante ans qu'obstinément ils la revendiquent. Unanimisme des autorités morales contre unanimisme des consciences individuelles ; le premier s'est révélé incapable d'infléchir le fléau de la balance.

Car il ne fallait pas moins d'une loi divine pour imposer un ordre unique de la mort. Mais le ciel se vide et les hommes de Dieu ne peuvent plus ordonner ni même convaincre. Les chefs, pas davantage. Face à la mort, il n'y a pas d'ignorants et de savants, rien que des individus tous égaux dans la peur et la peine. Des hommes et des femmes qui se font leurs idées en accompagnant le décès d'un parent, en partageant la douleur des amis, en affrontant l'épreuve de la maladie, ou bien en écoutant, au secret de leur cœur, la crainte sourde de la mort. Ces expériences-là pèsent d'un tout autre poids que les titres des uns et la renommée des autres. Il n'empêche qu'avec les champions de l'accompagnement, l'argument d'autorité prend une autre force.

L'euthanasie, c'est fini

Au surcroît de légitimité s'ajoute la logique de l'alternative. Pendant longtemps, les adversaires de l'euthanasie n'usèrent que d'arguments négatifs. Face aux pires détresses, aux plus atroces agonies, ils ne pouvaient que répéter : « C'est interdit » avec, en prime, deux paroles de réconfort et, au besoin, une promesse de vie éternelle. Difficile de repousser la tentation euthanasique avec des arguments si rébarbatifs. Le discours a radicalement changé, il n'abandonne plus l'homme à son malheur, il lui propose une issue positive. « Nous allons vous prendre en charge, calmer vos douleurs et votre angoisse, vous entourer de soins et d'affection, qu'avez-vous besoin de mettre fin à vos jours ? Ces demandes étaient justifiées quand la médecine était incapable de vous soulager, de vous réconforter, mais aujourd'hui que vous recevez cette assistance, vos demandes n'ont plus lieu d'être. Profitez des soins palliatifs et oubliez l'euthanasie. »

Que les malades bien accompagnés, dont toutes les douleurs ont pu être calmées, demandent rarement l'euthanasie, c'est un fait. Et un fait heureux, tout le monde en convient. Si cette médecine soulageait tous les mourants sans exception, si elle faisait disparaître toutes les détresses, toutes les souffrances en sorte que nul, ni malade, ni soignant, ne songe plus à une délivrance chimique, alors c'en serait fini et heureusement fini de l'euthanasie. Et c'est bien ainsi que les soins palliatifs ont été vendus en un premier temps. À l'origine du mouvement, on ne trouve pas seulement l'indignation face à la mort inhumaine des hôpitaux mais également la volonté de contrer l'ADMD naissante. Il fallait donc imposer le choix entre deux solutions radicalement incompatibles, il fallait surtout faire de cette nouveauté une assurance tous risques. L'accompagnement c'est la bonne mort garantie sous condition de renoncer à l'euthanasie. Car ce ne peut être que l'un ou l'autre.

Il est bien vite apparu que la médecine palliative était chargée de trop de promesses, qu'elle n'était pas, ne pouvait pas être l'arme absolue contre la mauvaise mort. Que faire lorsque dans les unités spécialisées, en dépit de tous les efforts, les soignants butent sur des souffrances tenaces que rien ne soulage, sur des formes de dégradation atroces que rien n'arrête, sur des malades qui n'en peuvent plus et souhaitent en finir ? On s'est un peu trop pressé de parer la morphine de toutes les vertus après l'avoir, si longtemps, accablée de tous les défauts. La vérité se tient, comme toujours, entre les deux. Elle ne soulage pas toutes les souffrances, elle ne soulage pas tous les malades, elle suscite des intolérances redoutables, enfin elle ne fait rien pour rien et ses effets secondaires, de la constipation aux troubles de la conscience, peuvent être très pénibles. En outre, la douleur n'est pas la seule plaie de la fin de vie. S'agissant des cancéreux, les spécialistes de la douleur ne distinguent pas moins de sept symptômes qui dégradent la qualité de vie : grande faiblesse, difficultés respiratoires, délire, nausée, vomissements, etc. Les soins palliatifs peuvent soulager un certain nombre d'entre eux, ils ne peuvent, dans tous les cas, les faire tous disparaître. Halte à la publicité mensongère !

La pose d'un cocktail lytique destiné à donner la mort est exclue par les soins palliatifs, c'est clair et net. Le malade aura beau tendre le bras, il ne recevra pas une injection de chlorure de potassium. Sera-t-il donc condamné à vivre son calvaire, accompagné certes mais calvaire tout de même, jusqu'à sa fin « naturelle » ? À l'évidence, certaines agonies heurtent l'esprit de la charte tout autant que la mort volontaire. Heureusement, le texte est moins rigide qu'il n'y paraît. Il ne condamne pas « toute action qui met fin à la vie du malade » mais « toute action ayant pour dessein de mettre fin… ». Il y a là beaucoup plus qu'une subtilité linguistique.

Le malade qui, en toute fin de vie, souhaite mourir est généralement l'objet de souffrances terribles. Physiques ou psychologiques. Les soignants de l'unité se sont engagés à les soulager. Coûte que coûte. Face à ces grands tourments, ils ne resteront pas inactifs. Ils augmentent les doses de morphine et de produits associés jusqu'à la perte de conscience. Ils endorment le malade. Ils peuvent aussi, pour obtenir ce résultat, être contraints de pousser la sédation jusqu'à un point de non-retour. Dans les faits, le geste a tout d'une euthanasie active ; du point de vue subjectif, il en va différemment. Le soignant n'a pas eu l'intention de tuer. Son acte ne visait qu'à soulager le malade, la mort a été provoquée par un effet second et non désiré. Le médecin est donc resté dans le cadre de la charte. Quant à savoir s'il a ou non franchi la ligne rouge, c'est affaire de conscience. Car les intentions qui séparent le permis de l'interdit ne sont plus liées à des faits objectifs. Elles sont de l'ordre du subjectif. Au fil des ans, la pratique s'est étendue et les intégristes de la charte s'en inquiètent. « La forme actuelle de l'euthanasie, rappelons-le, ce n'est pas la pose d'un cocktail lytique, c'est l'augmentation des doses de morphine et de barbituriques. Une forme discrète, déguisée, difficile à identifier[1] », reconnaît Marie de Hennezel. De fait, la frontière devient très incertaine entre le licite et l'illicite, comme le disait non sans humour un médecin britannique : « Nous sommes autorisés à donner des drogues pour soulager le malade même si elles risquent d'abréger la vie, mais nous ne le sommes pas à en administrer qui abrègent la vie même si elles soulagent ses douleurs. » Faut-il préciser qu'il s'agit bien souvent des mêmes produits ?

Tel est donc le nouveau régime de l'euthanasie à la française. Plus humain que le précédent c'est indiscutable. D'une part, le décès intervenant en soins palliatifs est, en tout état de cause, accompagné. Ce n'est pas

1. Marie de Hennezel, *Nous ne nous sommes pas dit au revoir, op. cit.*

la fin solitaire avec une perfusion. D'autre part, une telle décision a toutes les chances d'avoir été concertée et délibérée avec l'équipe soignante. Enfin, l'esprit même du mouvement exclut qu'une hypersédation soit décidée par un médecin seul, sans concertation avec l'équipe, sans consultation de la famille, sans que le mourant ait fait la moindre demande, à plus forte raison exclut-il qu'un tel acte puisse intervenir pour soulager les soignants ou libérer des lits.

Notons que le pouvoir médical garde le dernier mot. Le patient sera certes écouté, mais la réponse dépendra d'un autre. Selon qu'il se trouvera dans une unité qui n'écarte pas cette possibilité ou dans une autre qui la refuse absolument, il finira de telle ou telle façon. Assuré d'échapper au pire grâce au dévouement des équipes soignantes, il n'a pas pour autant la maîtrise de sa mort.

L'acharnement palliatif

Le progrès est immense, mais il n'assure toujours pas notre dernière liberté, celle de choisir l'heure et les conditions de notre mort. Il semblerait même, dans certains cas, la confisquer. Ainsi les mouvements de soins palliatifs mettent toujours en avant des histoires emblématiques qui reproduisent obstinément le même schéma. Point de départ : un malade arrive dans l'unité et s'enquiert d'une assistance pour mourir le moment venu. L'équipe soignante apaise ses douleurs, l'entoure, l'écoute, le soigne, bref améliore ses conditions de vie. Ainsi réconforté, le mourant reprend goût à l'existence, en savoure les derniers soleils et s'éteint sans avoir réitéré sa demande. Et jamais, jamais, ne vient en contrepoint l'exemple du patient qui, en dépit de tous ces efforts, persiste dans sa volonté initiale. Il est donc entendu que, dans tous les cas, un malade bien accompagné ne souhaite plus mourir. Tel est le postulat : inquiétant.

Car une telle certitude peut masquer une tout autre réalité. Le mourant se trouve dans un état de grande faiblesse. La confusion, l'incertitude, l'intermittence s'installent dans son esprit. Il perd ses repères, ses assises. Sa dépendance vis-à-vis de l'équipe soignante est totale. Lorsque celle-ci oppose un refus amical et souriant à ses demandes, qu'elle multiplie les prévenances en même temps qu'elle écarte la délivrance, imagine-t-on le malheureux se dressant sur son lit et disant : « Je vous suis très reconnaissant de vos bons soins, mais je vous ai prié de m'accorder une mort douce. Je n'ai pas changé d'avis. Quoi que vous fassiez, mes conditions de vie sont et resteront atroces. Le moment en est venu, faites ce que je vous demande. Je veux partir » ? Le rapport de force ne permet plus une telle manifestation d'autorité. Le mourant doit s'accommoder de la fin qui lui est proposée. Il ne va pas mener une guérilla contre les personnes dévouées qui l'assistent, l'entourent, l'écoutent et ne veulent rien entendre. Il ne peut que se résigner et oublier son désir d'en finir. De leur côté, les soignants, qui penseraient trahir leur malade en se conformant à sa volonté, se persuadent que son évolution ne peut qu'être naturelle et spontanée. Ils veulent y voir la justification même de leur action.

Que devient la liberté du mourant face à de telles certitudes ? Dans la plupart des cas, les bienfaits de l'accompagnement font tomber le désir de mort, c'est un fait. Mais peut-on passer aussi facilement de « la plupart des cas » à « tous les cas » ? N'y a-t-il pas des personnes qui veulent, envers et contre tout, quitter la vie sans attendre l'heure dernière ? Et si l'on pense que la mort volontaire de l'athée n'est pas moins respectable que la mort soumise du croyant, alors il est inquiétant que le mourant n'ait d'autre choix que de suivre l'itinéraire balisé par ses soignants. On s'inquiète justement des abus qui consisteraient à imposer la mort, il faut aussi veiller à ceux qui viseraient à l'interdire.

Car l'acceptation du « double effet » prouve à elle seule que l'on ne se débarrasse pas si facilement de l'euthanasie ; que, dénoncée dans les textes, elle s'impose dans la réalité.

Ce n'est pas le fait du hasard si Bernard Senet est un militant actif de cette médecine palliative qui refuse et dénonce la pratique du cocktail lytique placé, « à la sauvette », dans les services hospitaliers. Il considère qu'« accompagner un malade doit aller jusqu'à l'accompagner dans sa demande, qui n'est pas toujours une demande d'aide à mourir. Mais il est psychologiquement fondamental qu'il sache qu'il pourra être aidé jusque dans l'accomplissement de ce geste, s'il en exprime le désir. Si on donne aux gens la liberté de choisir le moment de leur départ, cela les libère[1] ».

Catherine Leguay qui a retracé le combat du docteur Senet, relate la fin de Daniel, illustrant l'articulation entre soins palliatifs et euthanasie. Daniel, patient du docteur Senet, souffre d'un cancer du sinus. Ensemble ils combattent le mal jusqu'au jour où le patient décide de « poser la valise ». Il vient alors prendre conseil auprès de son médecin accompagnant : Bernard Senet n'accède pas à sa demande mais le dirige sur une unité de soins palliatifs à Avignon. Par la suite, lorsque Daniel demande à mourir, il se heurte au refus des soignants. Il fait appeler son médecin. « Une véritable partie de bras de fer s'est alors engagée, raconte le docteur Senet. Le fils de Daniel était tout à fait d'accord avec son père et

1. Catherine Leguay, *Mourir dans la dignité…*, *op. cit.*

me soutenait. Son épouse et sa fille sont restées en revanche plus distantes, par peur sans doute de la mort. J'avais donné trois flacons de Largactil en gouttes, un médicament dont j'avais longuement expliqué les effets aux deux hommes. Tout le monde était donc très lucide et parfaitement au courant. Daniel pouvait se servir de ses mains et pouvait encore avaler le liquide. Il a choisi lorsqu'il a jugé que le moment était venu[1]. »

Dans la conception traditionnelle des soins palliatifs, Daniel devait attendre que la souffrance atteigne un seuil tel que les soignants soient incités, pour la soulager – et seulement pour la soulager et seulement s'ils en prenaient la décision –, à le plonger dans un sommeil sans retour. En quoi le fait de prendre en main sa fin de vie est-il incompatible avec l'accompagnement dont il a bénéficié ?

Il existe donc bien deux conceptions des soins palliatifs. Mais très inégalement représentées. L'une, toujours mise en avant, repose sur le dogme : « Les soins palliatifs sont radicalement incompatibles avec toute forme d'euthanasie active », l'autre, qui combine les deux pratiques, n'est ouvertement défendue que par Bernard Senet. Mais est-elle si minoritaire que cela ? Plusieurs sondages indiquent qu'une majorité de médecins reconnaissent avoir pratiqué l'euthanasie ou n'être pas hostiles à un tel geste dans des cas extrêmes. Or, ils sont tous également partisans des soins palliatifs, contre lesquels on chercherait vainement quelque opposant que ce soit. L'incompatibilité entre l'accompagnement des mourants et l'euthanasie active n'est donc pas évidente pour le corps médical.

Ainsi l'accompagnement peut se faire en excluant toute forme de mort volontaire, soit en l'autorisant sous

1. Catherine Leguay, *Mourir dans la dignité...*, *op. cit.*

la seule décision médicale, dans la logique du « double effet », soit, enfin, en admettant la possibilité d'une fin de vie provoquée à la demande du patient. Il n'y a donc pas à choisir entre euthanasie et soins palliatifs ; bien au contraire, il faut dénoncer l'euthanasie sans accompagnement comme on l'a si souvent connue dans le monde hospitalier. Mais ainsi que le constatait justement Bernard Kouchner à la tribune de l'Assemblée : « Il ne suffit pas de développer les soins palliatifs pour résoudre la question des malades en fin de vie. »

La médecine palliative reste donc entièrement contrôlée par le pouvoir médical et peut faire attendre longtemps sa réponse aux demandes du patient. Voici un cas clinique rapporté par le docteur S. Pourchet, de l'unité des soins palliatifs à l'hôpital Paul-Brousse. La patiente, âgée de 58 ans, est atteinte d'une SLA (sclérose latérale amyotrophique), dégénérescence neuromusculaire dont l'issue naturelle ne peut être que la mort par étouffement au terme d'une paralysie progressive et générale de tout le corps. Dès son arrivée, la malade connaît sa maladie et le pronostic qui lui est associé. Elle demande de façon répétée une euthanasie et refuse toute assistance respiratoire. L'équipe soignante lui propose de pratiquer une sédation en cas de détresse respiratoire et, dans cette attente, pose un cathéter. La malade reçoit des médicaments et même des produits d'anesthésie qui l'aident à surmonter ses difficultés respiratoires. « Après presque un mois d'évolution des signes respiratoires, la dyspnée et les épisodes d'étouffement ne pouvaient plus être contrôlés par les produits usuels et la sédation par le Propofol a été entreprise, associée à une augmentation de la morphine que la patiente recevait jusque-là pour calmer ses douleurs. Les soins ont pu continuer pendant encore quarante-huit heures, sans gêne apparente. Le visage de madame Y. était détendu, sa respiration lente et régulière. Elle était dans un état de sédation profonde. La famille, qui avait été prévenue de la démarche, s'est relayée au chevet de madame Y. jusqu'à son décès. »

Tel est, dans le meilleur des cas, le scénario de la mort accompagnée et provoquée dans une unité de soins palliatifs. Les soignants vont mener un combat, parfois très long, et ne se résoudront à pratiquer une hypersédation, pour autant qu'ils le décident, qu'en toute dernière extrémité, après avoir constaté qu'aucun autre moyen ne peut assurer une fin calme et paisible. Ainsi cette euthanasie par effet second implique-t-elle un échec parfois très pénible des soins palliatifs. En outre, cette « mort-fine », pour autant qu'elle ne soit admise qu'en « second effet », peut se traduire par une longue agonie en coma morphinique qui se révèle très pénible pour le patient. Ce n'est pas nécessairement l'endormissement paisible que l'on imagine et que procure une médication n'ayant d'autre but que de faire mourir.

Libre à chacun de vouloir faire le chemin jusqu'à ce point, libre même de vouloir aller au-delà et de s'interdire par avance tout recours à ce mortel sommeil. Mais libre aussi de souhaiter s'arrêter avant, de ne pas devenir le champ de cette ultime bataille. La loi du 9 juin 1999, ce n'est pas vieux, reconnaît que « la personne malade peut s'opposer à toute investigation thérapeutique », un refus qui aura bien souvent pour conséquence de précipiter sa mort ou, du moins, de ne pas la retarder. C'est ainsi que madame Y. a pu refuser toute assistance respiratoire. Mais le droit de refuser des traitements curatifs ne devrait pas exclure celui de refuser des soins palliatifs, de mettre fin à ses jours sans attendre que la médecine palliative se trouve en échec.

Les malades atteints de cette terrible SLA peuvent ne pas souhaiter aller aussi loin que madame Y. Certains, en désespoir de cause, s'adressent à l'ADMD vers qui se dirigent tout naturellement les appels au secours :

« Atteint d'une sclérose latérale amyotrophique, il n'y a pas de guérison possible. J'ai 73 ans et dépends totalement d'une tierce personne, pour l'instant, heureusement de mon épouse qui est âgée de 77 ans. Je suis un vrai pantin en fauteuil roulant, privé de paroles, à la merci des autres. Dans de telles conditions, vous ne serez pas surpris si je vous dis que la fin me préoccupe car je n'ai aucun moyen de l'accélérer [...]. Dans le doute où mon médecin adopte mes idées, pourrais-je avoir des adresses [...] ? » La première réponse à de tels appels ne peut être une offre de mort, elle doit proposer les soins, le réconfort, l'écoute, bref, tout ce qui peut rendre le goût de vivre. Mais que faire si le malade maintient sa demande en dépit de tous ces efforts et bien qu'il puisse être prolongé pendant des mois et des années ? Devra-t-il attendre jusqu'à l'approche de l'étouffement terminal pour être entendu ? Et pourquoi cela ?

Pas d'euthanasie sans accompagnement

Ainsi la théorie du « double effet », immense progrès par rapport au refus de principe, ne répond toujours pas aux exigences de la dernière liberté puisqu'elle fait dépendre la décision de la seule volonté du médecin et n'intervient que dans l'imminence de la mort. Ne pas vouloir plonger dans la nuit de l'Alzheimer ou dans l'enfermement de son corps paralysé ne relève en rien de l'accompagnement aux mourants.

Voici le cas de Dominique, frappé à 45 ans par le « locked-in-syndrom », qu'a rencontré ma consœur Claire Legros pour l'hebdomadaire *La Vie*[1]. Conscience

1. Claire Legros, « Ces yeux qui restent ouverts » dans *La Vie*, 9 mars 2000.

éveillée, esprit lucide, intelligence intacte, mais une motricité réduite au clignement de l'œil. La dernière voie de communication. Il peut vivre ainsi de longues années, à condition toutefois de recevoir régulièrement une injection d'insuline car il est diabétique. Mais il exprime le désir de mourir. L'équipe soignante refuse, l'Assistance publique également. Il se retrouve à la Maison médicale Jeanne Garnier et dispose d'un ordinateur qu'il parvient à commander au clin d'œil. Ses enfants ne veulent pas perdre leur papa. Pour eux, il accepte de vivre. Mais il précise dans une lettre dictée lettre à lettre par jeu de paupières que sa décision de mourir n'est que différée par l'éducation de ses enfants : « Ne croyez pas que j'ai changé d'avis. Je pense que chacun doit pouvoir choisir le moment de sa mort. Ne trouvez-vous pas paradoxal que je puisse décider de la mienne à cause de mon diabète, mais qu'un autre grand handicapé, en bonne santé celui-là, n'ait pas ce choix ? » Un cas extrême mais, Dominique le précise bien, qui illustre une situation beaucoup plus générale. En fait, toute cette casuistique bute sur une distorsion entre les principes et la réalité. Elle se raccroche désespérément à l'idée de mort « naturelle » alors que la médecine ne cesse de la faire reculer en créant des situations toujours plus « artificielles ».

Accompagnement contre euthanasie, la querelle appartient déjà au passé. Les pionniers perdent le contrôle d'un mouvement qui leur échappe en raison même de son succès. Ils sont toujours les modèles des jeunes confrères qui les rejoignent mais leurs certitudes dogmatiques ne sont plus de saison. L'influence des réanimateurs, quotidiennement confrontés à l'euthanasie dite « passive » , se fait sentir. Ainsi, sans remettre en cause les principes fondateurs, tout en refusant d'utiliser les produits mortels, cette nouvelle génération s'engage résolument dans la logique du double effet.

Elle donne au malade l'assurance de n'être jamais abandonné à ses souffrances, d'être calmé par une sédation... aussi poussée que nécessaire.

En outre, la médecine palliative reconnaît ses limites et ne prétend plus garantir à tous une « bonne mort ». D'une part, elle ne concerne qu'une minorité de mourants, le quart environ, d'autre part, elle n'apporte pas toujours le soulagement espéré. Car, en dépit de tous les efforts, de toute la science, de tout le dévouement des équipes soignantes, il est des douleurs tenaces que l'on ne peut apaiser, des dégradations physiques qui sont inexorables, des angoisses qui résistent à tous les réconforts. Dans les meilleures unités, les malades connaissent encore la paralysie, les incontinences urinaires et fécales, les vomissements, les étouffements, le dégoût de soi, la détresse sans limites, etc. Non la fin du voyage, même en très bonne compagnie, n'est pas toujours calme et sereine, les nouveaux médecins des soins palliatifs ne cherchent plus à le dissimuler.

Ils savent enfin que les demandes de mort ne se manifestent pas seulement en phase terminale et que l'accompagnement ne peut être une réponse universelle. C'est donc très spontanément que, dans les conversations privées, ils font part de leurs interrogations, de leurs cas de conscience. Ainsi, le triomphe des soins palliatifs, loin de clore le débat sur la dernière liberté, lui donne son cadre naturel, à l'opposé des polémiques stériles du passé.

12

LA VAINE QUERELLE

Quand donc sortirons-nous de cette drôle de guerre dans laquelle l'argumentaire institutionnel contraint tout le monde sans convaincre personne, dans laquelle la loi ne sert que de cache-misère à la réalité ? Tout cela est absurde et paraîtrait dérisoire s'il n'y avait tant de drames humains à la clé. Ailleurs les blocages de la société française sont irritants et coûteux, ici ils attentent à l'humanité, au sentiment d'humanité.

Pour les Français qui ont dépassé la cinquantaine, cette histoire ressemble à un très mauvais *remake* de films que nous avons vus, dont nous connaissons et l'intrigue et la fin. Qu'il s'agisse de la contraception ou de l'avortement, tout le monde savait dix ans avant la réforme qu'elle était inéluctable. Pourtant les Français ont dû subir un ordre moral qui survivait dans un temps suspendu alors qu'il n'avait plus d'ancrage ni dans les consciences ni dans la réalité. Hier le sexe et la naissance, aujourd'hui la mort, on retrouve d'un dossier à l'autre les mêmes forces, les mêmes arguments, les mêmes mécanismes, les mêmes acteurs et, pour finir, le même temps perdu et les mêmes drames absurdes.

Lorsque, dans les années 50, se pose le problème de la contraception, la France pratique le contrôle des naissances depuis plus d'un siècle. Elle a même été le premier pays au monde à faire baisser sa natalité et cela dès le XVIIIe siècle. Entre les deux guerres, le fils unique tend à devenir la règle dans les familles. Mais, dans le même temps, la France s'est dotée de la fameuse loi de 1920, la plus répressive qui se puisse imaginer. Toute information contraceptive est punissable. Il est délictueux de rappeler qu'en ne faisant pas l'amour on peut éviter les grossesses ! Comment ne pas penser à l'euthanasie si férocement condamnée et si largement pratiquée ? Comment ne pas faire l'analogie entre la contraception à la française, sinistre tue-l'amour qui n'empêchait que le plaisir et pas les grossesses, et l'inhumaine euthanasie à la française ? Le même type de loi produit les mêmes effets.

Lorsque les pionnières du Planning familial partent en campagne, elles se heurtent à l'Église, à l'Ordre des médecins et aux diverses forces du conservatisme. Pour ce qui concerne l'Église, qui n'a pas varié sur ce point, les rappels sont inutiles, mais on tendrait à oublier qu'en 1962 l'Ordre des médecins lançait de sombres avertissements : « Le seul fait pour un médecin d'accepter de recevoir des clients qui lui seraient adressés par le Planning familial le rendrait passible de sanctions disciplinaires [...]. Un médecin n'a aucun rôle à jouer et aucune responsabilité à assumer dans l'application des moyens anticonceptionnels. » En 1967, à la veille du vote de la loi Neuwirth, le Conseil tient à rappeler que la prescription de contraceptifs serait contraire au serment d'Hippocrate. Les tenants des « méthodes naturelles » utilisent des arguments de type terroristo-catastrophiste : pilule = barbarie. Les filles vont se dévergonder et la famille se décomposer, les femmes ne seront plus que des maîtresses lubriques tandis que les hommes perdront « leur virilité féconde ». Quant à la France, elle se transformera en un vaste lupanar peuplé de femelles en chasse et de mâles impuissants ! Les débats parlementaires sont riches de ces perles qui mériteraient de figurer au sottisier universel. Et je ne dis rien du psychodrame qui entoura la prescription de la pilule aux filles mineures ! Aujourd'hui, les quadragénaires relisant ces propos croient plonger dans la France louis-philipparde. Mais comment se fait-il que cet anachronisme n'était pas perceptible à l'époque ?

Et la querelle de l'avortement ! Là encore, la loi répressive avait engendré un monstre, l'« avortement à la française », 300 000 par an, plus ou moins, allez savoir… Officiellement, il n'existait pas. Les femmes avortaient dans la clandestinité, la peur, la souffrance, la honte et le malheur. Combien de Françaises souillées, mutilées, suppliciées dans les hôpitaux qui pratiquaient le curetage à vif « pour qu'elles s'en souviennent et ne recommencent pas », combien de traumatismes, de stérilités, de morts ? Tout le monde était au courant, car tout le monde l'avait vécu, soit dans son corps, soit dans son couple ou par amies interposées. Seules les grandes autorités morales ne voulaient pas savoir et dénonçaient les horreurs potentielles d'une IVG légalisée alors qu'elles oubliaient celles, bien réelles et insurpassables, de l'avortement clandestin. Car, là encore, l'argumentaire ne faisait pas dans la dentelle, derrière l'IVG viendrait l'eugénisme, l'élimination des handicapés, des malades, des vieux, le commerce des fœtus, que sais-je ? À la tribune de l'Assemblée, Simone Veil, juive et déportée, se vit accuser de mener une politique d'inspiration nazie !

Une fois de plus la contre-réforme fut menée par l'Église et l'Ordre des médecins. Une fois de plus celui-ci mit en avant la déontologie, comme Moïse brandissant les tables de la loi, pour affirmer qu'un médecin ne devait *en aucun cas* procéder à une interruption de grossesse. À la veille du vote, l'Ordre suggérait aux députés que, « pour sauver l'éthique menacée de toutes parts, le personnel habilité à faire ces avortements, médical et paramédical, exerce sous un statut particulier ». Bref, il fallait exclure l'IVG du monde médical en créant des avortoirs avec des avorteurs bien à l'écart de l'hôpital et de ses médecins. Des prises de position qui ont tout juste un quart de siècle, ne l'oublions pas.

Aujourd'hui, tous les médecins donnent des consultations en matière de contraception et n'hésitent pas à conseiller des clientes pour une interruption de grossesse. Les IVG se pratiquent couramment dans tous les hôpitaux de France. Pourtant la médecine française n'a pas perdu son âme. Aucun médecin n'a été contraint de pratiquer un avortement contre sa conscience, aucune femme n'a dû subir une IVG qu'elle refusait. Le dernier carré des opposants, non pas à l'avortement, ce qui est tout à fait respectable, mais à sa dépénalisation, fait aux yeux de la population figure de groupe sectaire.

Certes, le nombre des grossesses interrompues n'a guère diminué. C'est un échec dramatique de la contraception. Du moins ces IVG, qui peuvent être un moindre mal mais jamais un bien, se pratiquent-elles dans des conditions humainement et médicalement acceptables. De ce point de vue, le progrès est immense. La preuve est faite que les lois de 1967 et de 1975 ont « civilisé » des pratiques qui existaient en tout état de cause et qu'elles ne sont en rien contraire à la fameuse déontologie médicale. Au reste, imagine-t-on une France qui aborderait le XXIe siècle en traquant les vendeurs de pilule et en jetant en prison les femmes qui se font avorter ? Je connais peu de citoyens qui souhaiteraient pousser l'« exception française » jusqu'à ce point d'extravagance.

Les combats d'arrière-garde

Tirons donc les enseignements de ces deux épisodes avant de passer au suivant. S'agissant de l'Église catholique ou d'autres religions qui se tiennent sur la même ligne, leurs positions dogmatiques sont, par définition, indiscutables. Elles restent dans leur rôle lorsqu'elles interdisent à leurs fidèles la contraception et l'avortement que leur doctrine condamne. Cela s'appelle la liberté de conscience, fille du pluralisme. L'État ne chosit pas entre les différentes morales, il se contente de garantir le libre exercice des unes et des autres. Dans cette logique, le pape se doit de rappeler aux chrétiens les préceptes de l'Église, en revanche, il s'égare lorsqu'il exige que la loi s'aligne sur ces positions. Mais, bon, les religions ont parfois quelques difficultés à comprendre la laïcité.

L'attitude de l'Ordre des médecins est beaucoup plus troublante. Sur quelle légitimité se fondent ces vibrantes croisades ? Sur quelle représentativité ?

Certes, les médecins ne pouvaient qu'être réticents face à une réforme qui allait leur imposer des responsabilités peu gratifiantes. Leur activité professionnelle est vouée à la thérapeutique. Or la grossesse n'est pas une maladie, sa prévention et son interruption ne sauraient donc relever de la médecine. Si l'avis du Conseil de l'Ordre avait été retenu, que la contraception et l'IVG avaient été en quelque sorte confinées dans des avortoirs et confiées à des spécialistes, cette discipline aurait sans doute suscité fort peu de vocations. La mission des gynécologues est de conduire les grossesses à leur terme, non de les interrompre. Quant à la contraception, elle ne saurait être qu'une mission nécessaire mais seconde. On n'épouse pas la carrière médicale à seule fin d'éviter aux femmes des naissances non désirées. Il est donc naturel que la profession n'ait manifesté aucun enthousiasme à l'idée de se voir confier ces nouveaux espaces de la santé publique. Cette réticence allait-elle jusqu'à l'hostilité militante ? C'est peu probable. Rien ne prouve que le corps médical partageait cet esprit de croisé. Son ralliement à la réforme donne même à penser le contraire. Mais l'Ordre n'est pas un syndicat, il est le gardien des valeurs médicales et non pas le défenseur des intérêts catégoriels. À ce titre, il peut ne pas refléter l'opinion majoritaire du corps médical. En revanche, à la différence d'un simple syndicat, il ne peut pas se tromper sur la morale. Or l'on sait aujourd'hui, avec le recul, que ses positions étaient erronées. N'est-il pas inquiétant que l'institution en charge de la morale professionnelle ait pu s'égarer de la sorte, qu'elle n'ait pas su guider les médecins dans un monde changeant ?

Et la voilà à nouveau rangée en ordre de bataille, voilà qu'à nouveau elle lance son cri de guerre : « L'euthanasie ne passera pas » comme hier : « L'avortement ne passera pas » et avant-hier : « La contraception ne passera pas ». Impossible de comprendre ce dernier engagement sans avoir présentes à l'esprit les campagnes précédentes.

Combat d'arrière-garde, perdu d'avance, reportons-nous une dernière fois aux années 70 avant d'en revenir au débat actuel.

Le 5 avril 1971, le décalage entre les faits et le droit éclate en couverture du *Nouvel Observateur*. 343 femmes, qui passeront dans l'histoire sous l'appellation des « salopes », rendent public un manifeste reconnaissant qu'en violation de l'interdit légal, elles se sont fait avorter. On retrouve parmi les signataires tout le Gotha de la France au féminin. Écrivain(e)s, avocates, artistes, comédiennes, universitaires, toutes femmes célèbres, reconnues, respectées. Simone de Beauvoir en tête.

Les pouvoirs publics sont incapables de relever le défi. Aucune pétitionnaire ne sera poursuivie. La loi est donc morte. Elle survivra encore quatre ans.

Novembre 1972, c'est le procès de Bobigny. Le tribunal correctionnel juge une jeune femme qui s'est fait avorter ainsi que son « avorteuse » et ses « complices ». Se succèdent à la barre comme témoins de la défense les plus grands noms de la médecine, les prix Nobel Jacques Monod et François Jacob, le professeur Paul Milliez et d'autres. Le tribunal se transforme en tribune, et c'est la criminalisation de l'avortement qui se trouve mise en accusation. Plus seulement par des « artistes » mais par les plus hautes figures de la médecine. Les condamnations prononcées sont de principe. Les magistrats considèrent déjà que la législation n'est plus applicable. Lorsque l'élite reprend à son compte le refus populaire de l'ordre établi, lorsque la loi ouvertement défiée se révèle indéfendable, que les juges eux-mêmes ne l'appliquent plus, alors on sait que le changement n'est pas loin. Voilà, précisément, où nous en sommes dans la conquête de l'ultime liberté.

Le manifeste des 132

Curieusement, le sujet a peu inspiré nos intellectuels pourtant si prompts à s'engager sur de grandes causes. Dans les années 80, l'ADMD n'a guère recruté au sein de notre intelligentsia plus sensible aux scandales politiques qu'aux problèmes de société. Signe de temps nouveaux, il y a un peu plus de deux ans, elle réussit à mobiliser 132 personnalités de haut vol, parmi lesquelles Pierre Bourdieu, Pierre-Gilles de Gennes, Hubert Reeves, Michel Polac, Françoise Giroud, Agnès Varda, Gilles Perrault, Dominique Fernandez, Jacques Testart et bien d'autres autour d'un manifeste publié par *France-Soir* le 19 janvier 1999. Le texte fait évidemment penser à l'« appel des 343 “salopes” » de 1971. Qu'on en juge : « Nous déclarons avoir aidé une personne à mourir ou être prêts à le faire. Nous considérons que la liberté de choisir l'heure de sa mort est un droit imprescriptible de la personne, inhérent à la Déclaration des droits de l'homme. À plus forte raison, ce droit est-il acquis au malade incurable ou qui endure des souffrances que lui seul est habilité à juger tolérables ou intolérables. Nous estimons légitime, même si cela est illégal, d'aider une personne à accomplir sa volonté de mourir, maintes fois exprimée en pleine conscience et lucidité, par écrit ou tout autre moyen incontestable. C'est un geste de compassion et de solidarité qui ne devrait plus être sanctionné. »

Un texte bref, clair, sans équivoque avec, à la clé, un appel à la désobéissance civique. Je dirais plutôt à la désobéissance humanitaire. L'État se trouve mis au défi : s'il croit en sa législation, il doit poursuivre les signataires ; s'il n'y croit pas, il doit la changer. Une démonstration que la sévérité des sanctions rend éclatante puisque les faits revendiqués sont passibles des plus lourdes peines. Mais les autorités savent qu'elles provoqueraient un tollé en engageant de telles poursuites, que n'importe quel jury d'assises prononcerait l'acquittement. Pas question de rejouer le procès de Bobigny, notre législation n'y survivrait pas. Car les porte-parole des « 132 » ne manqueraient pas d'utiliser le prétoire comme tribune.

Aucun signataire ne sera donc inquiété. Les pouvoirs publics choisissent d'ignorer l'attaque, reconnaissant du même coup que la loi est caduque. Ils ne peuvent plus l'imposer qu'à un médecin de province isolé comme le docteur Duffau. Dans l'immédiat, l'appel ne suscite que la énième version du grand classique « l'euthanasie : pour ou contre ». Bernard Kouchner, contraint par sa fonction de louvoyer, gratifie les lecteurs de *France-Soir* d'une tribune « rad-soc » pour réaffirmer, comme le ferait tout ministre de la Santé : « Je suis personnellement convaincu qu'en ce domaine, il convient de ne pas légiférer », l'Académie de médecine répète que les médecins doivent se refuser à « supprimer la vie », le père jésuite de garde redit qu'il « n'existe pas de société qui puisse vivre sur ce régime d'un droit personnel à mourir », Henri Caillavet demande une nouvelle fois la dépénalisation de l'euthanasie, etc. La représentation terminée, les médias replient le matériel et passent à d'autres sujets.

Cet épisode traduit tout de même une avancée de la réflexion. Tout d'abord, le débat s'est trouvé posé « à froid » et non pas imposé « à chaud » puisque, pour une fois, ce sont des personnalités et non pas des faits divers qui ont interpellé l'opinion. Le progrès vaut d'être souligné. D'autre part, le cercle des intervenants s'est élargi, et les nouveaux venus n'hésitent pas à poser les vraies questions. Hubert Reeves : « Il devrait exister un droit fondamental de cesser de vivre. Chacun a droit à sa propre mort. » Le prix Nobel Pierre-Gilles de Gennes : « L'important, en fait, dans le débat autour de l'euthanasie, c'est que chacun puisse choisir, que ce droit de choix existe. » Gilles Perrault : « Il faut sortir du vide juridique dans lequel nous nous trouvons [...]. On doit mettre en place des procédures pour que celui ou celle qui, à l'avance, a exprimé sa volonté d'une mort dans la dignité, puisse bénéficier d'une intervention au moment où se pose cette question de dignité. » Quant à Françoise Giroud, elle a relaté dans ses *Leçons particulières* la fin de son mari Alex Grall. À sa demande, elle l'a aidé à partir lorsque, atteint d'un cancer de la gorge, il a souhaité en finir pour ne pas mourir étouffé. « C'est, dit-elle, la dernière grande leçon que j'ai reçue : l'art de mourir. J'ai appris de cet homme jouisseur, follement épris des choses de la vie, que l'on peut apprivoiser sa mort, la regarder en face et y mettre de l'élégance, oui, de l'élégance. » Mais elle ajoute : « C'est très difficile de tuer quelqu'un. On n'en sort pas indemne. Avais-je le droit ? J'en suis sortie avec la certitude que j'ai bien fait[1]. »

Les principes philosophiques, le cadre juridique, la dimension humaine, tout est dit en quelques phrases. Évidentes. Ces hommes et ces femmes ne vivent pas dans les dogmes et les certitudes, ils cherchent la vérité, à échelle humaine, par le cœur et la raison.

L'exception

En fait, le fameux débat, celui que la France diffère depuis des décennies, a bel et bien été amorcé, non pas sur la place publique, qui ne convient guère à un tel sujet, mais dans le cadre parfaitement adapté du Comité consultatif national d'éthique. Cette assemblée avait déjà pris position en 1991. À l'époque, il s'agissait de contrer l'initiative européenne du professeur Schwartzenberg visant à autoriser, sous conditions, l'euthanasie dans les hôpitaux. Le Comité avait condamné cette proposition sans même attendre une adoption qui n'eut jamais lieu. Rien que de très prévisible. Mais en 1998, son président Jean-Pierre Changeux marque sa volonté de changement. Rappelant les progrès opérés dans le domaine de la réanimation et l'extension des soins palliatifs, il estime qu' « il n'est plus possible de faire l'omission de la pénible question de l'euthanasie que d'autres pays dans le monde ont eu le courage d'affronter publiquement. Nous allons y travailler. »

1. Françoise Giroud, *Leçons particulières*, Fayard, 1990.

Son successeur, le docteur Didier Sicard, décide de prendre le problème à bras-le-corps. Un pari redoutable car le Comité n'est pas seulement composé de scientifiques, de médecins, de juristes, de philosophes, bref de « personnalités qualifiées » comme l'on dit, il comprend également cinq représentants des « familles philosophiques et spirituelles ». Il est donc fort probable que les blocages et les oppositions qui déchirent la classe dirigeante se reproduiront en son sein. Comment parvenir à un consensus en partant de points de vue aussi opposés ? Les membres du Comité, toutes personnalités de grande valeur, vont s'y appliquer pendant trois ans. Ce travail obstiné, qui se déroule à l'abri des fanfares et des pressions médiatiques, débouche en mars 2000 sur un texte remarquable de courage et d'honnêteté. À travers le CCNE, la société s'est vraiment interrogée, elle n'a esquivé aucune question, elle propose des solutions ou, plus exactement, des avancées possibles dans le respect des différentes sensibilités.

Dans un tel débat, le plus facile c'est toujours le commencement. Assurer à tous les soins palliatifs, lutter contre la douleur, refuser l'acharnement thérapeutique… tout le monde est d'accord. De même, la condamnation d'une mise à mort non demandée par le malade et décidée de façon solitaire et/ou clandestine, est-elle unanimement admise. Mais que faire face à une demande euthanasique ? C'est évidemment la question qui fâche. Elle est abordée de front. Le Comité, constatant que l'on se trouve face à des positions « inconciliables », propose une approche différente de cette réalité. Une approche qui est tout sauf une dérobade. Il rappelle en effet qu'« il n'est jamais sain pour une société de vivre en décalage trop important entre les règles affirmées et la réalité vécue ». En clair, il faut en finir avec cette hypocrisie qui consiste à pratiquer une fausse répression comme alibi de vraies dérives.

Il convient d'abord, dit-il, de reconnaître l'existence de « situations limites » caractérisées par le fait que tous les efforts « se révèlent impuissants à offrir une fin de vie supportable ». L'avis évoque, à titre d'exemples, « les cas exceptionnels où la douleur n'est pas maîtrisée en dépit des moyens disponibles ; la personne totalement et définitivement dépendante de machines pour vivre qui demande à en finir, la personne irrémédiablement privée de capacités relationnelles ayant demandé à ne pas voir sa vie prolongée [...] ». Pas question donc de s'en tenir aux déclarations péremptoires sur l'efficacité sans limite des soins palliatifs pour maîtriser la douleur et assurer la « bonne mort ». Il est formellement reconnu qu'en dépit des progrès réalisés, la « mauvaise mort » existe toujours et qu'elle pose, en l'état actuel du droit, d'insolubles difficultés.

Le Comité envisage un « engagement solidaire » du malade, de ses proches et du personnel soignant pouvant déboucher sur un « acte d'euthanasie ». Faut-il donc dépénaliser le fait de donner la mort ? Certainement pas. La loi reste ce qu'elle est, mais les sages proposent « une sorte d'exception d'euthanasie, qui pourrait être prévue par la loi » et qui « permettrait d'apprécier tant les circonstances exceptionnelles pouvant conduire à des arrêts de vie que les conditions de leur réalisation ». Autrement dit, de tels actes ne pourraient intervenir qu'en face de la plus extrême détresse, après que tous les moyens disponibles ont été utilisés, à la demande expresse, certaine, réitérée du malade, et dans l'engagement solidaire de tous. L'acte resterait illégal, mais, si la justice était saisie, elle vérifierait toutes ces conditions, puis ferait jouer « l'exception » si elles sont réunies, ou bien, au contraire, ouvrirait une instruction si elles ne le sont pas. En somme, il en irait de l'euthanasie comme de la légitime défense, qui intervient en exception sans lever en rien la condamnation générale de l'homicide.

Le Comité rassure donc les adversaires de l'euthanasie en conservant la loi actuelle, et ses partisans en introduisant une petite exception. Comme l'explique le docteur Sicard, il s'agit moins de permettre l'euthanasie que d'en combattre la pratique solitaire et clandestine. De prévoir des recours pour éviter les dérives. Personne n'a lieu de triompher, mais personne non plus n'a lieu de se fâcher. Il s'agit d'un compromis.

C'est ce que durent penser les membres du Comité en remettant leur copie. Ils avaient bien travaillé, ils devaient être félicités. Mais il n'en fut rien. Pour les Églises, mis à part les réformés, la réponse fut clairement : non à l'exception. « Du point de vue de la morale catholique, il n'y a pas de place à une exception d'euthanasie », trancha le père J.-L. Brugues. Le recteur Boubakeur, de la Grande Mosquée de Paris, fut tout aussi ferme : « Une interruption volontaire de la vie contredit le décret divin. » Et le rabbin Gugenheim de rappeler : « Tout doit être fait pour soulager la souffrance, à condition de ne pas mettre fin à la vie. » Le Conseil de l'Ordre des médecins, par la voix de son président, le professeur Bernard Glorion, réitéra la condamnation de « cet acte définitif qu'il nous paraît impossible de légitimer, même exceptionnellement ». Mais il ne parla pas seulement au nom de l'Ordre, il se fit aussi le porte-parole de « l'ensemble des acteurs en soins palliatifs » pour dire « leur réprobation et leur tristesse ».

De fait, les représentants du mouvement des soins palliatifs grondèrent. Le professeur René Schaerer, président de la fédération JALMALV, qui regroupe une soixantaine d'associations, annonça dans *Le Figaro* qu'il « disait non à l'exception » et le docteur Gilbert Desfosses, président de la Société française d'accompagnement et de soins palliatifs, ne se contenta pas de « déplorer cet avis », il laissa entendre que de telles initiatives « rendraient intenable l'engagement des professionnels et des bénévoles, un engagement qui est fondé autour du pacte soignant qui veut qu'il est interdit de tuer ». Une façon comme une autre de mettre le marché en main : l'euthanasie ou les soins palliatifs. Si vous admettez, ne serait-ce qu'une exception, les pionniers de l'accompagnement pourraient bien se détourner de leur action et vous laisser à votre mort non secourue. Critiquant l'avis du Comité d'éthique dans *Le Figaro*, l'abbé René Laurentin en vint même à expliquer très ouvertement que « dans bien des couvents, si la souffrance s'aggrave, on augmente la dose de calmants, jusqu'au point où elle devient mortelle ». Comprenne qui pourra. Le théologien peut-être, l'homme de la rue certainement pas, et les médecins français pas davantage qui, dans un sondage, se prononcent à 70 % en faveur de l'exception d'euthanasie[1]. Quand à Bernard Kouchner, légitimé par l'avis du Conseil, sensible à la pression de l'opinion, il fait un pas de plus. Dans *Le Monde* du 17 avril 2001, il reconnaît que « les soins palliatifs ne règlent pas tous les problèmes. Nous serons toujours confrontés à quelques cas d'un autre ordre, à des demandes de mort choisie, de mort douce, de suicide assisté. Il est devenu indispensable que nous débattions au grand jour de ce sujet, sans arrogance, sans certitudes ni positions idéologiques ».

La diabolisation

Comment expliquer qu'envers et contre tout, les opposants se révèlent à ce point inflexibles, intraitables ?

---

1. Sondage *Impact Médecins Hebdo* du 7 avril 2000 réalisé auprès d'un échantillon représentatif de 330 médecins.

C'est ce qu'ils ne peuvent accepter aucun compromis sans perdre leur arme absolue : la diabolisation.

Admettre une mort donnée, même par exception, même dans des situations rares et extrêmes, même à la demande réitérée du mourant, c'est reconnaître que ce geste peut demeurer isolé, qu'il ne risque pas de se banaliser. Or, la croisade contre l'euthanasie repose sur le postulat inverse. Ses animateurs doivent disposer d'un argument irréfutable autant qu'imparable pour fonder leur refus de toute concession. La loi de Dieu n'ayant plus cours, ils invoquent le piège du diable : la dérive.

Impossible, disent-ils, de concéder la moindre exception sans enclencher une dérive que plus rien ne peut arrêter. Sitôt introduite, la mort légalisée se propagerait, implacable comme un virus, et passerait de la mort demandée à la mort imposée, de l'agonisant à l'incurable, de l'incurable au handicapé, du handicapé au vieux. Céder à la tentation une fois, c'est y céder toujours. *Non possumus.*

Cette liaison fatale permet d'unir dans un même refus la plus prudente réforme et la plus abominable des révolutions. Éternelle justification des conservatismes qui transforment le monde en un champ de catastrophes ! Le caillou retient à lui seul le rocher qui, en basculant, déclencherait l'avalanche. N'y touchez pas ! Ne touchez à rien ! La sécurité ne peut naître que de l'immobilité absolue !

Autre avantage de ce lien indissoluble : la discussion se trouve déportée du cas particulier au cataclysme planétaire. On ne parle plus d'un moribond pris dans les affres de l'agonie mais d'une foule pathétique de vieillards conduits à l'abattoir. Du coup, la cruauté change de camp. Ceux qui, l'instant d'avant, en appelaient à la compassion veulent maintenant pratiquer l'eugénisme, ceux qui refusaient de céder à l'émotion se posent en avocats de l'humanisme contre la moderne barbarie. Le professeur Schwartzenberg n'est plus le bon docteur à l'écoute de ses patients, mais le savant fou qui élimine les faibles et les malades. Le retournement est complet. Les problèmes de la fin de vie se sont transformés en condamnation de l'eugénisme. Il ne reste qu'à faire machine arrière. Le débat est clos avant d'avoir commencé. Pour autant, bien sûr, que l'on n'aille pas introduire le grain de sable de l'exception qui grippe tout l'appareil défensif. Car, si le Comité d'éthique a raison, si l'on peut admettre des cas particuliers, alors cette argumentation manichéenne s'effondre.

La résistible dérive

Or les adversaires de l'euthanasie n'ont jamais résisté aux commodités du terrorisme intellectuel. Sur leur toboggan sans retour toute glissade conduit au nazisme. Mort sollicitée par des mourants ou bien extermination des juifs par Hitler, c'est tout un, on a eu l'occasion de le signaler. Dans un livre de combat baptisé *Euthanasie* et préfacé par l'ancien président du Conseil de l'Ordre des médecins, les auteurs, prétendant dresser un tableau de ce qu'ils appellent l'euthanasie, rappellent sur sept pages les horreurs du IIIe Reich puis enchaînent le plus naturellement du monde sur les prises de position de Jacques Monod et Léon Schwartzenberg en faveur d'un droit à la mort dans la dignité. Un amalgame obscène qui illustre à la perfection la stratégie de la dérive : « Malgré des objectifs foncièrement différents, il y a un point commun entre ces avis prônant l'euthanasie eugéniste ou l'euthanasie humanitaire : elles marquent une rupture avec le respect absolu de la vie qui, jusqu'alors et depuis les temps les plus anciens, avait constitué le socle éthique de la société occidentale[1]. »

Inutile de s'expliquer davantage, vous m'avez compris. Notons au passage que cet ordre fondé sur le « respect absolu de la vie » s'est accommodé des guerres, des exécutions capitales, des tortures légales.

Ce lien postulé n'a plus à être démontré, il s'évoque comme une clause de style, un simple rappel, dans le discours. « N'oublions pas… » et l'on enchaîne. L'argument qui tue dispense d'argumenter. Je pourrais citer de nombreuses mises en garde provenant des plus grandes autorités médicales qui procèdent généralement de façon plus allusive, mais vont toutes dans le même sens : la moindre concession nous entraînerait fatalement aux plus extrêmes perversions. L'*Osservatore romano* n'a pas manqué de citer abondamment le précédent nazi pour stigmatiser la législation hollandaise.

Les Français, gens de bon sens pour lesquels l'outrance du propos en affaiblit toujours la portée, ne sont guère impressionnés par l'obsédant rappel de cet « euthanazie ». Il leur suffit de regarder autour d'eux pour relativiser la prétendue fatalité de la dérive. Que constatent-ils ? La société rend la justice. N'est-il pas dangereux de juger des hommes, de les condamner à l'enfermement, peut-être perpétuel ? Les erreurs judiciaires, ça existe ; les sections spéciales, les procès de Moscou, nous avons connu. Construire des prisons, c'est aussi admettre l'idée que des innocents pourront se retrouver derrière des barreaux. Par erreur ou de façon délibérée. Et l'on a si vite fait de passer d'un état démocratique à un état répressif. Gare à l'engrenage ! Et la police ? Peut-on maintenir l'ordre public sans mettre en danger de paisibles citoyens ? Les bavures policières ne sont-elles pas inévitables ? On n'en finirait pas

1. M. Abiven, C. Chardot et R. Fresco, *Euthanasie. Alternatives et controverses*, *op. cit.*

d'énumérer ainsi toutes sortes d'activités dangereuses qui provoqueraient les pires catastrophes si elles échappaient à tout contrôle.

Mais voilà, le contrôle existe et les catastrophes ne se produisent pas, car la République met en place des réglementations qui, vaille que vaille, évitent ces fatales dérives. Ainsi les citoyens sont-ils attachés à leur police, à leur justice, à leur médecine en dépit des erreurs, des bavures, voire des horreurs, qu'elles pourraient générer.

Pourquoi en irait-il différemment avec l'euthanasie ? Pourquoi les freins qui agissent dans les autres domaines perdraient-ils soudain toute efficacité ? Et comment en être assuré sans l'avoir jamais expérimenté ? Comment, surtout, prétendre que les excès d'une euthanasie réglementée seraient plus graves que ceux de l'euthanasie clandestine qui se pratique aujourd'hui ?

Car tout est là. La théorie de la dérive a besoin pour se déployer d'un espace vierge que menace un mal nouveau et inconnu. Faute de quoi, on retombe dans un banal problème de réglementation. Il faut donc postuler que la mort volontaire n'existe pas en France, que nul ne la pratique. Ainsi la nouvelle loi ne serait pas réglementaire mais créatrice. Elle nous ferait passer d'une société sans euthanasie à une société avec euthanasie. Déni de réalité indispensable pour opposer les risques d'une France « avec » à la sécurité d'une France « sans ». Voilà pourquoi ces farouches adversaires de l'euthanasie n'ont jamais clairement dénoncé celle qui se pratique dans nos hôpitaux avec les dérapages que l'on sait. Le reconnaître conduirait soit à exiger que l'on traduise en Cour d'assises de nombreux médecins, soit à admettre qu'il s'agit d'une pratique inévitable, liée à la médecine moderne. Dans ce dernier cas, l'euthanasie ne doit pas être niée ou criminalisée, mais reconnue et réglementée.

Inacceptables conclusions que l'on évite en gardant les yeux fermés sur la réalité.

Mais refuser le tabou n'exclut pas d'écouter les mises en garde et d'en tenir le plus grand compte. Car nous sommes là en terrain miné, c'est évident. S'il est absurde de mettre une croix gammée sur tout projet de dépénalisation, il le serait tout autant de nier les risques d'une telle législation. Commentant la loi néerlandaise, Jacques Attali fait justement remarquer que ce type de législation pourrait favoriser des « solutions moins chères et expéditives[1] » prenant des raccourcis vers la mort faute de mobiliser le meilleur du progrès médical au service de chaque malade selon l'équation : euthanasie = médecine des pauvres. C'est un risque qu'il faut connaître, que nous avons signalé en présentant l'expérience néerlandaise. Oui, ces dangers, et bien d'autres encore, existent, nous avançons sur des terres inquiétantes et inexplorées.

Mais quelle autre garantie que celle de la loi ? D'une vraie loi qui enserre la réalité au lieu de planer dans un empyrée d'où les affirmations et les condamnations n'ont aucune prise sur nos problèmes de simples mortels.

À l'inverse, ne vouloir rien changer à un système nocif autant qu'irréaliste, opposer le péril nazi à toute réflexion et croire que l'immobilisme du droit peut se marier avec le fol emballement du progrès médical, c'est faire une politique de Gribouille. Au risque de se noyer et pas seulement de se mouiller. Car le monde moderne est dangereux, il peut même devenir diabolique pour ceux qui, refusant de le comprendre, renoncent à le contrôler.

---

1. Jacques Attali, « Ultime recours », *L'Express*, 19 avril 2001.

13

DEMANDER LA MORT

Dans le *Jules César* de Shakespeare, Marc Antoine, plaidant sur le cadavre sanglant de César, ponctue son discours de « Et pourtant Brutus est un honnête homme ! » alors même qu'il ne cesse d'accabler son assassin. C'est ainsi qu'il parvient à retourner le peuple contre celui qu'il prétend respecter. À son instar, comment ne pas dire : « Et pourtant ce sont d'admirables médecins » en songeant à certains procureurs qui recourent à de si pauvres moyens... Mais il n'est pas question ici de double langage. Je partage sans réserve l'unanime considération dont bénéficient les pionniers des soins palliatifs, et ce décalage entre la grandeur de l'action et la pauvreté de l'argumentation constitue une énigme.

Car on ne saurait, sans leur faire injure, imaginer qu'ils voient le spectre du nazisme s'étendre sur la France à la simple idée que les médecins aient l'obligation d'accompagner le malade, de connaître ses volontés, de se concerter avec l'équipe soignante et la famille, de consigner leurs actes par écrit et d'en garder la trace, avant de procéder, eux-mêmes, à une mort volontaire plutôt que poser des cocktails lytiques à la sauvette par infirmières interposées.

Pourtant, la plupart de leurs arguments sont aussi faibles, aussi contestables. C'est assurément qu'il en existe d'autres mais qui restent dans l'ombre et qui, seuls, pourraient donner le fin mot de l'affaire. Mais, avant d'y accéder, il nous faut encore creuser le puits de la vérité ou, plus exactement, le débarrasser de toutes les fausses raisons, de tous les sophismes, mensonges et postulats qui l'obstruent. Les situations étant très variées, j'en distinguerai, pour la clarté de cette recherche, trois types assez dissemblables. Nous allons voir tout d'abord le cas du malade en fin de vie et conscient, dans les pages suivantes nous envisagerons celui des malades inconscients en réanimation et enfin les problèmes posés par les malades incurables mais qui ne sont pas à la dernière extrémité. Commençons par la volonté du patient en phase terminale.

L'ultime requête

Première surprise : les médecins ne sont pas d'accord sur la réalité même des demandes de mort. Ces requêtes sont exceptionnelles mais bien réelles pour les uns alors qu'elles n'existent pas pour les autres. Certes, un spécialiste de chirurgie esthétique reçoit moins souvent qu'un cancérologue de tels appels, mais c'est à l'intérieur des disciplines concernées – la cancérologie, l'anesthésie-réanimation, la gériatrie – qu'on observe de telles divergences. Dès 1984, Olivier Postel-Vinay enquêtant pour *Sciences et Vie* s'étonnait que les demandes de mort soient « un fait banal » pour Léon Schwartzenberg alors que le professeur Zitoune affirmait n'avoir jamais été confronté à une « vraie » demande et que le docteur Sebag-Lanoë n'en avait connu que deux en quinze années de gériatrie. Olivier Postel-Vinay concluait : « L'enquête que nous avons pu mener auprès de différents médecins montre que certains estiment en toute sincérité n'avoir jamais entendu de demande de mort, tandis que d'autres en entendent quotidiennement. Il faut se rendre à l'évidence : à chacun sa grille d'interprétation[1]. »

Je prends deux exemples : la gériatrie, la cancérologie. Le docteur René Girerd, médecin-chef adjoint au centre gériatrique de Longjumeau, est catégorique : « Jamais aucun malade ne m'a demandé d'abréger sa vie. » Il étend ce constat à l'ensemble des soignants : « Aucun d'entre eux n'a le souvenir d'un malade demandant qu'on abrège sa vie : cela n'est jamais arrivé[2]. » Une déclaration en contradiction totale avec un reportage de Blandine Grosjean dans *Libération*[3]. La journaliste, enquêtant dans les maisons de retraite de Biarritz, notamment à la maison Beaurivage, établissement public, a recueilli les confidences des octo- et même nonagénaires sur la mort volontaire. Échantillon : « L'euthanasie, oui, dix fois oui », dit une dame de 84 ans. « Être rendu à faire dans son lit, c'est plus vivre, dit un homme de 89 ans. Alors, une bonne piqûre pour s'en aller… » Tous vivent dans la hantise de « perdre la tête » : « Je veux qu'on me pique si je perds la tête », « Je ne voudrais jamais », « Qu'on me fasse partir avant », « Mieux vaut quitter la scène », « On devrait laisser le libre arbitre au malade ». Mais ils remarquent aussi : « On n'est pas écoutés », « Ils se moquent de moi », « C'est comme si on était plus majeur ». Que ces demandes appellent une autre réponse qu'une expéditive piqûre létale, c'est évident.

---

1. Olivier Postel-Vinay, « Pour ou contre l'euthanasie », *Science et Vie*, novembre 1984.

2. M. Abiven, C. Chardot et R. Fresco, *Euthanasie. Alternatives et controverses, op. cit.*

3. Blandine Grosjean, « Les résidents de maisons de retraite réclament le droit de choisir », *Libération*, 11 août 1998.

Mais est-il imaginable que les vieillards soient à ce point dissemblables ici et là ? Cet écart s'explique-t-il par une différence de parole ou d'écoute ?

Pour le cancérologue Lucien Israël, tout ce débat est « irréel ». « Je n'ai pas plus rencontré aux États-Unis qu'en France des patients qui demandent qu'on les euthanasie. C'est dans les milieux de bien-portants que cette revendication se développe. C'est dans ces milieux qu'on suggère aux malades de réclamer un jour qu'on les tue [...][1]. » Pourtant une enquête de la Société américaine de cancérologie, datant de 1998, révèle que 64 % des cancérologues américains reconnaissent avoir reçu des demandes d'euthanasie ou de suicide assisté.

S'agissant du corps médical en général, le cancérologue belge Yvon Kenis, qui a recoupé une trentaine d'enquêtes réalisées un peu partout dans le monde auprès de médecins, constate que plus de la moitié d'entre eux déclarent avoir été confrontés à des demandes d'euthanasie[2]. Au reste, comment expliquer que la moitié des médecins français puissent admettre l'euthanasie, ou même reconnaître l'avoir pratiquée, s'ils n'ont jamais été sollicités par des malades ?

Plus gênant : ce sont les partisans de la légalisation qui entendent ces demandes et les adversaires qui ne les entendent pas. Dira-t-on que certains cachent la vérité ? La réalité est plus subtile.

Il ne suffit pas d'un « finissons-en ! » murmuré entre deux gémissements pour authentifier une telle demande. On ne compte plus les malades qui, dans des épisodes très pénibles, ont appelé la mort de leurs vœux et qui, une fois tirés d'affaire, sont fort heureux de n'avoir pas été entendus. Une demande d'euthanasie,

1. Lucien Israël, *La vie jusqu'au bout*, *op. cit.*
2. Jacques Pohier, *La mort opportune*, *op. cit.*

c'est bien autre chose qu'un simple appel de détresse, un cri de révolte. Tout le monde en convient. Tout dépend donc de la « grille d'interprétation » dont parle Olivier Postel-Vinay. Pour les uns, cette grille valide certains appels ; pour les autres, elle les invalide tous. D'autant qu'il faut une grande détermination à un agonisant pour réitérer une demande dont il sait qu'elle ne sera en aucun cas entendue. Comment demander un service à celui qui le qualifie de crime ? Ainsi les adversaires de l'euthanasie, bien qu'ils se mettent à l'écoute des mourants, peuvent n'entendre que très rarement de « vraies » demandes de mort, des demandes qui résistent à des refus empreints de bienveillance.

Que cette « interprétation » soit, dans tous les cas, indispensable, tout le monde en convient. On sait qu'aux Pays-Bas, elle conduit à repousser deux demandes sur trois. Le soignant qui reçoit un tel appel doit instantanément se transformer en avocat de la vie, s'assurer que tout ce qui est humainement possible a bien été fait pour remédier à cette détresse. Répondre par une injection létale sans avoir effectué ce travail, sans avoir apporté tout ce réconfort, est inadmissible, inhumain, voire criminel.

Les limites de la médecine

Ainsi traitées, la plupart des demandes vont tomber d'elles-mêmes. Le malade est apaisé, il ne souhaite plus partir. On ne peut que s'en réjouir. Jusqu'à ce point, l'accord est général dans le corps médical. Mais qu'en est-il des malades qui persistent en dépit de tous ces « bons traitements » ?

Les opposants à l'euthanasie s'efforcent de minimiser le problème. Ces cas seraient « extrêmement rares »,

« tout à fait exceptionnels », « quelques pour-cent », autant dire « négligeables ». Pour le coup, il s'agit bien d'une dérive. Car cette minoration quantitative, lancée sous forme de pourcentage, a vite fait d'entraîner une dévalorisation qualitative. « Si ça ne représente que 5 %, ce n'est pas bien grave. On ne va pas en faire une histoire. » Rappelons d'abord que l'on compte plus de 500 000 décès en France chaque année, en sorte que chaque point en représente plus de 5 000. Ainsi l'illusion statistique risque-t-elle de réduire à l'insignifiance les milliers, les dizaines de milliers d'hommes et de femmes qui se débattent dans les horreurs d'une mauvaise agonie.

Au reste, la faiblesse du chiffre devrait plutôt conduire à la conclusion inverse. Si la demande d'euthanasie était très forte, si l'on devait craindre une revendication généralisée en cas de légalisation, il conviendrait de s'interroger sur les raisons d'une telle attente et les conséquences d'une telle mesure. Dès lors que les cas avérés sont très peu nombreux et traduisent une détermination bien rare chez les mourants, une tolérance ne remettra pas en cause notre pratique médicale, ne bouleversera pas la déontologie. Mais le refus de l'exception étant posé au départ, tous les arguments sont détournés pour servir la démonstration.

C'est alors que les opposants, pour justifier leur intransigeance, doivent réfuter la demande elle-même. « Toute réitération de demande d'euthanasie exprime la volonté pour la personne d'être vivante autrement. Si je réponds par un geste d'euthanasie, je réponds à côté. Parce qu'il y a toujours autre chose qui est demandé[1] », explique le docteur Dominique Desmichelles. Bref, le

1. Cité par Marie de Hennezel, *Nous ne nous sommes pas dit au revoir, op. cit.*

mourant dit qu'il veut mourir, mais ce n'est pas cela qu'il veut dire.

Le fait lui-même n'est pas discutable, puisque, bien souvent, le même patient qui veut en finir lorsqu'il est mal pris en charge ne le souhaite plus lorsqu'il est bien accompagné. C'est la preuve qu'une demande peut en cacher une autre. Il s'agit même d'une évidence. On ne souhaite la délivrance de la mort que par désespoir de retrouver les attraits de la vie. En ce sens, toute demande est conditionnelle. Encore faut-il pouvoir satisfaire cette condition. Guérir le malade de son envie de mort en lui rendant à nouveau l'existence supportable, c'est une victoire. Mais comment prétendre la remporter à tout coup ? Une fois de plus, la démonstration se fragilise en voulant trop prouver, en voulant tout prouver.

Peu importe ! Les opposants ne veulent pas en démordre : les raisons de vouloir mourir sont toujours remédiables. C'est le postulat de base. Est-il tenable ? S'agissant de la douleur, il est bien téméraire d'être aussi catégorique. Jean-Marie Besson, l'un des meilleurs spécialistes français en la matière, met en garde contre les excès d'optimisme : « Il faut savoir que subsistent des douleurs chroniques que l'on traite mal. Que le public ne s'imagine pas que la création de centres de la douleur un peu partout suffit à résoudre tous les problèmes. Il y a des progrès certains, mais insuffisants. » Même la morphine n'est pas l'universelle panacée. Elle est inopérante dans 10 % à 20 % des cas. Tantôt c'est le patient qui n'en ressent jamais les effets analgésiques, tantôt c'est le médicament qui perd brutalement son pouvoir au-delà d'une certaine dose. Pour cette raison ou pour d'autres, tous les médecins de la douleur admettent qu'ils connaissent des échecs sans parler des grandes souffrances psychiques qui ne sont pas moins abominables que les souffrances physiques mais peuvent être encore plus difficiles à combattre. Ainsi la souffrance, pour avoir reculé, n'a pas disparu et devient particulièrement insupportable en fin de vie, lorsqu'elle torture sans laisser le moindre espoir.

Or la douleur n'est pas seule en cause, il existe des agonies pénibles, atroces qui le sont et le resteront en dépit du dévouement et de la compétence des équipes soignantes. La dégradation générale du corps peut, dans les cas extrêmes, devenir totalement insupportable. Tout le monde, c'est entendu, ne meurt pas paralysé par une sclérose en plaque, la tête dévorée par des cancers rhinopharyngés, asphyxié par un cancer du poumon, les chairs mises à vif par une épidermolyse buleuse, le cerveau détruit par la maladie d'Alzheimer ou le corps dégradé par la conjugaison de multiples pathologies, mais ces fins, pour minoritaires qu'elles soient, existent aussi. Face à de tels drames, ne faut-il pas convenir qu'en dépit d'un bon accompagnement, certains peuvent avoir des raisons légitimes de souhaiter en finir ?

Les plus irréductibles adversaires de l'euthanasie, eux-mêmes médecins, ne l'admettent pas. À leurs yeux, la détresse persistante des mourants est imputable à l'insuffisance médicale. Ce qui la rend conjoncturelle et remédiable. Pour le professeur Lucien Israël : « Les patients qui n'ont pas été désespérés par des médecins indifférents et peu compatissants ne demandent pas qu'on les tue[1]. » Un spécialiste des soins palliatifs, le docteur Claude Deronzier, abonde dans le même sens : « La demande d'abréger la vie d'un patient ne peut naître qu'en présence d'un malade mal pris en charge[2]. » Une bonne médecine fait disparaître l'envie de mourir.

---

1. Lucien Israël, « Le "consensus" n'a aucun sens », *Le Figaro*, mars 2000.

2. M. Abiven, C. Chardot et R. Fresco, *Euthanasie. Alternatives et controverses*, *op. cit.*

Tolérer l'euthanasie reviendrait donc à tolérer la mauvaise médecine.

Peut-on ainsi promettre à tous la « bonne mort » et imputer les « mauvaises morts » à l'incompétence médicale ? Force m'est de constater que les médecins auxquels j'ai rapporté un tel jugement ont levé les yeux au ciel...

N'allons pas, pour autant, céder au syndrome du bien-portant que dénonce Lucien Israël et qui, comme toujours, comporte sa bonne part de vérité. Un individu en pleine santé a vite fait de décider que jamais il n'acceptera les conditions de vie dégradées de l'infirme, du paralytique, de l'amputé, du grabataire, du trachéotomisé, du grand brûlé, etc. Mais le point de vue du malade est tout autre. Un médecin hospitalier m'avouait sa surprise, après tant d'années, face à la résistance, à l'adaptabilité, à la rage vitale de l'homme : « Moi-même, au contact de certains malades, je me dis qu'en aucun cas je ne voudrais vivre dans un tel état. Et je sais, dans le même temps, qu'ils ont pu trouver, en dépit de leurs handicaps, de leur souffrance, de tout ce qui me semble insupportable, des raisons de vivre et même parfois d'être heureux. Et je sais que, dans leur situation, je trouverais sans doute en moi les mêmes ressources que je ne peux imaginer aujourd'hui. » Il n'est ici de vérité que vécue et non pas imaginée.

On ne peut donc ni postuler un refus de vivre, ni même recevoir une demande de mort sans bénéfice d'inventaire. Cela reconnu, il est contraire à toute vérité de prétendre qu'un homme sain d'esprit ne peut jamais vouloir mourir, que toute requête de ce type signifie autre chose que ce qu'elle dit. Jean-Marie Lorand, qui a incarné en Belgique le combat pour la dernière liberté, s'est constamment heurté à ce refus de prendre sa demande pour ce qu'elle était. Ce diable d'homme cloué dans un fauteuil dès l'âge de neuf ans, condamné à une paralysie progressive, avait mené une vie bien remplie, débordante même. Il avait connu l'Afrique, l'Asie, l'Amérique, la création d'entreprises, la présentation d'émissions télévisées, les passions amoureuses, les conflits d'argent, la bataille pour les droits des handicapés, puis pour le droit à la mort. Bref, il était passé de l'obscurité à la célébrité, de la ruine au succès, mais la maladie, inexorable, progressait. La cinquantaine venue, il se trouve paralysé, menacé par l'étouffement final dans ses propres sécrétions : l'horreur absolue. C'est alors qu'il décide de mettre fin à ses jours. « Sans violence, précise-t-il. Je veux partir sereinement. » Pour un malade dans son état, cela suppose une assistance médicale, qu'il demanda sur tous les tons – de la plus humble supplication à la plus noire colère – aux soignants qui l'entourent. « S'il a rencontré de la compassion, explique Frédéric Soumois qui l'aida à écrire son livre, il a aussi provoqué la gêne, la fuite par le rire. Une dérision qui l'a blessé. La plupart d'entre eux ont cru qu'il suffisait de tenter de remonter son moral, d'effacer une pointe de déprime pour faire taire cette demande. »

Voici donc ce que peut être une *fausse demande* à laquelle on apporterait une *fausse réponse* en donnant au malade la mort qu'il réclame : « De quel droit les gens bien-pensants, nos gouvernants et la Faculté s'arrogent ainsi le droit de condamner quelqu'un à souffrir contre son gré, fulmine Jean-Marie Lorand [...]. Refuser à quelqu'un doté de toutes ses facultés mentales le droit de mourir dans des conditions humaines relève de la cruauté [...]. Est-il moral d'imposer à autrui une souffrance physique ou morale que vous savez insupportable ? Ne vous en déplaise, vous n'êtes ni plus ni moins que mes bourreaux [...].Vous n'avez pas le droit d'assister en spectateur à la mort indigne à laquelle vous me condamnez. Réveillez-vous ! Vous qui êtes si sûrs de détenir l'unique vérité, vous les soi-disant bien-pensants de tous bords, c'est d'humanisme que j'ai maintenant besoin et non plus de bonnes paroles[1]. »

Peut-on mettre en doute l'authenticité d'une telle demande venant après une tentative de suicide et avant le suicide assisté qui lui apportera enfin la délivrance le 8 juillet 2000 ? Peut-on en douter lorsqu'un sondage de 1998 publié dans le *New England Journal of Medicine*[2] révèle que la moitié des malades atteints de la maladie de Charcot souhaitent recourir au suicide assisté ? Il existe également nombre de paralysés qui veulent aller jusqu'au bout de leur existence. C'est vrai, mais Jean-Marie Lorand a toujours souligné qu'il ne demandait pas systématiquement la mort pour tous les malades dans sa situation, mais pour lui et pour tous ceux qui en expriment le désir.

La condition du malade ou du mourant n'est intolérable que s'il la juge telle, et cela demande vérification et confirmation. Mais comment peut-on poser, au départ et par principe, que sa volonté de mourir est, dans tous les cas, inauthentique ?

La dignité

Lorsque le malade, en dépit de tous les calmants et réconforts, ne supporte plus sa dégradation et veut partir dans la dignité, ne doit-il pas être entendu ? Certainement pas, car il se heurte à un nouveau veto.

Au cours d'un échange avec Marie de Hennezel, le sénateur Henri Caillavet revendique le droit d'apprécier

1. Jean-Marie Lorand, *Aidez-moi à mourir. Une demande bouleversante d'euthanasie active*, Bruxelles, Labor, 2000.
2. *New England Journal of Medicine*, n° 339, 1998.

son état : « La dignité est subjective [...]. C'est moi qui juge de ma dégradation et personne d'autre. » À cette « conception individualiste » son interlocutrice oppose : « Une conception interpersonnelle défendant au contraire l'idée que nous sommes tous dépendants les uns des autres [...]. Le sentiment que chacun peut avoir de sa dignité dépend aussi du regard de l'autre. C'est dans le regard de l'autre que je vois si je suis encore aimable, c'est dans la manière dont il me parle, dont il prend soin de moi, que je sens si je fais encore partie du monde des vivants[1]. » Autrement dit, le patient ne peut se dire en état d'indignité, estimer que sa vie ne vaut plus d'être vécue, car cette appréciation ne lui appartient pas, elle doit être collective. Ce sont les autres, la famille certes, mais aussi l'équipe médicale, qui en jugent. Non pas en fonction de l'état physique de la personne mais des sentiments qu'elle inspire. Comme de bons soignants ne peuvent que respecter leur malade, celui-ci se trouve toujours « dans la dignité » et ses demandes d'en finir sont irrecevables. Il est indiscutale que le regard des autres influence le sentiment de notre propre dignité, mais peut-on ainsi réduire l'individu à n'être plus qu'une image collective ? L'homme moderne ancré dans son humanisme personnel et non pas social ne s'y reconnaîtra sans doute pas, mais cela permet de conclure qu'une demande euthanasique ne doit jamais être entendue. Un homme, quoi qu'il dise, ne peut pas souhaiter la mort.

Autre objection : l'incertitude du pronostic. La médecine ne peut jamais faire avec une certitude absolue le compte à rebours fatal. Il arrive, et pas seulement à Lourdes, que la vie, contre toute attente, reprenne le dessus. J'ai eu connaissance d'une femme

1. Marie de Hennezel, *Nous ne nous sommes pas dit au revoir, op. cit.*

atteinte d'un cancer du foie qui fit deux séjours en unité de soins palliatifs... et ne mourut que trois années plus tard. Les médecins n'ont toujours pas compris. L'euthanasie étant par définition irrémédiable, est-elle interdite à des hommes qui ne sont pas infaillibles ? S'il est rare qu'un malade formellement condamné par la Faculté en réchappe, il l'est encore plus qu'un malade condamné, ayant atteint un état de souffrance et de dégradation qui lui rend l'existence insupportable, recouvre la pleine santé et retrouve le goût de vivre après avoir souhaité mourir. Mais rien n'est impossible, et ce cas de figure s'est évidemment déjà produit.

Cela prouve que tout choix est un renoncement. Si l'on refuse une fin douloureuse, on renonce par là même à une prolongation improbable mais jamais impossible. Ces incertitudes doivent être honnêtement présentées au cours de l'indispensable dialogue entre le patient et les soignants. Elles font partie de l'« éclairage » sans lequel il n'est pas de décision recevable et débouchent sur un pari. Mais le destin humain n'est-il pas jalonné de tels choix ? Qu'est-ce que la liberté sinon la prise de risques ? Au reste, la loi ne reconnaît-elle pas au malade le droit de refuser un traitement, refus qui, dans certains cas, équivaut pratiquement à un arrêt de mort ? La différence est-elle si grande entre dire : « Je refuse le traitement que vous me proposez même s'il doit prolonger ma vie » et dire : « Je ne veux plus vivre, aidez-moi à mourir sans souffrances ». Ces deux propositions ne s'excluent pas, bien au contraire, elles s'enchaînent.

La guerre idéologique

Et voici la dernière défense. À supposer que le malade puisse véritablement souhaiter mettre fin à ses jours, il devrait pourtant s'interdire de présenter une telle requête par égard pour le personnel soignant. « Chaque fois que j'entends un militant de l'ADMD s'offusquer qu'un médecin confisque à un mourant la liberté de choisir le moment de sa mort, j'ai envie de lui demander s'il pense sincèrement que le mourant a tous les droits, et notamment celui de faire violence au médecin en l'obligeant à le tuer », explique Marie de Hennezel. Car demander une aide à mourir, c'est agresser le soignant, en faire un criminel. « Qui sommes-nous pour exiger d'autrui un acte dont il supportera toute sa vie les conséquences psychologiques et morales ? [...] Mesure-t-on la pression morale exercée sur celui à qui on demande de perpétrer un homicide par compassion[1] ? »

Ainsi l'agonisant implorant que l'on mette un terme à ses souffrances ne serait pas une malheureuse victime de la vie, mais un être malveillant qui commettrait « un abus de pouvoir » ? Son devoir serait d'aller au bout de son tourment sans rien dire, car il ferait violence aux vivants s'il prétendait se dérober à la mort que la nature, assistée par la médecine, lui a préparée !

Il ne s'agit pas là d'une opinion singulière mais, une fois de plus, d'une façon de voir partagée par les promoteurs de la médecine palliative. Ces hommes et ces femmes ressentent donc ces appels comme de véritables chantages et prêchent un « savoir mourir » qui les dispense de les entendre. Réaction bien compréhensible de la part de tous ceux qui ont été poussés dans la voie de l'accompagnement par horreur de l'euthanasie.

Que ces apôtres de la « vie jusqu'au bout », tout entiers pris par leur engagement, s'imposent une telle

---

1. Marie de Hennezel, *Nous ne nous sommes pas dit au revoir*, *op. cit.*

déontologie, on peut le comprendre et on doit le respecter. Au reste, la proposition de loi sur le droit de mourir dans la dignité qui a été déposée par le sénateur Pierre Biarnès en 1999 prévoit dans son article 8 que, si un médecin refuse en conscience de répondre à une demande d'euthanasie, il doit simplement en prévenir le malade et l'orienter sur un autre praticien ou un autre établissement. On ne saurait le contraindre de procéder à un acte que sa morale réprouve.

Le compromis est donc fort simple à trouver et, je dirais, d'usage courant. D'autant que, on l'a vu, une majorité de médecins accepteraient, le cas échéant, de faire eux-mêmes ces actes que leurs confrères réprouvent. Voilà, précisément, ce que ces inflexibles adversaires trouvent inacceptable. Pour ces croisés, deux camps s'opposent. D'un côté le bien, la vérité ; de l'autre le mal et le mensonge. Il importe donc que le corps médical et, au-delà, l'ensemble de la population, partage leur horreur de l'euthanasie. Nous ne sommes plus là dans les querelles déontologiques, mais dans la guerre idéologique. C'est elle qui interdit de comprendre ceux qui se résolvent à donner la mort, par exception et par compassion, en toute dernière extrémité, c'est elle qui conduit à jeter l'anathème sur des confrères qui ont pris un autre engagement au service des malades. « Pour le médecin, provoquer activement la mort du malade revient à commettre un meurtre, même s'il répond à une demande explicite... », tranche le docteur Lucie Hacpille, responsable des soins palliatifs de Rouen. Jugement impitoyable : il ne peut s'agir que de médecins perdus qui ont trahi tout idéal.

Comment poursuivre la discussion, face à de tels arguments ? Croit-on que Bernard Senet accomplisse ce geste avec indifférence, qu'il n'en soit pas bouleversé ? « Je suis là pour offrir toutes les possibilités aux malades dont celle de mourir dignement, car crever d'un cancer ORL qui vous fait cracher du pus et vous achève par une hémorragie généralisée, c'est indigne. » Et cette écoute du malade n'est pas à sens unique. C'est ainsi qu'il a dû accompagner deux sidéens simultanément. L'un croyant, l'autre athée. Le premier a spécifié qu'il refusait absolument l'euthanasie. « J'ai tout fait pour le maintenir en vie aussi longtemps que possible. On est allé chercher les traitements nouveaux jusqu'aux États-Unis. Il a vécu jusqu'à l'extrême limite. Le second, au contraire, m'a dit qu'il ne voulait pas aller aussi loin. Je l'ai soigné, accompagné. Un jour, il a souhaité en finir. » Dans certains services de soins palliatifs, les deux malades auraient dû subir la même fin. La seule qu'il leur aurait été permis de « choisir ».

Pourquoi vouloir que ceux qui admettent l'euthanasie et ceux qui ne l'admettent pas soient les uns des anges et les autres des démons ? Les premiers comme les seconds se sont mis au service des plus faibles, des plus misérables, avec leurs convictions, leurs vérités. Il existe en France des milliers de médecins qui agissent comme le docteur Senet au service des mourants. Avec les mêmes exigences morales, face aux mêmes drames. Mais qui doivent le faire en silence, comme s'ils accomplissaient une action honteuse, une faute inavouable. D'un côté, on vit sur des certitudes officielles, de l'autre, on cherche sa voie avec sa seule conscience pour guide. D'un côté, on impose une règle unique, de l'autre, on respecte toutes les volontés des mourants. Quelle peut être la cause d'une telle intransigeance ? Les arguments invoqués, on l'a vu, reposent toujours sur des réalités. Ils doivent être pris en considération. Mais ils perdent leur validité dès lors qu'ils sont poussés à l'extrême, qu'ils transforment une difficulté réelle en impossibilité absolue. Bref, cette crispation tend à faire passer le débat du plan médical au plan idéologique. Dans quel but ?

14

LES VÉRITÉS CACHÉES

D'où vient que des praticiens qui ont tant réfléchi aux problèmes de la mort, qui en ont une telle expérience vécue, qui en connaissent toutes les incertitudes, les ambiguïtés, la subjectivité puissent camper sur de telles positions ? Qu'ils vivent dans de telles certitudes, s'emprisonnent dans cet inébranlable manichéisme ? Pourquoi sont-ils incapables d'admettre la relativité des opinions, le respect du pluralisme, d'imaginer, par exemple, qu'il peut être aussi grave de prolonger certaines existences que de les abréger et que les choix qu'ils font ne condamnent pas automatiquement les choix contraires ? Les arguments évoqués n'étant pas à la mesure de cette intransigeance, il faut maintenant s'attaquer aux vraies raisons.

Cette attitude porte la marque de l'idéologie. Dans son sens premier, celui du dictionnaire, il s'agit de « l'ensemble des idées, des croyances et des doctrines propres à une société, une époque ou une classe », une conception assez neutre et plutôt rassurante. Mais si l'on a présenté le XXe siècle comme celui des « idéologies », c'est en prenant le mot dans une tout autre acception. Il désigne alors une doctrine qui, relayée par une structure sociale, prétend s'imposer à tous et n'admettre aucune opposition. Les tenants de tels systèmes ignorent le doute, l'incertitude, la relativité et veulent faire de leur vérité la seule loi commune. Bref, ils sont à l'opposé du pluralisme démocratique qui mise sur la cohabitation des opinions divergentes, voire opposées. N'est-ce pas très précisément le mur auquel nous nous heurtons ?

Confronté à une idéologie, le débat tourne au dialogue de sourds car les arguments, bons ou mauvais, ne servent pas à la recherche de la vérité, ils ne sont jamais que des instruments au service de postulats indiscutables. L'histoire contemporaine nous a familiarisés avec ce type de pensée qui, le plus souvent, affiche clairement son engagement. La gêne vient ici de ce que les principes fondateurs ne s'avouent pas, la croyance avance masquée. Voyons cela.

L'intransigeance des opposants s'explique fort bien à partir du triple interdit : interdit de donner, de se donner ou de se faire donner la mort. Tout devient alors cohérent et les interrogations sur la souffrance, la dignité ou le désir de mort du malade n'ont plus d'objet, pour ce qui concerne l'euthanasie du moins. La réponse est posée d'avance, le débat est clos. En d'autres temps, c'est vrai, le tabou aurait pu s'appuyer sur le seul principe d'autorité. Mais notre époque est raisonneuse, frondeuse, elle impose d'aller plus avant dans la discussion. Si les adversaires de l'euthanasie disaient : « Il est interdit de donner la mort, je n'ai rien d'autre à dire », l'argumentaire, trop court, laisserait le champ libre à leurs contradicteurs. Quelle est la nature de cet interdit ? Quel est son fondement ? Peut-on confondre tuer et aider à mourir ? Peut-on parler de meurtre alors que l'on se trouve à quelques jours, à quelques heures de la mort ?

C'est alors que les opposants s'empêtrent dans cette argumentation confuse, alambiquée, et fort peu convaincante. La construction est imposante, mais elle n'a pas de fondation. Autant justifier le refus de toute contraception sur le seul fait que la pilule fait grossir ! Or un interdit sans autre caution n'engage que l'individu, pas la collectivité. Libre à vous d'être végétarien, d'être chaste, libre à moi d'aimer la viande, d'apprécier la sexualité, etc., mais ce ne peut être qu'un choix personnel, cohabitant avec d'autres choix personnels. Voilà précisément ce que les adversaires de l'euthanasie refusent, ils ne veulent pas de la diversité des choix individuels et n'admettent qu'un choix collectif unique. Mais ils n'ont plus, et c'est fort heureux, les moyens d'une telle ambition. Ils se voient donc contraints de poser un interdit majeur avec les justifications d'un interdit mineur. Le postulat idéologique est toujours là, mais il a cessé d'être opérationnel dans notre société laïque et démocratique.

L'interdit religieux

Inutile de feindre plus longtemps l'ignorance, cette intransigeance venant de personnes qui ont tant prouvé leur charité et leur dévouement porte la marque du sacré. À l'origine de la croisade pour les soins palliatifs et contre l'euthanasie, se trouvent d'abord des croyants. Des hommes et des femmes qui sont poussés par de très fortes convictions religieuses. Leur inflexibilité est celle du dogme et de la foi. Elle ne peut être accommodée, relativisée, circonstanciée, car on ne transige pas avec un ordre divin. Charité ardente pour les malades, condamnation absolue de l'euthanasie, c'est toujours le surnaturel qui commande. Tout le reste est littérature, mauvaise littérature.

Mais comment se fait-il que cette dimension religieuse, fort respectable au demeurant, ne s'affiche pas ? Car on n'en trouve pas trace dans ces interminables réquisitoires, notamment ceux des médecins, qui n'évoquent jamais que les droits de l'homme, la déontologie médicale, le service du malade, les solidarités sociales et autres valeurs d'un humanisme laïc. Parfois, on touche à la frontière de l'argument théologique. Ainsi le docteur Lucie Hacpille, qui dirige l'unité de soins palliatifs au CHU de Rouen, s'oppose au « droit à la mort quand la vie ne plaît plus » en objectant : « Sommes-nous pour quelque chose dans cette vie dont nous avons hérité ? Peut-on déduire du fait d'être en vie un droit à la mort, comme si nos vies étaient un objet de choix ? Qui de nous a choisi de naître[1] ? » Comment entendre cet argument sans penser qu'il est inspiré par l'idée d'un Dieu créateur, comment ne pas y voir l'affirmation d'une foi religieuse ? Étrange pudeur de croisés qui n'osent déployer leurs bannières !

Imaginons qu'ils se contentent de dire : « Dieu me l'interdit. » Ils s'entendraient répondre : « Libre à vous, mais je ne crois pas en votre Dieu » ou bien : « Je crois en un Dieu qui ne me l'interdit pas ». Car le dogme a cessé d'en imposer à un peuple d'infidèles et de mécréants, et les condamnations lancées *ex cathedra* n'impressionnent plus grand monde. Hier arme absolue, l'interdit religieux fait plutôt figure de boomerang. L'invoquer, c'est être renvoyé à la liberté de conscience, laquelle ne va pas sans le pluralisme. Pour se replacer dans l'unanimisme, il faut s'intégrer à la seule idéologie commune et indiscutée de ce temps : les droits de l'homme. Si l'on peut démontrer que l'euthanasie est, au même titre que l'eugénisme, l'esclavage, le racisme et autres horreurs, une atteinte caractérisée aux droits de tout être humain, alors elle doit être condamnée partout

1. M. Abiven, C. Chardot et R. Fresco, *Euthanasie. Alternatives et controverses, op. cit.*

et par tous. Ainsi l'interdit religieux doit-il prendre le masque de l'humanisme pour prétendre retrouver son emprise sur la société et sur les esprits.

Il faut donc repartir en sens inverse, c'est-à-dire en revenir aux principes de base. La question première peut se formuler de façon très simple : « La vie est-elle un droit ou une obligation ? » Certains croyants répondent sans hésitation que notre vie ne nous appartient pas, que nous l'avons reçue de Dieu et que nous devons la poursuivre jusqu'à ce qu'il nous rappelle à lui. « La vie physique est un don que chacun reçoit de Dieu et conserve jusqu'à son dernier souffle [...]. Personne ne peut détruire ce don, aussi fragile qu'il paraisse ou qu'il demeure », déclare en 1990 Mgr Pierre Eyt, recteur de l'Institut catholique. Le rabbin Guggenheim ne dit pas autre chose : « C'est Dieu qui donne la vie. Aucune autorité humaine ne peut se permettre, pour quelque motif que ce soit, d'en disposer de façon délibérée, qu'il s'agisse de sa propre vie dans le suicide, ou de celle d'un autre dans l'homicide. » Et le docteur Dalil Boubakeur parle de même au nom de l'islam : « La vie est un don de Dieu. Nul ne doit se donner la mort, ni la donner, ni la proposer. » Il n'y a rien à expliquer, rien à prouver. La croyance se respecte mais ne se démontre pas, elle relève de la liberté religieuse. La société doit s'assurer en permanence que ceux qui partagent cette foi ne seront pas contraints à des actes et des comportements contraires à leur conscience. Mais elle doit, symétriquement, veiller à ce que les non-croyants ne se voient pas imposer une morale qui n'est pas la leur. Concrètement, s'agissant de l'euthanasie, cela revient à reconnaître un droit à la mort qui est offert à tous et imposé à personne. Ni au mourant ni au médecin. Telle serait, dans un monde laïc, la conséquence inévitable d'une argumentation fondée sur des présupposés religieux.

Cette idée d'un Créateur fixant notre heure dernière est, pour le moins, malmenée par le progrès médical. N'est-ce pas lui, en réalité, qui détermine l'instant de notre mort, qui le recule sans cesse ? Pourquoi serait-il licite de s'opposer à l'ordre divin en retardant nos derniers instants mais jamais en les avançant ? Je laisse aux théologiens le soin de répondre, mais les citoyens, croyants ou pas, se posent la question et sont troublés. Face à des agonies tout entières contrôlées par la médecine, ils ont le plus grand mal à comprendre que l'homme puisse agir dans un sens et pas dans l'autre. Une ambiguïté chaque jour accrue par la continuité des actes médicaux qui relie l'abstention thérapeutique à l'euthanasie active en passant par l'arrêt des soins et la sédation sans retour.

C'est pourquoi l'interdit religieux, fondement de la condamnation absolue de l'euthanasie, ne convainc qu'une petite minorité des fidèles. Comment expliquer autrement que 85 % des Français se prononcent pour la liberté de choisir sa mort quand la majorité de la population se réclame du catholicisme, de l'islam ou du judaïsme ? Manifestement, beaucoup de croyants ne sont pas plus convaincus par cette interdiction que par celle de la contraception. Sur ce point particulier, les fidèles, les vrais, ne doivent guère dépasser 15 % ou 20 % de la population.

Certes notre société laïque est de tradition catholique et en porte les marques, cela fait partie de son identité. Cette empreinte est sensible sur notre calendrier, nos fêtes, nos jours chômés, nos cathédrales, nos prénoms... alors que la population est largement déchristianisée. Cela ne me gêne pas. Je n'ai aucun goût pour l'anticléricalisme militant.

Mais nous touchons ici à une liberté essentielle. Un droit de l'homme. Pouvons-nous admettre qu'une minorité si restreinte impose sa loi sur un tel sujet ?

Pouvons-nous admettre que l'opinion soit trompée par un discours qui masque une conviction religieuse sous les apparences d'un humanisme laïc ? Il est temps de dire les choses comme elles sont. De refonder le débat sur ses bases véritables. C'est d'abord au nom d'une foi religieuse partagée par une très faible partie de la population que l'on prétend refuser à l'ensemble des Français de choisir sa mort, et ce, sans admettre la moindre exception.

Nul n'a jamais voulu faire violence aux esprits religieux qui refusent l'euthanasie. Et, si l'on entretenait le moindre doute à ce sujet, il faudrait au plus vite instaurer la légalisation. Car comment savoir si, dans nos hôpitaux, des vieillards farouchement opposés à l'euthanasie ne sont pas morts d'un cocktail lytique non demandé ? La clandestinité autorise toutes les suspicions. Mais comment imaginer que la vie de ces mêmes personnes puisse être interrompue contre leur gré lorsque cet acte intervient dans la transparence, dans le respect des procédure et des contrôles ? Si les adversaires de l'euthanasie posaient le problème en termes de conscience, s'ils étaient seulement soucieux de protéger leur vérité et non pas de l'imposer aux autres, alors ils seraient les premiers à demander la légalisation. Ils auraient ainsi l'assurance – ou, disons, une meilleure assurance – qu'eux-mêmes et leurs semblables ne se verraient jamais infliger une fin de vie qu'ils abhorrent. Mais ce n'est pas leur but.

La lutte idéologique qu'ils mènent ne peut se contenter d'une garantie morale pour les croyants, d'une liberté de conscience certifiée et protégée. Leur problème, c'est le non-croyant, celui qui se réclame d'une autre vérité. C'est celui-là qu'il faut réduire. Peu importe que l'euthanasie ne menace aucun de ses adversaires, il faut encore que ses partisans se voient interdire une telle fin, qu'ils suivent les lois d'un Dieu auquel ils ne croient pas. Voilà ce qui est pensé, mais ne peut être dit.

De ce point de vue, il est faux de mettre face à face partisans et adversaires de l'euthanasie, comme on a parfois tendance à le faire. Car cette opposition crée alors une fallacieuse symétrie. En réalité, il y a d'un côté ceux qui préconisent un système de liberté impliquant aussi bien l'euthanasie que son refus et, de l'autre, ceux qui veulent un système sans liberté qui impose à tous l'interdiction de l'euthanasie.

Sans doute fallait-il pousser ses convictions jusqu'à l'intransigeance, croire en une vérité unique et transcendante pour se mettre au service des mourants dès les années 70. Mais on ne peut éternellement rester prisonnier de cette motivation militante, pour ne pas dire combattante. Il faut à présent la dépasser en dépit de la gratitude que l'on doit aux pionniers des soins palliatifs. C'est à ce prix que l'on construira une liberté qui respecte leur vérité, sans étouffer celle des autres. Une liberté laïque et républicaine pour tout dire.

Le pouvoir médical

Mais peut-on imputer à la seule foi religieuse l'intransigeance de tous les opposants ? Ce serait absurde de le prétendre. D'ailleurs, l'institution médicale (Ordre, Académie, sociétés, etc.), reste ferme sur ces positions, en France comme à l'étranger sans être pour autant tombée sous la coupe du Vatican. Au reste, les plus ardents pourfendeurs de l'euthanasie ne sont pas forcément croyants. Ainsi le professeur Lucien Israël tient-il à préciser : « Je n'ai pas, tel André Frossard, rencontré Dieu, et Il n'a pas permis non plus que je sois touché par la foi. » Car il n'est pas besoin de croire pour répugner à donner la mort, une simple éthique personnelle suffit à fonder ce refus. Mais il faut sans doute ajouter à ces interdits religieux et moraux une autre explication. Purement médicale, celle-là.

Le débat sur l'euthanasie ne met pas seulement en jeu des questions philosophiques, il est lourd d'implications pour l'exercice même de la profession médicale. Tous les médecins, et pas seulement les grands patrons, le ressentent.

Dans la relation médecin-malade, le patient apporte son problème, sa souffrance, l'homme de l'art détient le savoir et le pouvoir. C'est lui qui va poser le diagnostic et proposer le traitement. Récemment, et c'est un grand progrès, a été affirmée la nécessité du consentement, c'est-à-dire le droit pour le patient de refuser quelque intervention que ce soit. Le médecin propose, il ne dispose plus. C'est au malade, pour autant qu'il soit en état de s'exprimer, de donner son accord ou d'opposer son veto. La relation n'en reste pas moins déséquilibrée, car le soigné ne saurait dicter sa conduite au soignant. Il n'a pas à prescrire le traitement, on ne va pas à l'hôpital comme au salon de coiffure en disant : « Vous allez me faire ceci, vous allez me faire cela. »

L'expression de « pouvoir médical » a toujours une connotation péjorative. Elle évoque un mandarin froid, distant, autoritaire, cassant, presque inhumain, qui n'écoute pas toujours le malade et jamais la personne, qui fait abstraction de l'individu pour ne connaître que la maladie. Vision fausse et caricaturale. Dans nos pays latins, ce pouvoir est empreint de paternalisme chaleureux, bienveillant, amical. Il autorise de riches relations humaines, à l'opposé de l'échange minimal entre le client et le technicien. Les prises de position tonitruantes d'un grand patron comme Lucien Israël traduisent, il ne s'en cache d'ailleurs nullement, une inquiétude sur l'avenir même de sa profession. « Si l'on veut guérir de la menace d'euthanasie, écrit-il, il nous faut guérir la médecine. Car la médecine est malade. » Dira-t-on qu'il défend le pouvoir médical ? Il faut alors savoir qu'il a toujours manifesté dans sa pratique médicale un dévouement, une générosité, une humanité qui lui ont valu l'affection et la reconnaissance de ses malades. J'en ai eu des témoignages directs et indiscutables.

Ainsi cette souveraineté du médecin, seul maître de la barque sur laquelle il navigue avec son malade, n'a-t-elle rien d'inhumain ou de scandaleux. C'est une nécessité de la médecine interprétée à la mode française. Elle implique la sacralisation du « colloque singulier » médecin-malade. Tout se passe en vase clos, dans le coffre-fort du secret médical, et seule la révélation d'une faute professionnelle grave autoriserait des tiers à venir mettre leur nez dans ce huis-clos. Certes la médecine moderne, le développement des techniques médicales, du système hospitalier, de la Sécurité sociale ont un peu bousculé ce farouche isolement, mais il n'en constitue pas moins le cœur même de l'acte médical. C'est le médecin qui décide, en conscience et dans le secret de son cabinet. Et, pour lui, la situation deviendrait cauchemardesque si le malade dictait sa volonté et si, en outre, des tiers venaient s'immiscer dans le tête-à-tête. C'en serait alors fini de toute une tradition, dont les états de service imposent le respect.

En quoi l'euthanasie vient-elle interférer avec ce pouvoir médical ? En rien si l'on s'en tient à son mode passif, surtout lorsque le malade est inconscient. Le médecin décide de s'abstenir, d'interrompre un traitement, il renonce à une intervention que refuse son patient. Autant d'actes lourds de conséquences, avec la mort au bout du chemin, mais qui font partie intégrante de la pratique médicale, par leur nature et, plus encore, par le mode de décision qui les engage. Le soignant propose, le soigné ou ses proches disposent et le praticien décide en dernière analyse, on ne sort pas de la relation classique. Ainsi l'euthanasie passive est-elle pratiquée, avouée, reconnue, voire recommandée, par les plus farouches adversaires de l'euthanasie active.

Cette dernière, elle, bouleverse le schéma traditionnel. D'une part, l'acte lui-même ne relève pas de la pratique médicale traditionnelle. Les médecins administrent des remèdes, pas des poisons. D'autre part, il ne peut s'effectuer que sur décision du malade. C'est lui qui va dire ce qu'il faut faire, quand il faut le faire. Certes, le médecin peut encore accepter, refuser, différer, mais il ne mène plus le jeu, il suit. On assiste donc effectivement à un ultime basculement dans la relation de pouvoir. Bien entendu, le mourant demande et n'ordonne pas. Il n'en reste pas moins que l'initiative lui revient.

La tradition française a, en quelque sorte, intégré ce cadeau empoisonné de la médecine moderne à l'intérieur de la criminalisation généralisée instaurée par notre cadre légal. Pourquoi cela ? Parce que la sanction, toute théorique, a pour conséquence d'imposer la clandestinité et, par conséquent, de renforcer encore le secret. Pas question d'aller étaler ces choses sur la place publique, une allusion à l'équipe soignante, un mot aux proches, pour le reste, c'est ni vu ni connu. Le médecin n'a donc pas à rendre de comptes, à subir des contrôles, il se détermine en conscience – un point, c'est tout.

En outre, il reste totalement maître du jeu. Certes, c'est le malade qui supplie, mais il n'en a pas le droit et il le sait. Il se trouve même dans l'illégalité, donc totalement soumis au bon vouloir de son médecin qui acceptera ou refusera en toute souveraineté. Une transgression dictée par la charité ne saurait être une obligation. C'est ainsi que, dans le secret des consciences, avec des gestes furtifs, évanescents, le corps médical a pu préserver son pouvoir et ses traditions tout en se divisant entre ceux qui acceptent l'euthanasie et ceux qui la refusent. Les uns comme les autres, en définitive, se sont accommodés de notre cadre législatif, et c'est pourquoi ils répugnent tant à le voir modifié.

En effet, on l'a observé dans le cas néerlandais, la légalisation, de l'euthanasie n'irait pas sans une réglementation, avec l'obligation de transparence, l'instauration de procédures, de contrôles. Ce serait la fin du colloque secret, et sur le point précisément où il semble le plus essentiel. C'est une chose de se soumettre à des règlements pour déterminer une intervention, c'en est une autre de s'astreindre à la même obligation face à la décision suprême. Quand il s'agit de trancher entre la vie et la mort, le médecin français ne veut pas avoir un contrôleur sur le dos. Il le supporte d'autant moins que cette prise en charge de la fin de vie n'est pas ressentie comme une pratique médicale, qu'elle constitue davantage un service qu'une obligation.

Mais cela aussi changerait. L'incurable pourrait, du coup, se voir reconnaître le droit d'être aidé à mourir. Si ce n'est par son médecin, du moins par un autre. En conséquence, c'est bien la relation de pouvoir qui basculerait. La supplique deviendrait une demande et pourquoi pas, demain, un ordre..., s'inquiètent déjà certains praticiens. Ainsi le malade dirait au médecin ce qu'il doit faire, et ce, pour l'acte le plus grave qui se puisse concevoir.

Résumons cela. La légalisation de l'euthanasie apporterait un triple bouleversement. Elle parachèverait cette prise en charge de la fin de vie commencée avec les soins palliatifs. Il serait désormais entendu que le médecin est responsable de son malade jusqu'au dernier instant inclus. Plus jamais il ne pourrait dire : « Il n'y a plus rien à faire. » Elle inclurait dans la pratique médicale un acte que l'éthique traditionnelle condamne, que tout étudiant en médecine s'engage à ne jamais poser. Enfin, elle donnerait au malade le droit d'exiger ce geste du médecin, ou, du moins, d'un médecin, si le praticien s'y refuse en conscience. Le tout dans la transparence et sous le contrôle d'une autorité à déterminer. C'est peu de dire que le corps médical n'est demandeur d'aucun de ces trois changements et que les trois réunis susciteraient à coup sûr de violentes réactions de rejet.

Tous les médecins, même ceux qui sont favorables à cette réforme, en redoutent les conséquences. Ils n'ont pas voulu gérer la contraception, ils n'ont pas voulu gérer l'avortement, ils ne veulent pas gérer l'euthanasie. C'est un service qu'ils sont susceptibles de rendre, ce n'est pas une responsabilité qu'on doit leur imposer. Légaliser l'euthanasie, d'une certaine façon, c'est gâcher le métier.

Mais, à l'évidence, cette raison de s'opposer à la légalisation de l'euthanasie ne saurait s'avouer comme telle. Nouveau piège. S'il est déjà difficile à des médecins d'expliquer qu'ils refusent la « mort douce » qu'on leur demande alors qu'ils disposent des moyens nécessaires, s'il leur est interdit de reconnaître qu'ils le feront clandestinement si nécessaire, il leur est totalement impossible d'admettre qu'ils refusent toute légalisation par crainte de voir remis en cause le pouvoir médical. Ainsi le droit pour le malade de choisir l'instant et les conditions de sa mort se heurte-t-il à des raisons qui, religieuses ou professionnelles, sont également inavouables. Voilà pourquoi les arguments mis en avant sont si peu convaincants et les oppositions aussi farouches.

Ces irréductibles ne constituent sans doute qu'une minorité du corps médical, mais l'appréhension est générale. Il faut le savoir et il faudra en tenir compte car toute corporation réagirait de même. Il ne peut donc être question de basculer par décret d'un système dans l'autre. Il faudra procéder par étapes, dans la concertation, en suivant l'évolution des mentalités. Mais les expériences précédentes de la contraception et de l'IVG donnent à penser que ces oppositions ne survivraient guère à l'instauration d'une réforme bien conduite. Ce sont des commandos religieux et non pas médicaux qui, vingt ans après la loi Veil, s'opposaient encore aux IVG. Il en irait de même avec l'euthanasie. Dans les prochaines décennies, certains croyants continueront toujours à la dénoncer, certains médecins à refuser de la pratiquer et la grande majorité du corps médical écoutera le patient, se concertera et, au cas par cas, se déterminera. La mort retrouvera, au sein de la médecine même, sa dimension sociale. Elle ne sera plus cette chose cachée dont on parle à la dérobée, que l'on évacue à demi-mot, que l'on réduit à un geste. Elle sera décidée collectivement, dans les incertitudes et les déchirements de chacun, pour assurer l'exercice de cette dernière liberté.

15

LA RÉA N'EN PEUT PLUS !

Hôpital Henri-Mondor de Créteil, réanimation médicale. Le professeur François Lemaire a pris le parti de la transparence. Il m'invite à suivre une délibération. « C'est notre quotidien », prévient-il. Dans la salle isolée, autour de la table, se trouvent une douzaine de personnes, le « patron », bien sûr, mais aussi le chef de clinique, les médecins spécialistes, les internes, les infirmières, les externes, tous ceux qui suivent le malade au quotidien. Une vie est en jeu. Secret médical oblige, je ne connais pas l'identité du malade, son nom ne sera jamais prononcé devant moi.

Appelons-le monsieur X. Il est âgé de 69 ans. Depuis deux mois en soins intensifs, son état s'est brutalement aggravé il y a quarante-huit heures. Le chef du service ouvre un gros dossier pour dresser le bilan médical. Cirrhose consécutive à vingt années d'alcoolisme chronique, séquelles d'une forte imprégnation tabagique, chutes multiples ayant nécessité la pose de prothèses, fonction rénale perturbée, bref, l'état général est très dégradé. Monsieur X souffre surtout d'une pneumopathie d'origine nosocomiale. Staphylocoque antibiorésistant comme la plupart des germes qui s'attrapent à l'hôpital. Le malade a plongé dans le coma : assistance respiratoire et puissant traitement antibiotique. L'état général ne s'aggrave plus mais ne s'améliore pas.

Discussion sur le diagnostic, tentative de pronostic. L'épisode en cours pourrait être surmonté. Le retour à une vie normale est cependant très peu probable.

L'équipe soignante s'interroge sur la personnalité du malade. Monsieur X a deux fils et deux filles. L'une est infirmière, elle suit son père, vient le voir régulièrement. Depuis deux ans, monsieur X vit dans une maison de moyens séjours. Dans quel état ? Une des filles dit qu'il était grabataire. L'infirmière a parlé au directeur de la maison de retraite. Nuance : monsieur X était impotent mais il se déplaçait en fauteuil, prenait ses repas avec les autres pensionnaires, était apprécié par la collectivité. Il était connu pour avoir une grande culture musicale, il avait une vie sociale. Et son généraliste, qu'en dit-il ? Selon le médecin qui s'est entretenu avec lui, il est assez pessimiste, pense qu'il faut se garder de tout acharnement. S'en tient là.

Et le malade, peut-on savoir ce qu'il veut ? Les infirmières parlent. Avant de perdre conscience, il semblait parfois refuser les soins. Voulait-il marquer sa volonté d'en finir ? Le chef du service rappelle que monsieur X a été soigné pour dépression. Il fait peut-être un nouvel épisode dépressif. Il est convenu de ne pas retenir ses réactions négatives.

On discute depuis une demi-heure. Tout est consigné par écrit. Il faut maintenant décider. Une participante regrette que l'on ait intubé le malade. Sans doute aurait-il mieux valu s'abstenir. Mais voilà, il vit désormais sous assistance respiratoire. Que fait-on ? Une règle préside à cette ultime délibération : une décision entraînant la mort du malade ne peut être prise qu'à l'unanimité. Si l'un quelconque des participants s'y oppose formellement, on continue.

Le médecin fait valoir que la fille infirmière doit venir dans l'après-midi. Il ne saurait être question d'arrêter une décision avant cet entretien. Dans cette attente, que fait-on ? La solution retenue sera de poursuivre les soins engagés, mais de ne pas aller au-delà. Pas de nouvelle intervention chirurgicale, pas de transfusion massive, pas d'hémodialyse rénale. Pour une éventuelle trachéotomie, on s'interroge. La majorité écarte cette éventualité. Tout a été consigné, tous les participants sont désignés et engagés. Le cas de monsieur X sera réexaminé dans quarante-huit heures.

C'était donc une réunion de routine, dans le service de réanimation d'un grand hôpital moderne. Tous les jours, la vie de nombreux patients se trouve ainsi suspendue à un geste médical, geste d'action ou d'abstention, de mise en route ou d'interruption. Autant de décisions qui peuvent entraîner la mort et que l'on range dans la catégorie d'euthanasie passive. Les soignants n'aiment pas l'expression, mais le public la comprend et le progrès médical l'impose. Car les médecins n'ont pas le choix : ils doivent choisir. La réanimation n'est pas un programme préréglé. Elle repose sur un diagnostic et un dispositif qu'il faut réexaminer chaque jour, selon l'état du malade. L'équipe soignante est condamnée à la décision permanente. Et lorsque, cessant de prolonger la vie, elle laisse faire la mort, elle tombe sous le coup de la loi. Histoire de fous ! Comment choisir entre deux solutions dont l'une est interdite ? Face à de telles évidences, nos autorités n'ont rien imaginé de mieux que l'assassinat et la non-assistance à personne en danger, corrigés, il est vrai, par la condamnation de l'acharnement thérapeutique. En définitive, ces vies suspendues flottent dans le vide juridique.

Les réanimateurs ont dû eux-mêmes fixer des règles de déontologie, des règles que l'on applique, sous une forme ou sous une autre, dans la plupart des services. Éric Favereau a enquêté pour *Libération* à l'hôpital Necker dans le service de réanimation pédiatrique, lui aussi confronté à la « mort consentie », celle d'enfants en l'occurrence. L'obligation de choisir est écrasante : « Ce qui reste diabolique, dit le docteur Patrick Hubert, c'est qu'il y a fatalement une marge d'incertitude. Statistiquement, on ne peut jamais se dire que l'on ne s'est pas trompé » ; et l'infirmière d'ajouter : « Plus la situation est grise, plus on se donne le temps[1]. »

Ici, comme à Henri-Mondor, un mode de fonctionnement s'est imposé. En premier lieu, la décision collective. « Quand la question se pose, on se réunit avec le médecin qui s'occupe de l'enfant, l'infirmière, éventuellement le pédopsychiatre, s'il le suit. [...] Cette réunion ne se fait jamais dans l'urgence. Quand la question de l'arrêt se pose, on se donne vingt-quatre ou quarante-huit heures avant de se rencontrer. [...] Chacun donne son point de vue. La règle est, lorsqu'il y a discordance, de repousser la décision. » L'équipe se concerte avec les parents, les informe ; en revanche, elle ne délibère pas avec eux, ne les associe pas à la décision, encore moins à son exécution : « Souvent on augmente la dose pour endormir un peu plus l'enfant et qu'il ne s'étouffe pas. Mais on ne le fait jamais en présence des parents, et ce n'est jamais une prescription laissée à une infirmière. L'arrêt de la ventilation, c'est toujours le geste du médecin. » À Henri-Mondor, pour des adultes et non pas des enfants, on se réjouit que, de plus en plus, les proches tiennent à être présents, à entourer le malade, à l'instant précis où l'on arrête les soins. De même s'efforce-t-on de garder des traces écrites, alors qu'à Necker, les réunions ne sont pas nécessairement conclues par un procès-verbal.

1. Éric Favereau, « On ne décide jamais dans l'urgence », *Libération*, 12 mars 1998.

Chaque équipe invente ses propres règles, mais on retrouve les mêmes bases déontologiques de l'une à l'autre : transparence, collégialité, refus de l'urgence, concertation avec la famille, prise en considération de la personne et pas seulement du malade, etc. L'existence d'un tel « code de bonne conduite » suffit à prouver que la loi pourrait fort bien encadrer cette médecine de l'extrême. Une telle réglementation interdirait l'ordre jeté à la volée, « Il faut débrancher », « Vous l'endormez », rendrait impossible l'initiative solitaire d'une infirmière, mais ne dicterait jamais leurs décisions aux médecins. Elle indiquerait la marche à suivre, mais pas la direction à prendre. Et cela ne changerait pas grand chose à la pratique des meilleures équipes.

On continue ou on arrête

La réanimation comme la thérapeutique ont été victimes de leurs succès. Elles sont allées de l'avant, ne doutant pas que les moyens de plus en plus puissants dont elles disposaient étaient faits pour servir. Dans tous les cas, et jusqu'à la dernière extrémité. C'est ainsi que la médecine s'est retrouvée prisonnière de l'acharnement thérapeutique, qu'elle a progressivement appris l'abstention, le renoncement. Bref, l'acceptation de l'inéluctable et le refus du combat de trop. Il en est allé de même pour la réanimation. En un premier temps, elle a mobilisé tous ses moyens pour faire survivre tous les malades, le plus longtemps possible, indépendamment de la qualité de vie ou des perspectives d'avenir. On a ainsi battu de sinistres records en allant jusqu'à maintenir des « malades » en coma végétatif permanent pendant des dizaines d'années ! L'évidence s'est alors imposée qu'il fallait arrêter les machines tout en sachant que l'arrêt entraînerait la mort. Mais il n'existait aucune base juridique pour justifier de tels actes. Dans les pays anglo-saxons où les juges peuvent créer le droit, ces cas dramatiques se transformèrent en controverses surréalistes. Devant un tribunal britannique qui devait autoriser ou interdire l'arrêt de l'alimentation par sonde gastrique, la question devint : s'agit-il d'un traitement médical qui peut être interrompu ou d'un « service hôtelier » qui ne saurait l'être ? Le droit était dépassé par les techniques médicales, il l'est plus que jamais, puisque le législateur n'a rien fait en dépit des avertissements qui lui ont été lancés depuis fort longtemps.

Car certains médecins ont perçu très tôt le prix de telles victoires. Dès 1956, lors du IIe Congrès de morale médicale à Paris, le professeur Jean Hamburger attire l'attention sur « un problème nouveau et inquiétant ». « Le but à atteindre, préserver la vie et s'opposer à la mort, ne laissait guère, jusqu'à présent, de place à l'équivoque, parce que la définition de la mort était simple, dit-il. Et voici que la mort n'apparaît plus comme un événement unique, instantané, intéressant toutes les fonctions vitales à la fois. Sous l'influence des moyens thérapeutiques nouveaux, la mort s'étale dans le temps, se démembre, frappe séparément et successivement les différentes parties du corps. Devrons-nous attendre que l'ultime portion de tissu soit irrémédiablement atteinte pour dire que l'organisme a cessé de vivre ? »

Le grand neurologue François Lhermitte abonde dans le même sens. Ayant justifié la réanimation « chaque fois qu'il existe un espoir de vie », il poursuit son implacable démonstration : « Mais à quel but et à quel idéal répond une telle entreprise dans les processus dont la mort est l'évolution inéluctable ? Nous avons en vue aussi bien la prolongation stérile de l'agonie des malades atteints de gliomes ou de métastases cérébrales que cette survie appliquée aux patients atteints de scléroses latérales amyothrophiques, véritables calvaires d'angoisse pour ces hommes lucides dont la fin ne serait, dès lors, qu'être le parasite d'une machine à respirer [...]. Non, ces entreprises aujourd'hui sont vaines et inhumaines. Il nous faut accepter la mort. »

En quarante ans, les réanimateurs ont progressivement, douloureusement appris à évaluer leur action, à mesurer les avantages que le patient peut en retirer, les inconvénients qu'il risque de supporter. Ils ont appris le doute. Il ne suffit plus qu'un système prolonge la vie pour qu'il soit mis en place ou maintenu. Le choix est toujours envisagé de laisser faire la mort plutôt que de la retenir. Mais, à la différence de la médecine curative, la réanimation se trouve le plus souvent confrontée à des patients plongés dans le coma, incapables d'exprimer une volonté. À supposer même que le malade recouvre un instant de lucidité, les soignants ne sauraient l'agresser en lui soumettant un questionnaire sur ses choix de vie. On sort donc du schéma « classique » de l'euthanasie dans lequel l'intéressé fait son choix et prend sa décision. Ici la vie et la mort sont en jeu, alors que le malade est défaillant, qu'il va falloir choisir pour lui. À sa place. Qu'on ne s'y trompe pas, cette euthanasie subie et non pas voulue est un phénomène de masse. Inéluctable.

Une équipe américaine a suivi pendant dix ans le fonctionnement d'une unité de soins intensifs. Elle a observé 1 400 patients. Dans ses conclusions, publiées en 1997, elle montre que la durée moyenne du séjour en réanimation est passée de treize jours en 1986 à quatre en 1995. Sur la même période, les arrêts d'assistance respiratoire ont crû de 10 % des cas à 65 % ! Or, en toute logique, l'amélioration des techniques aurait dû permettre d'allonger les séjours. Ils ont donc été raccourcis de façon délibérée. Ainsi la survie a cessé d'être une fin en soi, elle n'intervient que pour autant et pour le temps qu'elle soutient un véritable espoir de guérison. Si tel n'est pas le cas, le réanimateur doit laisser venir la mort alors même qu'il pourrait la retenir. Décision terrible à prendre en l'absente présence de l'intéressé qui ne peut donner son avis.

En dépit de ses ambiguïtés et de ses limites, la volonté du patient apporte à la médecine le sens et la légitimité. Lorsqu'elle est défaillante, que le malade n'exprime plus ni désirs, ni refus, les repères se brouillent. Or, dans les unités de soins intensifs, la vie et la mort sont toujours en jeu. Jadis exceptionnelles, ces situations sont de plus en plus fréquentes : elles représentent le tiers des décès aujourd'hui, et sans doute la moitié demain. Ainsi le mourant sera inconscient alors que les décisions à prendre n'auront jamais été aussi nombreuses. Il ne sera plus maître de rien, ni des assistances que l'on débranche, ni de celles que l'on ne branche pas, ni des traitements que l'on entreprend, ni de ceux auxquels on renonce. Bref, sa mort sera plus que jamais volontaire, c'est-à-dire suspendue à une décision humaine, et moins que jamais choisie, c'est-à-dire dépendante de celui qui meurt. Que devient alors cette dernière liberté ?

Pour les médecins qui doivent supporter ces responsabilités, la charge est écrasante, monstrueuse, comme le rappelle Édouard Ferrand, de la réanimation chirurgicale à Henri-Mondor. « Je le dis avec force, la position, aujourd'hui, du réanimateur est intenable. Plus de 75 % de ces malades ne sont pas en état de donner leur consentement et, parmi les autres, à peine 1 % sont consultés. On ne peut pas, aujourd'hui, parler de consentement. [...] On nous dit que l'euthanasie active est condamnée. Mais quand on extube un patient, le décès survient immédiatement. Où est la différence[1] ? »

1. Éric Favereau, « Euthanasie, la fin du non-dit », *Libération*, 3 juin 2001.

Effectivement, selon l'enquête LATAREA[1], pilotée par Édouard Ferrand, la décision d'arrêter la réanimation entraîne la mort dans 90 % des cas. Et les enquêtes nationales et internationales prouvent que les arrêts de traitement, notamment de ventilation, s'accompagnent d'une médication d'accompagnement pour le patient. Les réanimateurs doivent alors choisir entre des morts plus lentes, plus difficiles et plus « naturelles », et d'autres plus rapides, plus « douces », mais aussi plus « chimiques ». Doivent-ils s'en tenir à l'abstention après qu'ils ont coupé la ventilation ? Laisser le malade s'étouffer jusqu'à son dernier râle ? Doivent-ils, au contraire, s'engager davantage et permettre au patient d'en finir dans les meilleures conditions ? En pratique, le réanimateur, par humanité, par compassion, va faciliter le départ de ce malade qu'il ne retient plus. « Tout se passe comme si l'on était passé du *laisser mourir* au *faire mourir* », observe le professeur François Lemaire.

Le docteur Peter Admiraal, l'anesthésiste hollandais qui avait fait sensation à Nice en 1984 en détaillant la mort chimique néerlandaise, en vient à récuser la notion d'euthanasie passive liée à l'arrêt des systèmes de survie. « En pareil cas, explique-t-il, la mort n'est ni rapide ni douce, à moins d'injecter des doses importantes de morphiniques, mais pareille attitude n'est plus passive. Il est moins hypocrite de recourir à l'euthanasie active, administrée de telle façon que le malade tombe très vite dans un coma profond et que la mort ne tarde pas. » On sait qu'effectivement, les réanimateurs français accompagnent le débranchement d'une médication très lourde pour éviter des agonies longues et pénibles. Le malade succombe-t-il alors à sa maladie, à la suppression d'une

1. Édouard Ferrand, René Robert, Pierre Ingrand et François Lemaire, article cité.

assistance vitale ou à l'administration de substances lytiques ? Est-ce d'ailleurs bien essentiel de le savoir ? Et doit-on refuser au mourant le « confort » d'une mort douce et rapide pour éviter au médecin l'« inconfort » d'un acte euthanasique ? Autant de cas de conscience qui restent confinés dans les services.

Car la réanimation ne peut plus ignorer l'euthanasie, et la controverse fait rage entre spécialistes. Pour les uns, il s'agit d'actes totalement différents et, pour les autres, d'actes fondamentalement semblables. Certains réanimateurs récusent l'expression même d'euthanasie passive. En effet, estiment-ils, les décisions prises en réanimation sont justifiées par le seul refus de l'acharnement thérapeutique, lequel n'est pas une tolérance mais une obligation. Pas du tout, répondent les autres, la réanimation n'est pas à proprement parler une thérapeutique. Elle retient la mort, mais ne rétablit pas la santé. L'interrompre ce n'est pas renoncer à une bataille que l'on estime perdue d'avance, c'est abandonner une position qui, quel qu'en soit l'intérêt, résiste encore. Or, ce n'est pas la même chose de refuser le combat et de céder à l'ennemi. Qui plus est, la théorie du « double effet » (premier effet, on calme la douleur, deuxième effet, le calmant tue le malade) qui permet de déqualifier les gestes euthanasiques ne peut guère s'appliquer ici. Où est l'effet principal et l'effet secondaire lorsque le débranchement provoque à coup sûr la mort ?

Entre des malades muets, un droit inexistant et des choix aussi inévitables qu'irrémédiables, la réanimation se trouve condamnée au drame de conscience permanent. Pour le docteur Mélot, il existe « un continuum entre la non-escalade thérapeutique, l'arrêt thérapeutique et l'administration d'un principe actif pour abréger les souffrances de notre malade à sa demande (euthanasie) [...]. Ainsi, discuter du renoncement à l'acharnement thérapeutique sans envisager le problème de l'euthanasie [...] est peu réaliste ». De quoi faire bondir Suzanne Rameix, spécialiste de l'éthique médicale à Henri-Mondor, qui, dans sa réponse, s'indigne : « La moralité devient inconsistante si des actes qui ont les mêmes effets sont considérés comme identiques [...]. Ce n'est pas parce que le patient meurt (effet de l'acte) que la limitation, l'arrêt de traitement, l'euthanasie active directe, le suicide assisté et l'aide médicale au suicide sont le même acte. »

Et le professeur Lemaire d'en appeler à une épreuve de vérité et de clarification : « L'analyse des décisions d'arrêt de la ventilation artificielle montre qu'elles sont indissociables de leur effet immédiat : la mort du patient. Le débat est aujourd'hui ouvert de savoir s'il faut continuer à occulter cet aspect, à la rubrique auto-absolvante de l'arrêt de l'acharnement, de la bienfaisance et du confortable "double effet". Au risque alors de laisser les soignants bien seuls dans leurs pratiques clandestines, alors que l'interruption de la ventilation pour eux est une épreuve bien difficile. »

Tous les services de par le monde sont hantés par ces interrogations. La singularité française, c'est de les placer sur le plan philosophique. Ainsi le docteur Mélot et Suzanne Rameix fondent-ils leur controverse sur l'opposition entre le principe de généralisation et d'universalisation kantien et l'individualisme anglo-saxon de l'*habeas corpus* ! Leurs collègues étrangers sont, en général, plus empiriques.

La mort au tribunal

En Amérique, tout finit toujours par des procédures. Ce sont donc des affaires judiciaires largement médiatisées qui, depuis trente ans, révèlent au public les incertitudes de la réanimation. En 1976, le nom de Karen Quinlan surgit à la une de la presse. Cette jeune fille est plongée depuis dix ans dans un coma profond. Elle repose en position fœtale, est maintenue en vie grâce à une assistance respiratoire et une alimentation par sonde. Nul espoir de la voir retrouver sa conscience. Les médecins refusent de la débrancher. Les parents adoptifs introduisent un recours devant la Cour suprême du New Jersey, qui donne l'autorisation. L'assistance vitale est interrompue... et Karen continue à respirer et à vivre. Elle ne mourra que plusieurs semaines plus tard.

Par la suite, les décisions de justice se feront contradictoires. En 1978, la Cour du Massachusetts autorise, sur la double demande de la famille et du médecin, le débranchement d'une malade de 67 ans atteinte d'un Alzheimer avancé. Dans le même courant de jurisprudence, un tribunal du New Jersey accepte, en 1987, de suspendre l'alimentation par sonde de Claire Conroy, une femme de 84 ans maintenue en vie dans un état très dégradé. Surprise ! La Cour d'appel suspend l'exécution du jugement. En dépit de ces soins, Claire Conroy décède, mais la justice poursuit la procédure pour clarifier la jurisprudence et la Cour suprême casse l'arrêt au motif qu'il n'appartient ni à la famille ni au médecin de décider pour l'intéressée. Seul un « intercesseur » désigné par le tribunal pourrait le faire !

Au cours des années suivantes, des décisions contradictoires se succèdent qui, tantôt autorisent, tantôt interdisent l'interruption de la survie. Le comble est atteint en 1990 avec l'affaire Nancy Cruzan. À la suite d'un accident de voiture, cette femme de 32 ans est plongée dans le coma. Depuis six ans. La famille demande l'arrêt de la survie. L'hôpital s'y oppose. Le juge l'approuve et refuse le débranchement des systèmes « ordinaires » comme l'alimentation et l'hydratation. Décision confirmée en appel et par la Cour suprême. C'est le retour en arrière par rapport à la jurisprudence Quinlan instaurée quatre années plus tôt. L'arrêt soulève une tempête de protestations dans le monde médical et la réprobation de l'opinion. Du coup, un nouveau recours est introduit, et c'est un autre tribunal qui accordera l'autorisation de suspendre l'alimentation et l'hydratation. Les sondes seront débranchées et Nancy Cruzan mourra. Après deux ans de procédure… En France, les incertitudes sont les mêmes, et chaque hôpital établit sa propre « jurisprudence » dans l'arbitraire et la clandestinité. Une différence toutefois entre les deux modèles : le public français est tenu à l'écart du débat tandis que le public américain est directement interpellé. « La prise de conscience du public suscitée par l'affaire Cruzan provoqua la multiplication des déclarations de volonté : en 1990, l'association Concern for Dying enregistra 400 000 nouvelles adhésions », conclut le professeur Jean-Pierre Soulier[1].

Alertés par cette « judiciarisation » médiatique, les Américains redoutent de finir leur existence à l'état comateux, risquant alors de se trouver suspendus aux décisions contradictoires des médecins et des juges. Scénario d'épouvante ! Un sondage Gallup, réalisé en 1990, révèle que 84 % d'entre eux souhaitent être débranchés s'ils se trouvaient en réanimation sans espoir de guérison. En bons pragmatiques, les Américains en ont conclu qu'il est sage de faire connaître ses volontés de son vivant ou, plus exactement, de son conscient, pour ne pas se retrouver ballotté ainsi entre la vie et la mort. Une solution qui s'est imposée peu à peu dans tous les pays, qui séduit les trois quarts des Français, mais qui est totalement rejetée en France. On s'en serait douté.

1. Jean-Pierre Soulier, *Mourir en paix. Quelle médecine en fin de vie ?*, Albin Michel, 1994, voir p. 80-85 sur l'analyse de la jurisprudence américaine.

16

SIGNE ET PERSISTE

La médecine moderne nous confronte à une série de réalités incontournables. Les services de réanimation sont contraints de prendre des décisions d'abstention ou d'interruption qui entraînent la mort. Ces décisions relèvent de la volonté du patient. Mais les patients en question sont le plus souvent hors d'état de se prononcer. La conclusion, bien sûr, saute aux yeux : il serait souhaitable que chacun ait consigné ses volontés par avance et par écrit car la réanimation impose de tels choix.

Les Américains, toujours opposés à l'euthanasie classique, mais soucieux de faire prévaloir l'autonomie individuelle, se sont efforcés de connaître, en tout état de cause, les volontés du patient.

Dès 1976, c'est-à-dire l'année de l'affaire Quinlan, la Californie vote une loi qui impose de respecter la volonté d'un malade ayant choisi de mourir « naturellement » sans être placé sous assistance vitale. Par la suite, différents États vont légiférer, tant pour autoriser les médecins à suspendre une réanimation, que pour autoriser les malades à la refuser par avance. Pour unifier cette flambée législative pagailleuse et contradictoire, l'État fédéral promulgue le 1er décembre 1991 *The Patient Self-Determination Act*. Obligation est faite à tous les établissements de soins d'informer le patient de ses droits notamment celui de refuser certains traitements et de joindre au dossier médical la « déclaration de volonté » si elle existe – et, surtout, de communiquer au malade, lors de son admission, un questionnaire lui permettant de faire connaître, s'il le souhaite, ses *Advanced Medical Directives*, ses directives médicales anticipées. Celles-ci peuvent fournir toutes sortes d'indications dont les équipes soignantes doivent parler avec le patient et dont elles doivent s'inspirer même si elles ne sont pas tenues de les suivre à la lettre dans le traitement. Depuis lors, la quasi-totalité des États ont reconnu, sous des formes variées, la validité de ces déclarations et directives. Bill Clinton lui-même a appelé tous ses compatriotes à signer de tels documents. Notons que ces directives ne se réfèrent qu'à l'euthanasie dite passive, aucune n'admet une sorte d'injonction faite au médecin d'avoir à donner la mort.

Dix ans après le vote de la loi, on estime à moins du quart le nombre des Américains qui ont effectivement rédigé un tel document, mais de nombreux établissements font remplir des *Advanced Medical Directives* lors de l'admission... lorsque les patients sont en état de le faire. Résultat décevant qui illustre surtout l'inertie des comportements sur de tels sujets. En outre, la névrose judiciaire qui règne aux États-Unis a parfois détourné le sens même de cette institution. Bien souvent, elle vise davantage à protéger le médecin que le patient. Cela prouve qu'il n'est pas de solution miracle, que le succès dépend pour une large part des comportements nationaux, qu'enfin il faut tout essayer et ne miser jamais que sur des succès partiels.

La France contre-testamentaire

Déclaration de volonté ou directives anticipées, l'objectif est toujours le même : permettre au malade de faire connaître ses choix alors même qu'il ne serait plus en état de s'exprimer et de communiquer. Ou, pour le dire autrement, réduire le nombre des patients défaillants que le médecin doit totalement prendre en charge.

La méthode a surtout le mérite d'être la seule disponible, c'est pourquoi elle séduit un nombre croissant de pays. Les uns passent par la loi, les autres par la jurisprudence ou le code de déontologie médicale, les uns prévoient la désignation d'un mandataire, les autres ne le prévoient pas. Certains proposent des formulaires très précis, d'autres sont ouverts à des formules diverses, mais tous veulent s'appuyer sur l'affirmation d'une volonté antérieure pour suppléer la défaillance de la volonté présente. Ainsi du Canada à l'Australie, de la Grande-Bretagne à l'Allemagne, du Danemark à la Suisse, des Pays-Bas à la Belgique, le bien-portant est invité à s'exprimer sans attendre de n'être plus en état de le faire.

En France, les autorités et les institutions médicales ont déclenché un véritable tir de barrage. Certes, nous avons fait quelques progrès dans le respect du malade et de sa volonté. La charte du patient hospitalisé de 1995, grand progrès, prévoit formellement que « le patient doit participer aux choix thérapeutiques le concernant » et va jusqu'à affirmer qu'« aucun acte médical ne peut être pratiqué sans le consentement du patient ». *A priori*, cela devrait pleinement légitimer les directives anticipées. Pas du tout, la volonté du patient ne peut qu'être instantanée, c'est le postulat français, dernier refuge du paternalisme. À l'évidence, il est plus facile de négocier avec un malade à la dernière extrémité que d'être tenu par un texte indiscutable. Il a donc été décidé que le testament de vie, tout comme l'euthanasie, n'aura pas droit de cité chez nous ! Les Français ne peuvent donc faire reconnaître leurs dernières volontés dans le domaine médical comme ils le font dans le domaine patrimonial. Le malade, s'il est conscient, peut refuser les traitements qui lui sont proposés, mais il ne peut mettre ses instructions « en conserve ». De tels documents n'ont aucune valeur, ni légale ni médicale. Ils sont nuls et non avenus.

Dès sa création, l'ADMD s'est efforcée de populariser ces testaments de vie. Sans grand succès, il faut bien le reconnaître. À plusieurs reprises, des propositions de loi ont tenté de leur donner une existence légale. Elles n'ont jamais pu être discutées dans l'hémicycle du Palais-Bourbon. Pour dire les choses platement, les parlementaires ne veulent pas en parler et les médecins ne veulent pas en entendre parler. Or une telle formule n'est viable que si elle est soutenue par les pouvoirs politiques et médicaux.

Les critiques françaises portent sur des formules caricaturales qui n'existent nulle part, et ignorent la réalité que l'on observe à l'étranger et qui se trouve être infiniment plus raisonnable. La première objection, toujours mise en avant, c'est le décalage entre le bien-portant et le malade qui conduit le premier à refuser ce que le second accepte avec reconnaissance. Et c'est bien souvent la même personne qui, ayant été réanimée contre sa volonté, remercie ses sauveteurs de n'avoir pas suivi ses recommandations.

Jean-Pierre Soulier rappelle l'histoire de ce grand patron que fut le professeur Milliez : « Gravement malade, il avait cru, voici quelques années, sa dernière heure arrivée. Il s'était fait à cette issue, il avait demandé qu'on le laissât mourir en paix. Ses élèves qui le soignaient dans son propre service à l'hôpital ne l'entendaient pas ainsi et ont poursuivi le traitement contre sa volonté. Il a récupéré un état de santé relativement satisfaisant. On lui a demandé s'il se félicitait de n'avoir pas été obéi. Il concéda qu'il appréciait de se trouver encore en vie [...]. Il ne cacha pas qu'il éprouvait une sorte de regret qu'on ne l'ait pas laissé s'éteindre alors que, dans un état de grâce, il s'y sentait prêt[1]. »

Le testament de vie est un double pari. Celui d'une volonté constante, celui d'une médecine perdante. D'une part, le bien-portant décide pour le malade futur qui n'aura peut-être pas le même point de vue, il peut rejeter le verre à moitié vide que le malade verra, peut-être, à moitié plein. D'autre part, il craint le mauvais résultat des traitements, oubliant que ceux-ci peuvent aussi être fort bons. « Vous imaginez, me disait un médecin opposé à ces formules, que Jean-Pierre Chevènement ait rédigé dix ans avant son opération des instructions très fermes pour qu'on ne s'acharne pas à le réanimer s'il tombait dans le coma ? Vous imaginez un malade récupéré dans ces conditions qui ne remercie pas l'équipe soignante, qui regrette qu'on ne l'ait pas laissé mourir ? Oui, la médecine remporte des succès, parfois même "fait des miracles", je l'ai vécu. Pourquoi décider, *a priori*, qu'on n'en veut pas ? On peut, tout de même, faire confiance aux médecins qui savent ce qui vaut la peine d'être tenté et ce qui ne le vaut pas. Pourquoi vouloir décider à leur place sans même connaître le dossier médical ? » À cette réserve près que Jean-Pierre Chevènement et les malades dans de telles situations sont certes « en danger de mort » mais pas « en fin de vie ».

1. Jean-Pierre Soulier, *Mourir en paix, op. cit.*

Au reste, beaucoup de réanimateurs sont très dubitatifs pour des raisons pragmatiques et non de principe. Ils craignent de ne lire dans ces documents que des considérations générales ou bien des interdits trop catégoriques - voire l'exigence qu'il soit procédé à des actes interdits. Une crainte légitime, à laquelle, tout de même, leurs confrères étrangers ont déjà réfléchi.

Que le signataire puisse changer d'avis, c'est indiscutable. Mais ces déclarations sont toujours révocables, et le malade, dès lors qu'il est conscient, est invité à les confirmer ou à les infirmer. Cessons donc de fantasmer sur le malheureux qui se voit euthanasier contre son gré, en dépit de ses protestations, au nom d'un testament signé dix ans plus tôt. D'autre part, cette objection ne vaut rien pour les déclarations médicales anticipées qui sont établies lors de l'admission à l'hôpital et permettent, éventuellement, d'actualiser le testament de vie. En outre, il peut être prévu des clauses de renouvellement tous les trois ou cinq ans.

En revanche, la difficulté est bien réelle pour les cas, et ce sont les plus nombreux et les plus délicats, où le patient n'est plus en état de communiquer. Difficulté que l'on retrouve avec les testaments ordinaires. Allez savoir si un texte écrit dix ans plus tôt reflète bien l'ultime volonté d'un testateur mort après des mois de coma sans l'avoir confirmé ! Mais, en tout état de cause, que la déclaration de volonté existe ou pas, une décision devra être prise alors que l'intéressé n'est pas en état de s'exprimer. Il reviendra donc à l'équipe soignante et à la famille de choisir. De fait, les médecins s'efforcent de se conformer aux volontés supposées du patient. Et pourquoi diable le testament de vie ne serait-il pas une base de réflexion aussi fiable que le sentiment des uns et des autres sur les désirs supposés de l'inconscient ?

En outre, de tels documents devraient normalement désigner un mandataire auquel le signataire donne pouvoir de décider en son nom. L'équipe soignante disposerait donc d'un véritable interlocuteur.

Plus sérieuse est l'objection du pari. Comment dire aujourd'hui ce que je voudrai ou ne voudrai pas dans un futur incertain, en fonction de circonstances que j'ignore, et d'options tout aussi inconnues ? N'est-ce pas risquer de faire un très mauvais choix ? Sans doute, mais, encore une fois, c'est inhérent à l'exercice de la liberté. Grandeur et servitude de la condition humaine ! Celui qui s'engage dans une guerre, qui se lance dans une expédition de montagne, qui fume son paquet de cigarettes par jour, qui pratique le vagabondage sexuel sans préservatif ou, peut-être plus simplement, qui mange et boit plus que de raison joue avec sa vie. Pourquoi ne pourrait-on de même prendre certains risques pour quitter ce monde ?

Les contempteurs du testament mettent en avant les succès de la médecine et le bonheur de ceux qui en profitent. Pourquoi s'en priver ? Ainsi présenté, l'argument est convaincant, trop sans doute car il donne une image exagérément optimiste. Dans ces situations extrêmes, la médecine subit beaucoup d'échecs et les pronostics sont aussi des paris. Le bonheur de ces rescapés, si heureux qu'on ne les ait pas écoutés, ne doit pas faire oublier la détresse de ceux qui, n'ayant pu se faire entendre, meurent au terme d'une agonie qu'ils voulaient s'épargner ou qui survivent très durement et regrettent qu'on ne les ait pas laissés partir en douceur. Qu'aurait dit le professeur Milliez en reprenant conscience dans un corps paralysé ? Et qui pouvait être certain que ce ne serait pas le cas ? Une demande d'abstention n'est pas le refus d'un bienfait, c'est le refus d'un pari.

Au reste, l'expression de ces volontés n'a aucune raison d'aller toujours dans le même sens. Les uns veulent renoncer à certains soins au risque d'abréger leur vie, les autres exigent tous les traitements pour la prolonger au maximum. Dans un cas comme dans l'autre, l'appréciation est purement subjective et n'a rien à voir avec de prétendues évaluations objectives.

En 1984, Maryannick Pavageau bascule brutalement dans un « locked-in-syndrom ». Elle est âgée de 29 ans. Elle reste des semaines en réanimation, très mal en point avec infections multiples, arrêts cardiaques, etc. Certains médecins hésitent à poursuivre, un seul s'obstine. Seize ans plus tard, elle vit toujours et, surtout, elle veut vivre. Lorsque le Comité national d'éthique a rendu son avis, elle lui a écrit une lettre ouverte pour exprimer son désaccord et même son indignation.

« Quand chaque seconde de vie est une seconde gagnée, et je vis, la chance dans cette maladie, c'est que l'on a tellement touché le fond de l'abîme que l'on ne peut que remonter.

« Oh, je ne suis pas au mieux, je suis entièrement paralysée, je parle avec difficulté, j'ai besoin de quelqu'un pour accomplir tous les gestes de la vie ordinaire, mais je tire parti de tous les moyens ordinaires, je me lance des défis, même si, comme tout un chacun, j'ai des moments de découragement, je les surmonte en essayant de découvrir un côté positif aux choses, il y a eu un Avant, il faut vivre l'Après (et je dois ajouter que j'ai toujours eu horreur "qu'on pense pour moi") [...]. À tout moment, nous subissons l'épreuve, mais nous ne sommes pas écrasés, nous sommes terrassés, mais non pas anéantis . »

Tel est donc le choix de Maryannick, éminemment respectable assurément, mais qui ne doit, en aucun cas, devenir celui de tous les autres. La seule façon de faire cohabiter les désirs contraires de ceux qui veulent être maintenus en dépit des pires séquelles, et de ceux qui refusent la vie dans de telles conditions, c'est évidemment de recourir aux directives anticipées. Que chacun dise à l'avance ce qu'il veut et ce qu'il ne veut pas, et il ne sera plus nécessaire d'imposer à tous la même loi.

En définitive, la France a condamné l'image caricaturale d'une formule simpliste qui prétendrait régler tous les problèmes. Or ce bout de papier jauni contraignant le médecin à tuer le malade qu'il pourrait sauver est un fantasme démenti chaque jour par les expériences étrangères. Observons-les de plus près.

Du bon usage des testaments

Prenons, par exemple, le testament de vie canadien, le « testament biologique » comme disent nos amis québécois. Il n'a de valeur légale que dans certaines provinces, mais, dans tous le pays, les médecins et les institutions médicales en tiennent le plus grand compte. Le document lui-même fait douze pages, rien à voir avec l'injonction donnée en trois phrases au médecin. Dès l'introduction, il est conseillé de prendre contact avec son médecin, de parler avec lui de ce texte, de se faire expliquer les termes, les situations envisagées, les dangers encourus avant de répondre aux différentes questions. « Soyez bien à l'aise de poser toutes les questions nécessaires pour éliminer toute confusion ou incertitude. »

Sans doute faudrait-il aller plus loin et exiger un contreseing médical pour reconnaître valeur testamentaire à de tels documents. Cette signature serait la preuve que le testateur a obtenu toutes les explications, tous les éclaircissements, qu'il sait exactement ce à quoi il s'engage. N'a-t-on pas rendu obligatoire la visite préalable à toute anesthésie générale ? Le futur opéré paie une consultation chez l'anesthésiste pour s'entendre rappeler tous les dangers qu'il encourt en se faisant endormir. Il n'a même pas le droit de signer son consentement en présence du médecin. Il doit se déterminer seul et faire parvenir son accord par écrit. Cette lourde procédure exigée avant de très courtes anesthésies serait bien plus justifiée en prévision des interventions autrement plus importantes qui se pratiquent en fin de vie. Ainsi les signataires prendraient-ils leurs risques en toute connaissance de cause, donc en toute liberté.

Viennent ensuite les « directives » elles-mêmes. Il ne s'agit nullement d'instructions simplistes du genre « je ne veux pas aller en réanimation » ou « si je suis dans le coma, abstenez-vous de me réveiller » mais d'une grille très précise qui s'appuie sur quatre situations : 1° Phase terminale sans conscience ; 2° État végétatif sans mort imminente ; 3° Lésions cérébrales graves ; impossibilité de s'exprimer, mais sans risque de mort prochaine ; 4° Coma avec un pronostic défavorable.

Pour chacune d'entre elles sont envisagés les différents traitements – réanimation cardio-respiratoire, respirateur artificiel, dialyse… –, les assistances vitales, les médications, etc. Soit une dizaine de moyens et, pour chacun d'entre eux, le signataire choisit entre « recevoir », « ne pas recevoir », « interrompre ».

Un tel questionnaire n'a pas été établi *contre* mais *avec* les médecins. Ce sont eux qui ont fourni la liste des options possibles en réanimation, celles qui posent problème lors de ces réunions où les soignants doivent décider pour le patient.

Le formulaire canadien prévoit une case pour exprimer les « principes de vie et ses valeurs » qui soustendent ces choix. L'équipe soignante doit savoir si le patient estime qu'il est libre à tout moment d'interrompre sa vie ou bien, à l'inverse, s'il entend se conformer à une obligation de vivre aussi longtemps que possible. Elle doit le savoir afin de respecter cette volonté. Car le doute subsiste. Des médecins peu scrupuleux pourraient, afin de récupérer une place, débrancher un patient bien qu'il ait demandé à être prolongé le plus possible, c'est vrai. Mais, à l'inverse, il existe des intégristes de la vie jusqu'au bout qui n'entendent pas composer avec leurs convictions. Nous l'avons vu. Nulle volonté contraire ne pourra les faire changer d'avis. Tant mieux pour les malades qui partagent leur façon de voir, tant pis pour les autres. Il est donc inutile de rédiger un testament de vie s'il doit être appliqué par des personnes qui estimeront, en conscience, ne pas devoir en respecter les termes. La seule solution raisonnable, c'est d'éviter un tel conflit.

Ainsi cette « profession de foi » doit-elle s'accompagner d'une demande très précise. Celle d'être pris en charge par une équipe soignante qui n'est pas en désaccord avec ces principes, qui pourra se conformer à ces volontés sans drame de conscience. Cela doit être vrai pour la liberté de partir comme pour l' obligation de vivre. La confiance entre soignants et soignés est à ce prix.

De telles procédures, testament de vie ou directives anticipées, sont-elles réductrices, voire dégradantes, pour la médecine ? C'est une opinion très répandue dans le corps médical français. Le praticien, en se voyant prescrire sa conduite, et qui plus est par un ordre écrit, serait réduit à l'état de garagiste réparant (ou ne réparant pas) une voiture. Critique outrée mais qui touche un point sensible. Encore une fois, c'est l'esprit même de l'action médicale qui est en jeu.

Le testament de vie ne peut être une institution universelle et uniforme. Il doit s'adapter à la société dans laquelle il s'applique. Le statut des volontés anticipées reflète ces traditions particulières. En Suisse, par exemple, l'Association pour une mort humaine, Exit, propose des formules particulièrement strictes. Elle exige des documents en quatre exemplaires, avec photo d'identité, signature authentifiée, vignette de l'année, etc. Moyennant quoi, elle met en garde : « Pour que les directives anticipées soient recevables, elles doivent représenter l'expression de la volonté, formulée par "je veux", "j'exige", "je décide", "j'ordonne" ou toute autre formule catégorique. Les souhaits et les demandes peuvent être utiles, mais ils n'ont pas la faculté d'obliger le médecin à appliquer des mesures déterminées, ou à les interrompre [...]. Tout médecin qui enfreint des directives anticipées explicites, clairement documentées et protégées contre les mauvais usages, commet une infraction. C'est un principe qu'Exit défend depuis ses débuts. »

J'imagine les yeux exorbités de certains médecins français recevant de telles mises en demeure ! Mais voilà, elles sont destinées à leurs collègues suisses, et pas à eux. En France règne, pour le meilleur et pas seulement pour le pire, un paternalisme médical très éloigné des relations contractuelles qui peuvent prévaloir à l'étranger. À l'évidence, les formules retenues dans l'Hexagone devront tenir compte de cette tradition. Elles rechercheront davantage la conciliation que la confrontation, la concertation que le commandement.

Certes, le dialogue est toujours préférable. Mais, en l'occurrence, il est impossible. Et quel autre échange peut-on avoir avec une personne inconsciente ? Or il n'est pas normal, il n'est pas sain, que l'autorité médicale décide seule de la vie et la mort de ses patients, ou prenne des décisions aussi lourdes de conséquences qu'une trachéotomie, une mise sous hémodialyse, etc. Ces responsabilités doivent être au minimum partagées. Et si la discussion n'est plus possible, alors il vaut mieux laisser la responsabilité à l'intéressé – ou bien s'entretenir avec son mandataire. Un médecin n'a pas à se sentir diminué parce qu'il laisse le patient libre de choisir son destin.

À l'inverse, il ne peut être réduit au rôle de simple exécutant. En pratique, les instructions anticipées fixent quelques options fondamentales, pour le reste, elles maintiennent le médecin dans sa fonction et sa dignité.

L'équipe soignante reste tout d'abord maîtresse du diagnostic et du pronostic. À elle de dire si l'on se trouve bien « en phase terminale », dans « un état qui risque de se prolonger longtemps », ou si le patient a « des chances de mourir plus nombreuses que les chances de guérir ». Il s'agit là d'évaluations subjectives, et pas seulement de données objectives. Les certitudes disparaissent dans ces situations extrêmes. Elles laissent place au doute, à l'interrogation, aux hésitations. Les instructions préalables interviennent dans ce choix, infléchissent la décision. Si l'on se reporte à la séance de l'hôpital Henri-Mondor, que voit-on ? Les participants sont confrontés à des choix et ne se déterminent pas en fonction d'« un malade », mais d'une personne singulière dont ils s'efforcent de connaître et de respecter les intentions. Cette démarche serait facilitée s'il était possible de connaître noir sur blanc les options du malade et, en outre, l'avis de son mandataire.

De fait, bien des réanimateurs de la nouvelle génération sont favorables à ce genre de procédure. Ils ne le sont pas seulement par respect du malade, mais également dans un souci d'autoprotection. Évoquant les directives anticipées américaines, Suzanne Rameix s'interroge sur la finalité de cette législation : « le respect de l'autonomie des patients ou la protection juridique des médecins ? » La réponse est évidente : « les deux », et c'est fort bien ainsi.

Les médecins n'ont pas à porter seuls le fardeau de ces êtres suspendus entre la vie et la mort, à décider pour les adultes qu'ils prennent en charge, à s'imputer le poids des incertitudes, des erreurs. Impossible d'exiger une médecine personnalisée et de se comporter en mineur. L'exercice de la dernière liberté, c'est aussi une sacrée responsabilité. Elle nous oblige à regarder la réalité, à entendre la vérité, à faire nos choix.

Nous voilà bien loin du chiffon de papier, du gadget antimédical qui révulse tant nos mandarins. Il s'agit, au contraire, d'un institution civique dont aucune politique de santé moderne ne pourra faire l'économie.

Au Danemark, pays pionnier en ce domaine, la loi du 1er octobre 1992 ne se contente pas de reconnaître formellement le droit de refuser par avance certains soins, elle l'organise. En fait, ce droit est devenu une pièce essentielle de la politique de santé. Il est explicitement mentionné dans la charte des patients, comme d'ailleurs dans celle des médecins, et les soignants qui contreviendraient délibérément à ces instructions s'exposeraient à des sanctions. Mais, surtout, le testament de vie est véritablement devenu une institution sociale. Les autorités ont établi des formulaires et les médecins comme les pharmaciens doivent veiller à ce que les particuliers les remplissent scrupuleusement. Ces documents, dûment enregistrés, sont ensuite rassemblés dans un système à consultation rapide de sorte qu'un médecin prenant en charge un malade inconscient ait la possibilité de connaître ses volontés. La possibilité et le devoir, car la consultation des registres est obligatoire et les instructions deviennent impératives lorsque le signataire se trouve en phase terminale. En revanche, lorsqu'il n'est encore qu'un malade que l'on soigne et non pas un mourant que l'on accompagne, ses directives n'ont qu'une valeur indicative. Cette législation est à ce point entrée dans les mœurs que l'ADMD danoise – qui, notons-le au passage, avait autant d'adhérents que l'ADMD française pour une population dix fois moins nombreuse – a estimé que ce résultat mettait un terme à son action. Elle s'est autodissoute.

Le sérieux des Scandinaves déconcerte toujours les Latins soupçonneux et insouciants que nous sommes. Et, de fait, nous n'avons à reproduire aucun modèle étranger, ni danois, ni canadien, ni américain, ni aucun autre. En revanche, ces expériences sont porteuses d'un enseignement : il nous appartient d'aller dans cette direction et d'élaborer une formule adaptée à notre propre sensibilité. Sans affrontement, avec le consensus du corps médical.

17

AIDEZ-MOI !

La caméra filme en plan serré. Ramon a la tête posée sur l'oreiller, le teint pâle, le visage fatigué, le regard lumineux. À l'arrière-plan, on devine le lit du malade, et là, au premier plan, devant lui, juste un peu de côté, le verre à moitié rempli. Ramon tourne légèrement la tête. Il tient dans la bouche une paille qui trempe dans le liquide incolore. Il boit. Quelques gorgées, le verre est vide. En regardant la caméra, Ramon semble apaisé. Il sait qu'il va mourir. Enfin !

Le choc est rude pour les téléspectateurs qui, en ce 12 janvier 1998, regardent le journal sur Antena 4. Ils s'attendaient à voir l'habituel cortège d'horreurs et de banalités, l'actualité quoi. Et puis, tout à coup, ils sont agressés par la réalité. La mort est omniprésente à la télévision. Dans les films, et même dans les reportages. Elle fait partie du spectacle. Mais il ne s'agit pas de ce comble de l'obscénité, la vraie mort, celle de nos voisins, celle qui nous attend ! On ne meurt pas à la télé, ça ne se fait pas ! Ramon Sampedro l'a fait. Parce qu'il n'avait pas le choix. Pour mourir en paix, il lui fallait une caméra, et pour que d'autres paralysés puissent partir paisiblement, il fallait que toute l'Espagne voie ce film.

Cette délivrance, Ramon Sampedro l'a espérée pendant vingt-neuf ans. Un interminable combat qu'il a mené lui-même, qu'il a raconté dans son testament, indispensable pour comprendre son geste. « Le 23 août 1968, je me suis fracturé la nuque après avoir plongé et heurté le fond de l'eau. Depuis ce jour, je suis une tête vivante et un corps mort. [...] Les techniciens de la médecine, et avec eux les politiques, les juges, les juristes et toutes les professions associées pour statuer sur le droit et sur le bien-être disent qu'un tétraplégique est un malade chronique. Il serait moins trompeur d'affirmer qu'un tétraplégique est un mort chronique. Jouer ce rôle de mort chronique, dans cette comédie de la vie, est un enfer. [...] La première réaction de mes parents, lorsque je leur fis part de mon désir de mourir, fut de dire qu'ils préféraient me garder ainsi plutôt que de me perdre pour toujours. Ce fut mon premier contact avec le mur impénétrable du paternalisme bien intentionné [...]. Je partage avec quelques juges et la majorité de ceux qui aiment la vie et la liberté l'opinion que vivre est un droit et non une obligation. [...] Ainsi que vous le voyez, à côté de moi se trouve un verre d'eau contenant une dose de cyanure de potassium. Quand je l'aurai bu, je me serai libéré d'un esclavage humiliant étant tétraplégique. Cet acte de liberté avec l'aide d'autrui, vous le dénommez suicide assisté. [...] Vous avez la possibilité de punir les proches qui m'aiment, qui ont agi par amour. [...] Ce n'est pas ma conscience qui est prise au piège par la difformité de mon corps atrophié et paralysé, elle l'est par la difformité, l'atrophie et la paralysie de vos consciences[1]. »

---

1. Voir Ramon Sampedro, *Mourir de vivre*, Ramsay, 1997.

Le combat pour la mort

Cette existence de tétraplégique, Ramon ne voulait pas la vivre. Mais il ne pouvait seul mettre fin à ses jours, et ceux qui l'eussent aidé auraient risqué gros, très gros même. Alors Ramon a dû parler, implorer, se démener depuis son lit d'infirme. Il a plaidé sa cause, et l'Église n'a pas manqué de lui opposer son prêtre tétraplégique, Luis de Moya, qui, lui, tient à la vie. Comme si Sampedro voulait mettre à mort tous les paralysés ! Comme si la vérité de l'un devait s'imposer à l'autre !

En 1993, il décide de réclamer en justice le droit à l'euthanasie. Sans succès. L'Espagne a bien modifié sa législation pénale en 1995. Elle a distingué l'euthanasie et le suicide assisté du meurtre pur et simple. Du coup, elle a prévu des peines applicables et réellement dissuasives de six mois à trois années de prison. Voilà ce qu'il en aurait coûté d'aider Ramon à mourir.

Il a fait appel jusqu'à la Cour constitutionnelle, dont les juges resteront courageusement cinq ans sans répondre. C'est alors qu'en 1998, Ramon Sampedro entreprend d'organiser son suicide. Il s'installe dans un logement, dont une dizaine de ses amis ont la clé. L'organisation de son acte est assurée par eux tous. L'un se procure le poison, l'autre dispose le verre et la paille, un troisième met en place l'équipement vidéo... Car il faut tout filmer pour bien prouver qu'il s'est suicidé seul, qu'il ne s'agit pas d'un « meurtre ».

Sitôt la mort de Sampedro connue, la police s'est lancée sur les traces de ses complices, s'efforçant de déférer à la justice ceux qui avaient activement contribué à son suicide. Pourtant Ramon a gagné, mais pas pour lui hélas ! Car les Espagnols, bouleversés par l'« effet Sampedro », se prononcent massivement désormais pour le suicide assisté et l'euthanasie. Et la classe politique se voit contrainte de reconsidérer la législation. Le changement est en marche. Les successeurs de Ramon pourront se faire entendre… et ce n'est pas pour autant que ceux de Luis de Moya seront mis à mort.

C'était Sampedro en 1998, et puis ce fut Lorand en 2000. De l'Espagne à la Belgique, les mêmes préjugés, la même incompréhension. Jean-Marie Lorand est arrivé au bout du chemin. Cet « amoureux de la vie », comme il se définit lui-même, n'en peut plus, n'en veut plus. Lui aussi s'est démené. Il est connu, il a plaidé pour le droit à la mort devant la commission d'enquête sénatoriale. Il est très entouré, mais il reste seul face à son problème : comment se donner la mort quand on ne peut plus remuer que le bout de deux doigts, quand on n'a plus aucune autonomie, aucune vie privée ?

Pourtant, il a failli réussir. À l'époque, il était un peu moins invalide. Grâce à son équipement informatique : ordinateur, téléphone, Internet, il parvient à joindre un médecin et à se faire prescrire un puissant barbiturique. Reste à l'absorber en trompant la vigilance de l'assistant qui le fait manger. Il glisse discrètement les pilules dans une enveloppe qu'il fait placer à portée de sa main en prétextant qu'elle contient de l'argent. L'assistant part, il se retrouve seul : « Je dictai mes dernières volontés et, péniblement, je saisis l'enveloppe, déchirai le papier avec mes dents. Je posai les plaquettes sur mon torse et en gardai une en main. Je mis la plaquette en bouche, l'une après l'autre, j'ai extrait les pilules, les délogeai grâce à une pression de la langue. J'avalai ainsi toutes les pilules. Selon la posologie, cette dose était trois fois mortelle[1]. »

Mais au matin l'infirmière le retrouvera dans le coma. Il sera réanimé, sauvé. C'est clair, il ne peut se supprimer tout seul. Certes les sénateurs belges et le Comité

1. Jean-Marie Lorand, *Aidez-moi à mourir, op. cit.*

d'éthique délibèrent depuis plusieurs mois à propos d'une nouvelle loi, mais en attendant, l'euthanasie est toujours un crime passible de la réclusion à perpétuité et les tenants de l'ordre moral ne désarment pas. Au début de l'an 2000, ils ont inculpé deux médecins de l'hôpital de la Citadelle à Liège qui avaient interrompu l'assistance respiratoire et administré des calmants mortels à un malade. Celui-ci avait beau se trouver en phase terminale, se débattre dans les horreurs de l'étouffement, avoir manifesté sa volonté d'en finir, la famille et les collègues avaient eu beau protester, rien n'y a fait. Le praticien a été menotté et jeté en prison comme un criminel. Avis à ceux qui voudraient aider Jean-Marie Lorand !

Par l'intermédiaire d'Internet, il a fini par trouver cette main fraternelle : un médecin qui prendra le nom de code de « James ». Il fixe lui-même la date de son « départ » : dans la nuit du 8 au 9 juillet, consacre le dernier mois à tourner une émission télévisée, à dicter son journal de fin de vie. Il redoute une intervention des autorités qui ferait avorter son projet. Le 3 juillet, il reçoit un sénateur, lui confie ses intentions sous le sceau du secret – le sénateur en question se trouve être médecin – et délivre son ultime témoignage à destination de la commission sénatoriale. Le jour venu, tout est filmé. Il a choisi une potion mortelle et non pas une injection afin de bien montrer sa participation active, preuve de sa détermination. Sitôt la mort connue, le parquet de Mons ouvre une information et annonce qu'il va rechercher et inculper « James »... Jean-Marie Lorand n'est pas mort pour rien. Il a fait de son suicide une « provocation », selon le mot d'un sénateur. La Belgique est bouleversée. Ici comme en Espagne, les masques sont tombés. Le public sait maintenant où se trouvent la charité et la tolérance. Le Conseil d'État belge a rendu un avis favorable au projet de loi légalisant l'euthanasie.

« Se foutre en l'air »

Après la mort volontaire du mourant puis de l'inconscient, voici donc celle du malade conscient, une mort volontaire précoce à la différence de ces morts tardives. L'intéressé étant en principe valide, il lui revient d'accomplir le geste fatal. Il n'est pas normal, pas convenable, d'attendre tout de la médecine, de rester passif face à un acte aussi grave. Si l'intéressé est en état d'agir, c'est à lui de se supprimer lorsqu'il le décide. Même certains grands paralytiques sont en état d'avaler un poison. Mais il est vrai qu'ils ne peuvent prendre en charge l'ensemble de l'acte. Ils doivent être assistés. C'est alors que la société tout entière impose le devoir de vivre, refuse toute « exception », tout accommodement. Nous l'avons vu dans ces deux cas emblématiques, et nul doute qu'il en eût été de même en France. Surtout si les drames avaient été médiatisés, interdisant ainsi ces euthanasies discrètes sur lesquelles nous fermons si volontiers les yeux.

Derrière ces deux personnages d'exception se cache donc la forêt touffue de tous les malades incurables qui ne sont pas à l'article de la mort et qui, pourtant, veulent en finir. Car il n'est pas besoin d'être en phase terminale pour refuser la sortie de vie qui nous est annoncée. Or la médecine moderne apporte une bonne visibilité, elle permet aux victimes de pathologies neurodégénératives, aux cancéreux et à bien d'autres malades de savoir ce qui les attend et, le cas échéant, de refuser le dernier acte. Il ne s'agit plus d'abréger une agonie mais une maladie.

Le recours s'appelle alors le suicide et, comme le disent brutalement certains médecins : « Si vous voulez vous foutre en l'air, ce n'est pas interdit. » Autrement dit : débrouillez-vous, la médecine n'a rien à voir là-dedans. Les exemples de Sampedro et de Lorand sont là pour nous rappeler que ce n'est pourtant pas si simple. Pour les paralysés, ce refus de toute assistance revient à interdire purement et simplement le suicide. Qu'en est-il pour des personnes valides ?

Pour répondre, il faut regarder les faits. Comment les personnes âgées ou malades font-elles pour mettre fin à leurs jours ? Car il faut tordre le cou à un canard qui a la vie dure : le suicide n'est pas qu'une affaire de jeunes. Loin de là. Pour les hommes, le taux de suicide pour 100 000 habitants est de 14,5 dans la tranche 15-24 ans et de 91,1, soit six fois plus, pour les 75 ans et plus. Chez les grands vieillards, 85 ans et plus, on atteint 150,2 et, fait inquiétant, le taux a augmenté de près de 50 % en l'espace d'une décennie. Le suicide, oui, c'est aussi une affaire de vieux.

Et comment les personnes âgées se donnent-elles la mort ? Pour les hommes de 75 ans et plus, le moyen le plus courant est la pendaison (45 %), suivie des armes à feu (27,5 %), du saut dans le vide (8 %), de la noyade (7,8 %). Le poison n'intervient que dans 3,3 % des cas. Les femmes de 75 ans ne se tirent jamais une balle dans la tête (1,9 %), se pendent plus rarement (34,3 %), mais se noient (23,6 %), se précipitent dans le vide (14 %) ou s'empoisonnent (15,9 %) beaucoup plus souvent. Sans compter le refus de s'alimenter, véritable refus de vivre, beaucoup plus fréquent qu'on ne le dit, dans les maisons de retraite.

Tels sont donc, en l'an 2001, les moyens dont disposent des malades âgés pour se supprimer. Imagine-t-on la solitude, la souffrance, l'horreur et l'épouvante de ces derniers instants ? Morts de condamnés, morts de suppliciés, mais certainement pas de « braves gens bien sous tous rapports ». Et, cela, au XXIe siècle, alors que la médecine est en mesure d'offrir à tous une mort douce, calme et apaisée ? Comment se fait-il que, dans cette société où la sensibilité confine à la sensiblerie et la compassion à la complaisance, cette horreur au quotidien ne soulève pas la moindre indignation, la moindre émotion ? Comment en est-on venu à considérer « naturel », « inévitable » qu'une mort volontaire soit aussi violente ? Est-ce donc un si grand crime de déserter face aux épreuves du très grand âge et de la grande maladie ? Est-ce une raison pour se voir infliger ces exécutions moyenâgeuses ?

Le suicide à deux étages

Car les suicidés ne « choisissent » pas ces fins horribles. Ils n'en ont pas d'autres à leur disposition. Certes, on peut toujours avaler un tube de somnifères, mais l'expérience prouve que cela se termine à l'hôpital. Pas à la morgue. Or, les personnes âgées qui attentent à leur vie ont une réelle volonté d'en finir, elles ne veulent pas se manquer. C'est pourquoi elles recourent à ces méthodes radicales dont on ne réchappe pas. Nul doute qu'elles préféreraient des solutions plus humaines si elles étaient aussi sûres. Mais la mort chimique digne, paisible et certaine n'est pas à la portée du commun des mortels.

Ces potions létales, il faudrait d'abord les connaître. La « pilule de la bonne mort » qui, dit-on, est à l'étude en Hollande, n'existe toujours pas. Les produits disponibles risquent d'être rejetés après avoir été ingurgités, leurs effets sont inattendus ou mal calculés. Bref, on ne se donne pas la mort chimique aussi facilement que cela et Jean-Marie Lorand a manqué son suicide avec pourtant une dose de barbituriques tout à fait mortelle. Cela n'est pas surprenant : neuf tentatives sur dix n'aboutissent pas. La mort chimique, la seule qui soit acceptable sur le plan humain, nécessite un savoir qui n'est pas disponible.

En 1982, le livre de C. Guillon et Y. Le Bonniec, *Suicide, mode d'emploi*, avait fait scandale. À juste raison. Non seulement les auteurs mettaient à la portée de tous, notamment des adolescents, des recettes de mort, mais, en outre, ils valorisaient dangereusement le suicide. Accusé d'avoir favorisé le passage à l'acte de certains jeunes, le livre fut interdit. L'ADMD, qui avait diffusé auprès de ses membres une brochure, *Autodélivrance*, donnant aux malades et personnes âgées des conseils pour se procurer une mort digne et paisible, dut également faire machine arrière. Le choc provoqué par *Suicide, mode d'emploi* incita le Parlement à voter la loi Dailly-Barrot de 1987 qui punit sévèrement « la propagande ou la publicité » en faveur d'une méthode propre à se donner la mort. C'est la loi la plus répressive au monde sur le sujet. Il reste facile de se procurer une arme à feu pour un suicide barbare, mais il est impossible d'accéder aux informations nécessaires pour un suicide moderne, à partir des substances appropriées.

Ces produits, il faut ensuite se les procurer. Ils ne sont en vente que sur ordonnance, voire accompagnés de formalités très lourdes. Et c'est fort heureux. Le suicidant ordinaire devra donc s'adresser à un médecin, lequel ne pourra que refuser.

Certains, pourtant, parviennent à leurs fins. Dans un admirable documentaire intitulé *Mourir* diffusé par Arte[1], Michaëlle Gagnet a recueilli le témoignage de Claudette évoquant la mort de Michel, son mari. Atteint d'une forme particulièrement atroce de cancer, celui-ci décide de mettre fin à ses jours. Il évoque

1. *Mourir*, documentaire de Michaëlle Gagnet, coproduction Arte-Doc en stock, « Soirée Thema », 19 avril 2001.

différents moyens : « Se jeter par la fenêtre, se pendre, se tirer une balle dans la tête. » Claudette, horrifiée, veut rendre à son mari ce dernier service : lui assurer une mort digne et paisible. Elle cherche de l'aide auprès des médecins de ses relations, mais se heurte à un mur. Elle décide alors d'agir elle-même. Elle se renseigne, parvient à se procurer des médicaments, prépare le cocktail fatal. Le jour choisi, Michel boit le breuvage mortel, s'étend sur son lit, prend la main de Claudette, allongée à ses côtés. Il part sereinement, porté par l'amour de son épouse.

Devant les caméras, Claudette témoigne à visage découvert, pour toutes celles, pour toutes ceux qui se taisent. La loi qualifie son acte de « crime », mais la justice n'osera pas engager de poursuites. Cette femme est admirable de dignité, de douleur et de détermination. Mais serait-elle parvenue à ses fins si elle avait été une ouvrière, une employée, une smicarde, si elle n'avait pas reçu une certaine éducation, vécu dans un certain milieu ? La regardant, je me disais que, si le même drame s'était produit dans un milieu populaire, l'épouse, en dépit de toute sa compassion, aurait un jour retrouvé son mari pendu ou la tête fracassée.

En pratique, cette mort civilisée n'est donc permise qu'aux membres du corps médical, aux pharmaciens, à leurs relations et, plus généralement, à la bourgeoisie qui possède la culture, l'instruction, les relations, l'argent. Notons qu'elle est alors entourée de respect, voire d'admiration. C'est la sortie des sages, digne et courageuse. C'est ainsi que fut salué le suicide de Gilles Deleuze, de Roger Stéphane, de Bruno Bettelheim. La considération est encore plus marquée lorsque c'est un couple qui délibère et organise son départ. La fin d'Arthur Koestler et de son épouse reste un modèle de stoïcisme. En juin 1998, le metteur en scène Jean Mercure et sa femme Jandeline, presque nonagénaires, sont retrouvés morts, la main dans la main, dans leur maison de Montmartre. Bertrand Poirot-Delpech, dans *Le Monde*, ne se contente pas de l'hommage rituel, il salue également « la sortie » : « Éteindre soi-même les lustres : quelle bravoure quand on y songe ! Couper les répliques dont on pense qu'elles n'ajouteraient rien à la pièce : quelle victoire stoïque sur la mort. » Le mois suivant, c'est l'ancien ministre Roger Quilliot, très gravement malade, et son épouse Claire qui tentent de mettre fin à leurs jours. Elle sera ramenée à la vie, il succombera. Leur lettre-testament reste une superbe leçon de vie : « L'opinion publique voit généralement dans le suicide un acte de désespoir, une faiblesse pitoyable et (ou) condamnable. [...] Elle a raison dans la plupart des cas, surtout quand il s'agit de jeunes. Nous comprendra-t-on si je dis que notre choix commun de la mort volontaire à deux est un acte à la fois de liberté et d'amour de la vie dans sa plénitude ? » Je ne connais personne qui n'éprouve respect et admiration pour ces fins de vie voulues, construites, exemplaires.

À ces nobles suicides, j'opposerai un drame ordinaire, rien qu'un fait divers, relaté par la presse en 1993. Cela se passait dans le village de Sainte-Marie (Pyrénées-Orientales), un octogénaire avait étranglé son épouse âgée de 79 ans atteinte de la maladie d'Alzheimer. Celle-ci souffrait énormément de son mal, peut-être avait-elle demandé à en finir, peut-être le mari n'a-t-il plus supporté la maladie de son épouse ? On ne le saura jamais puisque, après avoir tué sa femme, il est allé se pendre. Les voisins, inquiets du silence qui régnait dans la maison, avaient fini par appeler les gendarmes qui avaient découvert les deux corps. Peut-on croire que ces époux éprouvaient une attirance particulière pour la strangulation et la pendaison ? Peut-on douter qu'ils auraient préféré mourir doucement et dignement comme

Jean Mercure et Jandeline, comme Roger et Claire Quilliot ? Mais en avaient-ils la possibilité dans leur village de Sainte-Marie ?

Car on n'a jamais que la mort de ses moyens. On ne peut organiser une sortie à deux en n'ayant comme perspective que de se tirer une balle dans la tête, de se pendre ou de se noyer. Ne voit-on pas combien certains suicides sont « civilisés » et d'autre « barbares » ? Combien ce caractère est lié à la condition sociale ? Peut-on admettre ainsi le suicide à deux étages ?

Combattre le suicide

Comme tout serait simple si les seules personnes qui attentent à leur vie étaient des malades, des infirmes, des vieillards qui, après avoir fait le bilan de ce qu'ils ont vécu, de ce qui leur reste à vivre, décidaient, calmes et lucides, d'en rester là. Hélas ! ce n'est pas le cas. À côté des suicidants en fin de parcours, il y a tous ceux qui traversent une mauvaise passe ou souffrent d'une dépression. Et, pire que tout, il y a les jeunes. L'horreur absolue. Surtout en France. En trente ans, le taux de suicide a triplé pour les moins de 24 ans, jusqu'à nous propulser en tête des pays européens. Vérité statistique et vérité humaine de ces morts absurdes, intolérables, de ces vies saccagées, de ces parents brisés. Nul doute : ces suicides-là sont un fléau social qu'il faut combattre. Tout doit être fait pour les prévenir, rien ne doit être entrepris qui pourrait les favoriser.

Faut-il donc refuser la mort à Ramon Sampedro ou à Jean-Marie Lorand pour éviter que des amoureux déçus, des hommes au chômage, des malades dépressifs attentent à leurs jours ? Doit-on considérer que le suicide d'une jeune anorexique et celui de Romain Gary sont une seule et même chose ? C'est toute la question.

Mais à quoi bon prétendre aider les uns et dissuader les autres si cette assistance est, dans tous les cas, considérée comme criminelle ? Telle est, en effet, la position catégorique de nos sociétés occidentales qui refusent d'accorder à l'individu le droit à la mort. Jean-Marie Lorand ne s'y trompait pas, qui plaçait son combat sous le signe de sa dernière liberté. Effectivement tout se tient : si la mort volontaire n'est qu'une transgression, la société ne saurait la faciliter. En aucun cas. C'est affaire de principe et non de circonstances.

Euthanasie, suicide assisté, le problème moral est fondamentalement le même. La loi hollandaise ne fait guère la différence. Si l'on admet que, dans certaines circonstances extrêmes, une personne peut demander la mort, il faut admettre aussi que, sous les mêmes conditions, elle puisse demander les moyens de se supprimer. Étant entendu qu'il s'agit de choix strictement individuels sans la moindre valeur d'exemplarité. C'est ainsi que Jean-Marie Lorand pouvait demander l'euthanasie sans en faire un modèle. Frédéric Soumois, le journaliste qui l'a aidé à rédiger son livre, tient à préciser : « Jean-Marie ne voulait pas être un "exemple à suivre" [...]. Il refusait toute lecture de son geste qui aurait induit qu'un tel acte serait nécessairement bénéfique à tous ceux qui sont dans sa situation. Il refusait toute stigmatisation du handicap. [...] Dans ce combat, il n'y a pas opposition entre pro- et anti-euthanasie, mais entre ceux qui prônent le choix et ceux qui le refusent[1]. » On ne saurait mieux dire.

Le cas de Jean-Marie Lorand peut être mis en parallèle avec celui de Jacqueline Martin, cette Française frappée par la poliomyélite en 1957 et entièrement para-

1. Frédéric Soumois, « Un combat pour une mort digne », *Espaces de liberté*, février 2001.

lysée, trachéotomisée, ayant besoin d'assistance respiratoire intermittente et qui vécut ainsi plus de trente ans. Elle eut même l'occasion de participer à une émission des *Dossiers de l'écran* en 1986. Jacqueline Martin, contrairement à Ramon Sampedro, ne demandait pas à mourir. Pourtant elle avait adhéré à l'ADMD, et elle veillait à s'assurer que, le jour voulu, elle aurait la possibilité de s'éteindre. De fait, elle est décédée quelques années plus tard, d'une mort volontaire, demandée et administrée clandestinement par un médecin ami, en présence de ses proches. Mort interdite et « criminelle » comme il se doit. Eh bien, c'est la même liberté qui eût dû permettre à Ramon Sampedro de mourir dès lors qu'il l'avait décidé et à Jacqueline Martin de vivre aussi longtemps qu'elle le souhaitait. Telle était la philosophie de Jean-Marie Lorand et c'est la seule concevable dans une démocratie.

Ce préalable réglé, il reste le problème social : l'assistance apportée dans ces cas extrêmes ne serait-elle pas la porte ouverte à toutes sortes d'abus ? Le premier, et c'est toujours le même : se voir imposer une mort que l'on est censé demander. Là encore, on a beaucoup fantasmé à propos des pressions exercées sur le suicidant. Il est tout de même plus facile de vérifier la libre volonté de celui qui prend la potion et l'avale que de celui qui reçoit une injection ou une perfusion. La présence de témoins peut d'ailleurs être exigée. Bref, la question du consentement n'est sans doute pas déterminante.

Beaucoup plus délicate est celle de la légitimité. La volonté suicidaire doit être combattue en général et assistée par exception. Comment peut-on aider les uns à mourir tout en empêchant les autres de se tuer ? *A priori* cela semble impossible, et les opposants nous laissent entrevoir des propagandistes du suicide distribuant aux adolescents les pilules de la mort, tout comme ils nous ont représenté les partisans de l'euthanasie se ruant la seringue à la main sur des vieillards terrifiés. Tout cela est absurde. Faut-il rappeler qu'un Bernard Senet a longtemps été bénévole à SOS-Amitié, qu'il a passé des nuits à dissuader les désespérés de mettre fin à leurs jours, avant d'aider certains de ses patients à poser le sac et à s'en aller ?

Comment réserver les moyens d'une « mort civilisée » à ceux qui peuvent légitimement la souhaiter, c'est-à-dire, pour reprendre la nomenclature de Jacques Pohier, les grands vieillards, les grands malades, les grands infirmes ? Comment s'assurer que ces mortelles substances ne vont pas échapper à tout contrôle et provoquer une flambée de suicides chez les jeunes et les déprimés ?

18

FIN DE PARTIE

Plutôt que de supputer et conjecturer, ne pourrait-on pas, modestement, tirer les leçons de ce qui se fait à l'étranger ? Le compte en est bien vite fait. La Suisse, la Hollande, l'Oregon, c'est tout. Ces expériences sont récentes, mais elles permettent déjà de tirer certains enseignements.

Premier point : l'assistance offerte n'a nulle part provoqué une vague de suicides. Dans l'État de l'Oregon, on s'en tient à quelques dizaines par an, en Hollande ou en Suisse, quelques centaines. Des chiffres qui n'augmentent que très lentement. Les opposants, qui avaient annoncé une ruée, tirent maintenant prétexte de ce peu d'engouement pour soutenir que cette mesure n'intéresse personne et doit être oubliée. Rappelons tout d'abord qu'on ne compte pas lorsque la vie et la mort sont en jeu. Une seule demande suffirait à justifier cette liberté. D'autre part, l'histoire a fait du suicide un acte solitaire dans sa décision comme dans son exécution. Il paraît « antinomique », presque « antinaturel », de quérir de l'aide pour mettre fin à ses jours. Il faudra donc des années pour corriger cette image profondément imprimée dans les esprits.

En tout état de cause, cette mort avec ordonnance restera toujours marginale. Et c'est fort bien ainsi, le suicide doit être combattu, la preuve en est que les rescapés sont, le plus souvent, heureux de se retrouver en vie. Mais cette réprobation n'autorise pas à utiliser n'importe quels arguments : ce n'est pas faire l'apologie de la mort volontaire qu'aider quelques incurables à se supprimer. Et cela ne change rien aux statistiques.

Second point : cette politique n'a jamais été détournée. Les abominations annoncées ne se sont pas produites. Quelques cas litigieux, sans plus. Ils concernent généralement des personnes dépressives ou fragiles sur le plan psychique. Nous l'avons vu pour la Hollande ; on retrouve de semblables interrogations en Suisse. Éternelle incertitude sur la conscience de ceux qui expriment une volonté ! Ces affaires prouvent par leur existence même que toute légalisation met en place un contrôle et que, par leur rareté, les personnes assistées répondent bien aux critères définis. Sommes-nous assurés que notre clandestinité offre de telles garanties ?

Il n'est donc pas d'exemple que des jeunes aient détourné ces moyens et ces méthodes. Ainsi les images d'épouvante : « Vous développez une idéologie morbide et mortifère ! », « Vous allez pousser la jeunesse au suicide !», etc. sont-elles démenties par la simple observation. Or ces trois cas sont très différents, preuve qu'il est plus d'un moyen pour éviter de telles dérives.

Je ne reviens pas sur les Pays-Bas qui confèrent le même statut à l'euthanasie directe et au suicide assisté. Qu'en est-il pour l'Oregon et la Suisse ? Dans l'État de l'Oregon, la loi du 8 novembre 1994 fut votée par 51 % de la population. Les opposants menèrent une guérilla juridique à la suite de laquelle un second référendum dut être organisé en 1997. La loi fut confirmée par 60 % des votants. Elle est entrée en application en dépit des recours multiples pour la faire annuler. Le suicide assisté se trouve donc autorisé, mais sous des conditions très strictes. Il est réservé à des malades de plus de

18 ans, reconnus incurables, avec une espérance de vie inférieure à 6 mois. La demande de produits mortels doit être formulée à trois reprises. Chaque médecin doit recevoir le patient, l'informer, le suivre pour la douleur, etc. Au total, l'Oregon qui enregistre 29 000 décès par an, a connu 16 suicides assistés en 1997 et 27 en 1998 . *The New England Journal of Medicine* du 24 février 2000, faisant le bilan des années 1998 et 1999, constate que, sur 165 patients qui présentèrent une première demande, 29 seulement obtinrent satisfaction. Les autres furent traités pour dépression ou bien reçurent des soins palliatifs qui firent tomber leur demande. Le système est donc à l'opposé d'une distribution automatique. Il permet de diagnostiquer des dépressions non soignées ou des douleurs mal prises en charge. Les malades qui se sont manifestés ne sont pas des laissés-pour-compte de la société mais plutôt des citoyens bien insérés. Même aux États-Unis, pays de l'injustice médicale, le suicide assisté ne peut être regardé comme la médecine expéditive des pauvres.

En dépit de ce premier bilan plus modeste qu'inquiétant, les ultras de Washington poursuivent la guérilla contre l'Oregon et espèrent obtenir l'annulation de cette législation. La Cour suprême, quant à elle, a préféré éviter d'affronter le problème. Elle a décidé, en 1997, que le suicide assisté ne concernait pas une liberté fondamentale. Il relève donc de la responsabilité des États.

L'assistance Suisse

En Suisse, ce sont les citoyens qui ont pris l'affaire en main. Ils ont été aidés en cela par l'article 115 de leur Code pénal, dont la curieuse formulation prévoit que l'assistance au suicide est punissable en cas de « mobile égoïste ». De là à déduire qu'elle est autorisée lorsqu'elle est désintéressée, c'est le pas qu'ont franchi les partisans de la mort volontaire. Ils sont passés à l'acte au début des années 80, sans attendre une hypothétique légalisation. Les autorités qui, en un premier temps, ont tenté de contrer ces initiatives, se contentent désormais de les encadrer. Ainsi s'est créée une situation irréversible en dépit des tentatives récurrentes pour la faire interdire.

Au pays de l'insurrection tranquille, l'assistance terminale procède donc de la société, pas de la loi. Il est vrai que le pouvoir citoyen n'y est pas un vain mot. Exit, l'équivalent suisse de l'ADMD, compte 60 000 membres et se double, en Suisse alémanique, de Dignitas. Ces deux associations purement privées contrôlent l'accès à la mort volontaire. Les candidats, après avoir adhéré, sont pris en charge par un accompagnateur. Entretien en tête à tête pour éviter toute pression extérieure. Présentation d'un dossier médical établissant diagnostic et pronostic. Une maladie incurable, une issue prochaine, des souffrances ou déficiences intolérables. Le médecin traitant est contacté. Si le dossier est accepté (la plupart son évidemment rejetés), il est invité à rédiger l'ordonnance létale à l'intention de son patient. S'il refuse, tout est à refaire avec un médecin de l'association qui doit à son tour rencontrer le malade, l'examiner, le connaître et prendre une décision. Car il ne suffit pas d'une volonté écrite et authentifiée, il faut encore une ordonnance personnalisée pour accéder au poison.

Il s'agit d'un cocktail de plusieurs produits (barbiturique, antivomitif, etc.). Tous médicaments légaux qui, en association et à de certaines doses, provoquent la mort sans souffrances en l'espace de quelques minutes ou quelques dizaines de minutes. Pas question de laisser ce produit circuler sans contrôle. L'ordonnance faite, le malade fixe son jour. Les responsables de l'association vont chercher la dose dans une pharmacie spécialisée. Principe de base : ne pas garder ces produits redoutables en stock et pas davantage hors de contrôle. Si le malade change d'avis au dernier moment, l'accompagnateur qui était venu avec le flacon repart avec. En aucun cas il ne le laisse sur place. L'événement a généralement lieu au domicile du patient. En présence de témoins, le plus souvent des proches. Le malade se voit remettre le verre contenant la mixture, le boit, s'étend sur son lit. « C'est alors que mon mari m'a dit, ce n'est vraiment pas bon, explique Catherine dont le mari s'est ainsi donné la mort. Je suis allé prendre une bonne bouteille de Bourgogne, je lui en ai donné un verre. Ça lui a fait plaisir. Il s'est endormi. »

Sitôt le décès constaté, la police est appelée. Tout le monde reste sur place, on ne touche à rien. Surtout pas au verre portant les empreintes du défunt. La déclaration est indispensable car il s'agit, aux yeux de la loi, d'un « décès dû à des circonstances extraordinaires » et qui doit, en conséquence, faire l'objet d'une enquête. Le représentant de l'ordre fait remplir un formulaire très détaillé. Les circonstances du décès sont relatées en vingt-et-une questions. Lors des premiers suicides assistés, les responsables d'Exit étaient conduits au poste de police. Mais la justice renonçait à engager des poursuites. Désormais, les autorités classent l'affaire… avec le formulaire dûment rempli.

Quelques centaines de personnes font ainsi, chez nos voisins, chaque année, le choix de la mort volontaire, et l'on ne voit pas que le taux de suicide s'en trouve le moins du monde affecté. Mais pourquoi préférer cette fin à celle que réserve un hôpital moderne dans son service de soins palliatifs ? Outre le réconfort de mourir chez soi, parmi les siens, de ne pas aller jusqu'au bout de la dégradation, le fait de choisir sa mort plutôt que de la laisser venir par « second effet », peut assurer un départ plus confortable. C'est ainsi qu'une infirmière explique le choix de son mari, lui-même médecin. « Il savait que son hospitalisation était inéluctable, que des piqûres de morphine à haute dose l'y attendaient [...]. Il savait à quelle détresse peut mener la vie sous morphine et l'agonie à l'hôpital dans ces conditions [...]. Il voulait éviter cette torpeur entre vie et mort pendant des jours et des semaines [...]. La mort de mon mari a été paisible, je ne peux éprouver que de la gratitude en y repensant... »

L'expérience suisse est fortement marquée par des spécificités culturelles et je n'imagine pas que l'on puisse, tel quel, transposer Exit en France. Mais comment voir dans cette institution un signe de régression et de barbarie ? Les spectateurs d'Arte découvrant dans *Mourir* la réalité du suicide assisté en Suisse n'ont pu qu'être impressionnés par la dignité, le sérieux et l'humanité de ces fins de vie maîtrisées. Pour autant qu'elles restent une option et rien de plus.

La grande interrogation

Que retenir de ces exemples ? Tout d'abord, que le suicide peut être assisté pour quelques-uns sans être favorisé pour tous. Ensuite, que ce résultat suppose un contrôle social très strict, qu'il soit légal comme en Oregon, sociétal comme en Suisse, ou médico-légal comme aux Pays-Bas. Si l'on considère maintenant les autres pays, force est de constater que l'association « suicide » et « assistance » suscite une véritable répulsion, notamment dans les pays latino-catholiques, comme l'Italie, qui s'interdisent jusqu'à la moindre réflexion sur le sujet.

Aux États-Unis, le débat est permanent. En 1991, le docteur Timothy Quill, de l'université de Rochester, relate dans *The New England Journal of Medicine* la fin d'une patiente leucémique. Celle-ci refusait une chimio-thérapie lourde, aux résultats incertains, et réclamait des médicaments pour mettre fin à ses jours lorsqu'elle en aurait pris la décision. Sa famille l'approuvait. En un premier temps, le docteur Quill lui fit consulter un hématologiste et un psychiatre pour s'assurer du diagnostic et se prémunir contre une dépression. La malade subit les examens, maintint son point de vue. C'est alors que le docteur Quill accepta de faire la prescription de barbituriques qui lui était demandée. Trois mois plus tard, il reçut un appel annonçant l'imminence de la fin. Dans la déclaration de décès, le docteur Quill ne parla que de leucémie.

Ce témoignage visait à susciter une réflexion collective. L'auteur ne reçut pas moins de 1 500 lettres. En majorité favorables. Dans son numéro suivant, le journal publia une double tribune : d'un côté les « pour », de l'autre les « contre ». Mais, dans l'éditorial, il prit parti pour Timothy Quill que, d'ailleurs, la justice a renoncé à poursuivre. Le débat rebondit peu après dans le bulletin de l'American College of Physicians, qui exprima un jugement tout en nuances et très compréhensif vis-à-vis du suicide assisté. Quill et certains de ses collègues s'efforceront ensuite de définir les conditions précises qui devraient entourer de tels actes.

Manifestement, beaucoup de médecins américains souhaiteraient s'assurer de repères légaux précis qui les dispenseraient d'avoir à choisir entre le refus au malade et le défi à la loi. Les citoyens semblent aller dans le même sens. L'aide au suicide se trouve plébiscitée par les ventes records de *Final Exit*, le livre-plaidoyer de

Derek Humphrey publié en 1991, et par les sondages qui l'approuvent à près de 70 % !

Dans les années 80, les Californiens avaient été bouleversés par le cas d'Elizabeth Bouvia. Cette femme, tétraplégique, souhaitait, comme Sampedro, mettre fin à ses jours. Se heurtant à l'interdit légal, elle avait demandé à ne plus être nourrie et à ne recevoir que des médicaments destinés à la soulager et non à la tuer. Cela même lui fut refusé. Elle s'adressa à la justice qui, en première instance, lui donna tort. Trois ans plus tard, en 1986, la Cour d'appel lui reconnut le droit de mourir. L'opinion avait évidemment pris fait et cause pour la malheureuse Elizabeth. Or, l'occasion lui fut donnée peu après de se prononcer. En effet, lors des élections de 1992, une « Proposition 161 » sur la mort dans la dignité fut soumise au référendum. Mais les électeurs la repoussèrent par 54 % contre 46 %.

Il faut donc plus que l'émotion du public et la réflexion des professionnels pour jeter bas l'interdit. Et la société peut à tout moment basculer de la compréhension au refus, comme l'a montré l'affaire Kevorkian.

Voilà assurément un personnage qui dérange, mais dans le mauvais sens du mot, en semant le trouble et l'inquiétude là où il convient d'apporter la sécurité et la confiance. Jack Kevorkian, anatomo-pathologiste de son état, s'est auto-investi d'une mission : convertir l'Amérique à la mort volontaire, contrôlée, assistée. Sa méthode : la provocation. Il brave l'interdit et met les autorités au défi de le condamner. Pour parvenir à ses fins, il construit une « machine à suicide », un thanatron, qui est en fait une double perfusion, barbiturique et chlorure de potassium, que le patient peut lui-même s'injecter. Le 4 juin 1990, il passe à l'acte en aidant Janet Adkins, une femme de 54 ans souffrant d'Alzheimer, à se supprimer. Les juges du Michigan tentent d'intervenir, mais ils manquent de base légale. Kevorkian récidive. Il se voit interdire d'exercer la médecine et ne peut plus se procurer les médicaments nécessaires. Il met alors au point une autre technique, fondée sur l'intoxication à l'oxyde de carbone. Il récidive à de nombreuses reprises au long des années 90, devient « Doctor Death » pour les médias, toujours partagés entre fascination et répulsion. À plusieurs reprises, il se fait inculper puis incarcérer. Mais il finit toujours par être acquitté et par récidiver. Il accumule ainsi 130 suicides assistés et quatre procès. Mais l'inquiétant docteur au physique émacié de grand inquisiteur ne peut fléchir les autorités du Michigan, qui votent une loi interdisant le suicide assisté et, plus grave pour lui, il ne parvient pas non plus à convaincre la population du Michigan, qui, en novembre 1998, rejette à une écrasante majorité une loi favorable à l'euthanasie.

C'est alors qu'il prépare la provocation de trop. Le 22 novembre 1998, trois semaines après que les électeurs se sont prononcés contre l'euthanasie, il est invité à *Sixty minutes* sur CBS. La vraie vedette de l'émission, c'est une vidéo dans laquelle on le voit en train d'administrer une injection mortelle de chlorure de potassium à Thomas Youk, 52 ans, un homme paralysé dans son fauteuil par la maladie de Charcot. La mère et le frère viennent certifier qu'ils ont sollicité le praticien car cette euthanasie était souhaitée par le malade.

Le docteur Kevorkian est bien entendu inculpé. Il entend plaider lui-même, en se passant d'avocats, afin de démontrer qu'il ne s'agit pas d'un meurtre. Mais la justice américaine est prête à tout pour mettre fin à ses agissements. Le juge décide que la maladie de Thomas Youk ne doit pas être évoquée dans les débats et que sa mère et son frère ne pourront venir déposer, comme prévu, en faveur de l'accusé ! Ne reste donc que le geste ayant donné la mort : le meurtre. Ce déni de justice permet de condamner le vieil homme de 71 ans à une peine de sept ans d'emprisonnement. Peine qu'il purge actuellement.

Triste destinée que celle de ce mauvais avocat d'une juste cause, qui pourrait finir sa vie en prison et qui n'aura même pas la possibilité de se supprimer chimiquement si d'aventure une mauvaise mort venait l'y surprendre. Ce n'est évidemment pas en s'y prenant de la sorte, en donnant à croire que des thanatocrates sont en mesure de prendre en charge notre passage de vie à trépas, que l'on fera progresser la cause de la mort volontaire. Celle-ci ne peut être que l'accomplissement d'un long cheminement entre le malade et son médecin ou son « accompagnateur », elle doit être le fruit de la compassion lorsque la thérapeutique échoue. Bref, une telle assistance naît d'une relation intense, d'une fraternité scellée dans l'épreuve, et ne saurait être le résultat d'un système spécialisé de mort chimique. Ainsi, l'entreprise de Jack Kevorkian était-elle sans issue, car elle renforçait les défenses en proportion même des assauts qu'elle livrait.

Et la France ?

Sommes-nous capables de nous interroger ? Apparemment pas. Ignorant l'exemple suisse, diabolisant l'expérience néerlandaise, la France reste imperméable aux enseignements de l'étranger. Quant aux sollicitations intérieures, elles font toujours long feu. Des suicides assistés, il doit y en avoir quelques centaines, peut-être quelques milliers, chaque année, mais cela ne se sait pas, cela ne se dit pas, cela ne se discute pas. Restent les très rares cas où un auteur vend la mèche... que l'on se dépêche d'éteindre. Les propos du docteur Senet semblent ainsi frapper de surdité notre classe dirigeante. Il en va de même avec les particuliers, généralement célèbres, qui reconnaissent avoir aidé leurs proches à se supprimer. Qu'il s'agisse d'Henri Caillavet avec son père, de Françoise Giroud avec son compagnon Alex Grall, ou d'autres, nul ne se risque à les poursuivre. Ce serait trop dangereux ! Les tenants de l'ordre moral craignent par-dessus tout le débat qui pourrait s'ensuivre. Seul le silence garantit le *statu quo*.

On fut à deux doigts de le rompre en septembre 1998, lorsque Jacques Pohier publia un livre auquel je me suis à plusieurs reprises référé au long de cet ouvrage, et qui justifiait le suicide assisté : *La Mort opportune*[1]. N'achevait-il pas sa démonstration sur une « Petite chronique de cinq morts volontaires » ? Il reconnaissait ainsi, et racontait dans le détail, qu'il avait, à cinq reprises, aidé des amis qui voulaient en finir, qu'il leur avait même administré une piqûre d'insuline. Cela ne revenait-il pas à faire l'apologie du suicide, à se rendre coupable de non-assistance à personne en danger, voire d'assassinats purs et simples ? Le livre était un défi. Mais fallait-il le relever ? Certains combattants de la vie jusqu'au bout exigèrent que l'on procédât à des poursuites.

Il est vrai que Jacques Pohier, pour n'être pas une vedette médiatique, n'était pas non plus un inconnu. Cet ancien dominicain, théologien mais condamné par le Vatican, est l'un des piliers de l'ADMD, et plusieurs amis qu'il a aidés dans leur suicide étaient également des personnalités éminentes de l'association. Prendre prétexte de ces confidences pour interdire un livre et inculper son auteur, c'était porter l'affaire sur la place publique. Une fois de plus, la crainte d'ouvrir le débat fut la plus forte, et l'auteur ne fut pas poursuivi.

L'année suivante, ce fut le Manifeste des 132 personnalités. N'étant pas médecins, elles ne pouvaient

1. Jacques Pohier, *La Mort opportune, op. cit.*

procéder elles-mêmes à une euthanasie. De fait, elles ne parlaient pas de donner la mort mais d'« aider une personne à mourir ». Bref, ce texte bravait l'interdit sur le suicide assisté. Les pouvoirs en place s'abstiennent de toute poursuite pour éviter que ne s'amorce un véritable dialogue entre les avocats de l'un et l'autre bord. Faudra-t-il qu'un Sampedro français gravisse au fil des ans tous les échelons de la hiérarchie judiciaire, qu'il paie d'un interminable calvaire un soupçon de compassion pour que nous osions nous interroger ?

Et pourtant, les deux tiers des Français se disent prêts à aider à mourir un proche, prisonnier d'horribles souffrances, et l'opinion comprend et pardonne de tels gestes. Idée abstraite ou exemple concret, l'approbation est donc générale ; mais que l'on prononce le mot fatal, mais que l'on s'interroge sur son acceptation en fin de vie, et la réprobation est la plus forte.

Bref, nous préférons l'interdit que l'on transgresse au droit que l'on réglemente, et nous pouvons, tout à la fois, aider nos proches à se supprimer et refuser l'assistance au suicide. Contradiction humaine, trop humaine, qui, dans de nombreux cas, malheureusement, conduit à des morts inhumaines.

19

LA VÉRITÉ D'ABORD

Arrêtons l'enquête sur ce constat : c'est une absurdité de vouloir soumettre la mort médicalisée du XXIe siècle à la morale que nous a léguée saint Augustin[1]. Mais comment sortir de ce blocage ? Car il ne s'agit que de cela. Le nouvel humanisme n'est même plus à inventer, chacun en connaît les grandes lignes. En effet, le progrès médical, loin de s'opposer au respect de la personne, rend possible cette synthèse réconciliatrice qui ferait de la bonne mort un droit et non plus une faveur, et de la dernière liberté un choix et non pas une transgression. Mais ce mode d'emploi suppose une adaptation de nos valeurs ancestrales. C'est le refus de cette évidence qui entretient l'incohérence entre les faits et les normes, la pratique et les règles. Il suffirait de faire confiance à l'avenir pour que nous retrouvions la pensée de notre technique, la sagesse de notre science. D'où le sentiment que nous sommes à la veille d'un tel retournement que les vieilles lunes ont fait leur temps

1. C'est saint Augustin qui a introduit la condamnation du suicide dans la morale chrétienne. Voir sur ce point Jacques Pohier, *La Mort opportune*, *op. cit.*

et que les lueurs de l'aube remettront les choses en place et les idées en ordre.

Oui, on le pense, on l'espère… et rien ne se passe. Le plébiscite des sondages se perd dans l'indifférence générale ; les témoignages, les émissions, les pétitions démontrent, par leur accumulation même, leur parfaite inefficacité ; la démarche prometteuse du Comité national d'éthique débouche sur une voie de garage. Quant à la classe politique, n'en parlons pas ! L'équation « euthanasie = nazie », on l'a dit, fait trembler ce monde frileux. Au Parlement, les propositions de loi ne sont jamais que des pétards mouillés ; au gouvernement, les ministres n'ont pas oublié le précédent Schwartzenberg.

Mais le monde change autour de nous, l'opinion s'interroge en France même, il faut faire quelque chose… ou faire semblant. S'il était possible de changer la mort par décret, Bernard Kouchner serait assurément l'homme de la situation. Chaleureux, compatissant, le promoteur des *french doctors* a toujours le mot juste, la parole qui rassure. Il incarne bien ce « bon docteur » qui pourrait, le moment venu, « faire ce qu'il faut ». Mais le ministre doit louvoyer selon les vents et courants de la politique. Évoquant un jour l'éventualité d'une loi pour en condamner le principe le lendemain, initiant une concertation que le Comité consultatif national d'éthique a déjà menée à bien, il manie, en politique avisé, le verbe qui accélère et les procédures qui freinent.

Car la société française est si bien tenue par les groupes de pression médico-religieux qu'aucun ministre ne saurait faire passer un texte novateur. La volonté n'est pas en cause, c'est la voie qui est minée.

Abandonnons donc l'idée de passer en force un tel obstacle. La réforme ne viendra qu'en un second temps, c'est la vérité qui doit d'abord triompher. Elle seule permettra de contourner les barrages.

L'opération vérité

Si les Français ne tirent pas les enseignements de la réalité, c'est tout bonnement qu'ils ne la connaissent pas. Tout au long de cette enquête nous avons rencontré la clandestinité, l'opacité, le secret, la dissimulation, l'hypocrisie et le mensonge. Cette censure des faits, mais aussi des messages dont ils sont porteurs, c'est la plus fidèle alliée de l'ordre ancien. Car les Français sont très mal informés sur la fin de vie dans leur propre pays. Ils n'en ont qu'une connaissance ponctuelle et aléatoire, liée au décès d'un proche. Rien de tel que cette ignorance pour entretenir les idées fausses. Mais, par bonheur, le mécanisme est réversible : si l'erreur biaise le jugement, la vérité peut le redresser. Avant de prétendre démontrer, il faut donc commencer par montrer.

Les Français ont le droit de savoir comment on meurt en France. C'est cet état des lieux qu'il faut d'abord exiger. Non pas un rapport de plus, mais un véritable travail scientifique pour établir les faits, tous les faits, rien que les faits.

Une première étude consacrée à la mort volontaire pourrait s'inspirer des précédents néerlandais et flamands. Les chercheurs se fixent un échantillon représentatif de décès dont ils reconstituent les causes et les circonstances. La méthode est désormais connue, elle est lourde à mettre en œuvre, mais elle donne des résultats fiables. Il ne reste plus qu'à l'appliquer dans notre pays. Avec le même courage, le même sérieux, la même sincérité. En l'espace d'une année, nous pourrions avoir une image fidèle de la mort en France. Sommes-nous capables de procéder à cet inventaire ? Cela ne demanderait pas à nos gouvernants de l'héroïsme, rien que de la détermination. Une étude qui devrait être complétée d'une recherche historique sur l'évolution de la mort au cours des dernières décennies.

Une deuxième recherche devrait être consacrée à la mort dans les services de réanimation. Elle prolongerait et systématiserait l'étude LATAREA, dont on a parlé, afin d'obtenir des résultats définitifs et globaux. Mais les chercheurs devraient aussi interroger, anonymement bien sûr, le personnel soignant pour connaître ses difficultés, ses besoins, ses demandes. Car il s'agit de situations entièrement nouvelles, qui ne trouvent pas de solutions dans les pratiques du passé, et pour lesquelles les professionnels seuls peuvent nous fournir des éléments de réponse.

La troisième étude, enfin, prolongerait la démarche d'Igor Barrère et Étienne Lalou au début des années 60. Elle consisterait à recueillir le plus grand nombre de témoignages possible auprès de la population. Que les Français racontent la mort de leurs proches, qu'ils disent, sous le couvert du secret, ce qui les a réconfortés, ce qui les a révoltés. Il appartiendrait ensuite à des sociologues d'étudier tous ces récits et d'en tirer les enseignements.

La pédagogie des faits

Imaginons que ces études soient menées à bien, imaginons encore que les chiffres soient chez nous plus bas qu'à l'étranger – ce que rien ne laisse vraiment présager dans la mesure où nos médecins semblent désormais plus soucieux que leurs confrères étrangers d'assurer une mort douce et rapide. Les Français découvriraient sans doute que, chaque année, par exemple, 10 000 décès font suite à une injection ou à une ingestion létale[1] et 150 000 à des décisions médicales plus ou moins assistées par des médications appropriées. C'est alors que commencerait la pédagogie des faits. Avec des questions fort simples. Ces actes sont-ils réellement des crimes ? Nos médecins sont-ils des assassins ?

Confrontés à la réalité de l'euthanasie, les Français comprendraient intuitivement deux choses. Premièrement, qu'en dépit des apparences et des ressemblances, on ne saurait parler de meurtre ou d'assassinat (la société ne saurait en effet considérer comme criminelle une pratique à ce point répandue). Deuxièmement, que les médecins n'ont pas le choix. Il leur appartient désormais d'aider leurs patients à mourir, et cela constitue bien souvent pour eux une obligation déontologique.

Ainsi la réalité imposerait comme une évidence ce que chacun pressent : les lois de la fin de vie ne sont pas celles de la vie. Les notions de meurtre, d'assassinat, d'empoisonnement telles qu'elles sont définies par le Code pénal ne sauraient rendre compte des relations d'un médecin avec son malade à l'article de la mort. En effet, la médecine moderne en changeant la mort a fait apparaître un nouvel âge de l'existence : la fin de vie. Et, de même que le droit de l'adulte ne peut s'appliquer à l'enfant, de même ne peut-il convenir au mourant, à cet homme qui ne vit plus face à la mort, mais à *sa* mort, annoncée, prochaine, irrévocable. Sur quelles normes reposerait ce nouveau corpus juridique ?

Une liberté à construire

Premier principe : l'acceptation de la mort. Le patient ne va pas guérir, il peut encore connaître des phases de rémission, plus ou moins longues, mais il ne recouvrera

1. Le sénateur Henri Caillavet parle de 1 500 à 2 000 euthanasies par an, soit 0,3 ou 0,4 % des décès. S'il était confirmé, ce taux serait près de dix fois inférieur à celui qui est observé dans des pays voisins comme la Belgique ou les Pays-Bas.

pas la santé. À plus ou moins brève échéance, il est condamné. Le médecin doit donc gérer cette dernière étape : « laisser mourir », « aider à mourir », « faire mourir ». C'est alors que « donner la mort » prend un sens très particulier qui n'a plus rien à voir avec le crime crapuleux. Des fautes peuvent être commises et doivent évidemment être sanctionnées. Mais elles n'entrent pas dans la catégorie des homicides criminels.

Deuxième principe : la liberté du patient. Nouveaux traitements, assistance vitale, aide à mourir, il lui appartient de décider. Bien souvent, pour de multiples raisons, il n'est pas en état de le faire. Les médecins, la famille doivent procéder au choix. Mais sans oublier qu'ils n'agissent que par substitution.

Troisième principe : la transparence. S'agissant de décisions qui impliquent la mort du patient, l'opacité, la clandestinité, le secret sont des fautes professionnelles. Rien ne doit être caché de ce qui a été décidé, de ce qui a été fait. Tout doit laisser des traces afin que contrôles et recours soient toujours possibles. L'expérience néerlandaise montre à quel point il est difficile d'extraire la mort volontaire du secret qui l'entoure.

Quatrième principe : la réglementation. Dire que le médecin peut donner la mort sans commettre un crime ni même une faute, c'est ouvrir la porte à toutes les dérives. Il appartient à la loi de les empêcher. Le médecin ne trouve sa liberté que dans le cadre de procédures clairement définies.

Cinquième principe : la liberté du médecin. S'il estime, pour des raisons personnelles, ne pas pouvoir se conformer aux volontés du malade, il peut à tout moment se désister. Il a alors le devoir d'orienter son patient vers un service ou un confrère susceptible de répondre à ses demandes.

Les principes sont simples à édicter, la réglementation serait, il faut le reconnaître, plus délicate à mettre en œuvre. Les adversaires de l'euthanasie ont raison d'insister sur les difficultés et les risques d'une telle entreprise. Leur tort, c'est d'oublier que l'euthanasie existe en tout état de cause, qu'elle fait partie de la médecine moderne et qu'elle n'est jamais si dangereuse que dans la clandestinité. Bref, il resterait encore à procéder à un immense travail de concertation, d'explication, d'expérimentation, pour construire cette nouvelle liberté.

Choisir

Mort-liberté. Deux termes antagonistes qui s'excluent l'un l'autre. Mais qui doivent rester associés jusqu'à l'ultime seconde, celle de leur fusion-destruction. Haïssable rencontre ! Prison éternelle pour cause de décès. Ah non ! je n'en veux pas ! Et me voilà, l'âge venant, qui passe de la révolte au marchandage, trop humaine sagesse de la résignation. Un exercice qu'aujourd'hui je m'impose et que, demain, la fin de vie m'imposera.

À mourir pour mourir, je choisis... certainement pas l'âge tendre comme chante Barbara, mais je choisis. Et cela est extraordinaire, c'est mon ultime défi : choisir. Garder une main sur mon destin, jusqu'à l'ultime seconde. Merci mon siècle, merci la médecine, merci la vie ! Je ne serai pas à cette heure dernière cette barque folle emportée par les courants, fracassée contre les rochers, roulée par les lames, je pourrai encore dire : « Je veux », « Je ne veux pas », « Ceci », « Pas cela », « Maintenant ». Et peu importe ce que je dirai ou ne dirai pas, ce que je ferai ou ne ferai pas. Vais-je fermer les yeux ou les garder grands ouverts, vais-je m'accrocher, vais-je me précipiter, geindre, pleurer, supplier ? Je ne sais. Et cela n'a aucune importance. La liberté n'est pas dans l'usage qu'on en fait. Je ne choisis ni l'euthanasie, ni la mort douce, ni la prolongation de ma vie. *Je choisis de pouvoir choisir*, et c'est tout. Et je parle à la première personne, puisque cela vaut pour tous les mortels. Car cette liberté, contrairement à tant d'autres, n'empiète jamais sur celle d'autrui. Dans le même hôpital, les mêmes médecins peuvent fort bien respecter le choix du cancéreux qui veut en finir et de celui qui veut tenter une nouvelle chimiothérapie. Ce droit ne contraint personne.

Que reste-t-il donc comme argument pour s'opposer au principe de cette liberté ? Deux raisons qui n'en sont pas. La première, c'est le consentement du mourant, la crainte très légitime que l'euthanasie, dès lors qu'elle est légalisée, soit, en fait, imposée. Mais nous savons que la réglementation est une meilleure protectrice que la clandestinité. Cette dernière n'a nullement empêché des médecins de faire euthanasier par des infirmières, pendant le week-end, des malades qui n'avaient rien demandé. Et c'est en Hollande et non en France qu'un praticien a été poursuivi et condamné pour de tels faits. En outre, les décisions de mort doivent se prendre le plus souvent alors que le malade n'est plus en état d'exprimer sa volonté. Quelle autre garantie reste-t-il que le respect de procédures légales ? Le second argument, la liberté du médecin, ne résiste pas à l'analyse. La clause de conscience est de droit, évidente. Comment imaginer qu'un soignant – qui, en cas de légalisation, ne saurait être qu'un médecin – soit contraint de procéder à une injection lytique contre son gré ? Cette question a été réglée sans drames en ce qui concerne l'avortement, il en irait de même ici. En dépit de ces évidences, à l'abri de ces faux prétextes, des médecins et des croyants peuvent néanmoins refuser de faire la moindre concession. Et c'est à eux que je voudrais m'adresser pour conclure.

Le temps de la réconciliation

Aux médecins tout d'abord, je veux dire que si j'étais à leur place, j'enverrais au diable l'idée de légaliser l'euthanasie. Je pense, en particulier, à ceux qui ont pris leurs responsabilités au chevet de leurs patients, qui n'ont pas hésité à transgresser l'interdit pour abréger d'inutiles souffrances et qui ne veulent pas entendre parler de réglementation. Ne sont-ils pas la preuve vivante qu'il n'est pas besoin de paperasses, de procédures et de contrôles pour se conduire avec humanité ? Que cette confidentialité, hors de tout cadre légal, donnait à ces instants une chaleur, une intensité, une authenticité qui n'eussent pas résisté à la sécheresse des formalités ? Qu'on ne doit pas normaliser cet événement exceptionnel sous peine de le banaliser ? Qu'une mort donnée ne peut pas, ne doit pas, devenir un acte médical comme les autres et, pourquoi pas demain, entrer dans la nomenclature de la Sécurité sociale ? Oui, je comprends tout cela.

À ces médecins je demande d'oublier ce qu'ils sont et de penser à ce qu'ils voient, à ce qu'ils entendent. Sont-ils assurés que tous les malades en fin de parcours rencontrent un bon docteur à leur image ?

Ignorent-ils ce qui se passe dans certains services, n'ont-ils pas entendu les récits de fins atroces ? Et, surtout, ne voient-ils pas qu'il existe en France une inégalité scandaleuse face à la mort ? Que dans certains milieux, on « fait ce qu'il faut » lorsque le mourant le demande, quand l'ensemble de la population n'a aucune assurance et aucune garantie d'être écoutée. Et si ces fins de vie assistées sont bonnes pour les proches des médecins, d'où vient qu'elles ne le seraient pas pour les autres malades ?

Et comment imaginer que l'on puisse étendre à tous cette dernière consolation sans passer par la loi ? J'ai beaucoup lu, beaucoup écouté, beaucoup cherché, nulle part je n'ai trouvé de solution alternative. Les contraintes de la réglementation, les formalités et les surveillances sont toujours déplaisantes. Oui, si j'étais médecin, je serais sans doute révulsé à l'idée de justifier un geste de compassion, ultime preuve d'amour donnée à mon patient. Mais il y a les autres, les milliers d'autres mourants qui, sans ce passage de l'ombre à la lumière, ne connaîtront jamais ce réconfort. C'est pour eux qu'il faut aujourd'hui accepter cette traumatisante sortie de la clandestinité.

Aux croyants, je voudrais dire que je les envie. En début de carrière, j'ai rencontré dans sa maison de Ville-d'Avray un homme qui jouissait d'une immense autorité : monsieur Jean Rostand. Et voilà qu'il me demande tout à trac : « Est-ce que vous avez la foi ? » À bientôt un demi-siècle de distance, la question résonne encore, et, surtout, la suite de son propos : « Plus je vieillis, me dit-il, et moins je comprends qu'on puisse croire, et plus j'envie ceux qui croient. » Parole de sage. La foi est assurément un bien précieux tout au long de l'existence et, plus que tout, à l'heure dernière. C'est pourquoi, si je pensais le moins du monde agresser les convictions religieuses des uns ou des autres, je m'interdirais de rien écrire. De quel droit priver de cette consolation ceux qui ont su la garder dans leur cœur ? Au reste, il n'est pas d'âge pour rencontrer Dieu, et comment savoir si je ne suis pas moi-même guetté par un tel rendez-vous ? Mais, ce dont je suis absolument sûr, c'est qu'une conversion à quelque religion que ce soit ne changerait en rien mon attachement à l'exercice de cette dernière liberté.

Au reste, qu'importent les raisons, que ce soit par amour de Dieu ou par peur de la mort, chacun suit sa route aussi loin qu'il le souhaite. Cette dernière liberté interdit absolument d'abréger contre son gré l'agonie d'un croyant et garantit à chacun de mourir selon ses convictions.

Ce n'est donc pas le croyant, mais l'incroyant que vous voulez sauver. Au besoin contre son gré. Mortelle tentation ! Avez-vous oublié que l'on ne sauve pas les âmes malgré elles, que toute religion se pervertit dans ce prosélytisme autoritaire ? Et que l'obligation faite à l'athée de vivre des souffrances et une dégradation dont il ne veut pas n'est pas le meilleur argument pour l'amener à Dieu ? Repensant au malheureux Ramon Sampedro que, pendant une trentaine d'années, tant de bonnes âmes, sourdes à ses supplications, tinrent enfermé dans sa prison corporelle, j'imagine que si l'une d'entre elles lui avait dit : « Ramon, ce que vous me demandez est contraire à ma foi, à toutes mes convictions. C'est un péché que je risque de me reprocher toute ma vie. Et, pourtant, par amour de vous, parce que ma religion est une religion d'amour, je vais le faire. Que Dieu me pardonne. Partez en paix », bien que je ne sois pas grand théologien, il me semble qu'à son dernier instant, Sampedro aurait vu le Christ de miséricorde. Et je doute beaucoup qu'il ait emporté cette image en avalant le cyanure que ses amis lui avaient préparé en cachette.

En donnant à chacun la possibilité de choisir, la médecine nous impose aussi de respecter tous les choix, quels qu'ils soient, et d'entourer d'une même affection celui qui meurt dans l'attente de son Dieu et celui qui meurt, sans attendre, dans l'accomplissement de son destin. Cette dernière liberté ne peut être que celle de la réconciliation.

TABLE DES MATIÈRES

Composition Paris PhotoComposition
36, avenue des Ternes
75017 Paris

Impression réalisée sur CAMERON par
BRODARD ET TAUPIN
La Flèche

pour le compte des Éditions Fayard
en octobre 2001

Imprimé en France
Dépôt légal : novembre 2001
N° d'édition : 16024 – N° d'impression : 9995
ISBN : 2-2136-1098-3
35-57-1298-01/5